바늘 끝에 사람이

[TITLE]

바늘 끝에

[TITLE]

사람이

[AUTHOR]

전혜진 소설집

한겨레출판

차례

바늘 끝에

사람이

검푸른 하늘에는 계절이 닿지 않았다. 이곳에는 날씨라고 할 만한 것도 없다. 가시적인 거라곤 그저 발 아래 멀리 보이는 지구의 낮과 밤뿐. 아마도 더 먼, 지상에서보다 몇 배는 커다랗게 보이는 달까지 가면 지구는 마치 옛날 공포 영화의 포스터처럼 보일 것이다. 지옥에서 온 수도사의 얼굴에 모눈종이처럼 금이 그어져 있고, 그 교점마다 못이 삐죽삐죽 박혀 있는.

그리고 나는, 217일째 홀로 이곳에 있다.

지구 표면으로부터 약 7만 2천 킬로미터 떨어진, 대기권을 아득히 벗어난 이곳, 궤도 엘리베이터의 카운터웨이트 끝에.

언젠가 나는 내 손으로 지어 올린 궤도 엘리베이터와 85단으로 이루어진 카운터웨이트를 우주에서 촬영한 영상을 본 적이 있다. 아직 완공되기 전이었지만, 지구의 자전과 함께 천천히 회전하는 그 거대한 구조물은 지구에서 가장 멀리까지 뻗어 나온 긴 바늘처럼 보였다.

나는 이 어슴푸레한 어둠 속에서 그 영상에 나타난 지구와 거대한 궤도 엘리베이터의 모습을 떠올렸다. 지구에서부터 길게 뻗친 그것은 지상에서 볼 때는 한자리에 붙박이처럼 묶여 있는 듯했고, 우주에서 볼 때는 지난한 반복을 거듭하는 시곗바늘처럼 지구를 따라 한 바퀴를 빙 돌아 제자리로 오곤 했다.

하지만 그럼에도 불구하고 시곗바늘은, 시간의 흐름이라는 것을 우리 눈에 직접적으로 보여주는 도구이기도 했다. 인간은 계속 앞으로 나아가고 있음을 증명하는 것처럼.

그리고 인간이 만들어 낸 그 역사의 첨단(尖端) 위에 나는 있었다.

*

지후의 메시지가 도착했을 때 나는 난방이 되지 않는 카운터웨이트의 시스템실 구석, 회사의 장비들이 가득 설치된 랙들 사이에 웅크려 앉아 서버의 희미한 온기에만 의

지한 채 한뎃잠을 자고 있었다. 대기권 밖 세계는 무자비했다. 기압은 0에 가까워 고작 체온 정도의 온도에서도 액체가 순식간에 끓어오르곤 했다. 실내의 기압을 충분히 유지해주지 않으면 엄동설한이라 부르기도 애매한 이 차가운 곳에서 순식간에 피가 끓어 증발해버리는 수가 있었다. 카운터웨이트에는 사람이 오래 머무를 만한 시설이 없었지만, 본사의 시스템이 연결되어 있는 이곳 관제실에는 각종 장비의 성능을 유지하기에 최적화된 환경이 갖추어져 있었다. 사람이 지내기에는 춥고 삭막했지만 내 기계 몸을 지탱하는 데는 도움이 되었다.

　무엇보다도 이곳의 창고에는 장부상으로는 이미 폐기되었거나 내용연한이 임박한 테스트용 배터리들이 남아 있었다. 회사 시스템에 들어가는 동력을 끌어다 쓴다면야 지금보다는 안정적으로 지낼 수도 있었다. 하지만 내가 이곳에서 숨만 쉬고 있어도 불법 점거네, 횡령이네, 약탈이네 해대는 회사에서 그걸 두고 볼 리 없었다. 최악의 경우 얼마간 이곳 궤도 엘리베이터의 사용을 포기하고, 모든 종류의 동력을 끊고 시스템을 내려버릴 수도 있다. 수습과 재기동에 다소 시간이 걸리겠지만, 카운터웨이트에서 농성하는 사람을 어떤 형태로든 치워버리는 것이 회사의 평판에 유리하다면 그들은 그렇게 할 것이다. 절대영도에 가까운, 섭씨 영하 270.4도에 달하는 외기에 노출된다고 바로 얼어 죽지는 않겠지만, 보통 사람의 폐를 순식간에 망가뜨릴 기압에도 기계로 된 나의 심폐는 몇 분은 더 견뎌주겠지만, 분압 차이로 혈액에서 산소가 다 빠져나가는 것에는 버틸 도리가 없다. 순식간에 기절하고, 얼마 안 가 뇌 손상이 올 테지. 우주 작업 중 사고가 났을 때를 위해 체내에 보관하고 있는 비상용 산소 캡슐이 있긴 하지만 그런 것도 구하러 와줄 사람이 있을 때나 의미가 있다. 나는 사측의 주식이 너무 갑자기 떨어지지 않기를, 그래서 주가를 방어하겠다며 나를 죽여서라도 치우겠다고 결심하지 않기를 바라며 그나마 최소한의 환경이 유지된 시스템실에서 하루종일 버티고 있었다.

그렇게 비몽사몽 간에 나는 꿈을 꾸었다. 하얀 실을 길게 꿰어 든 손가락 두 마디만 한 바늘의 뾰족한 끝에서 작은 천사들이 춤을 추는 꿈이었다. 그 천사 하나가 바늘 끝에서 뚝 하고 떨어지는 순간, 다시 메시지 수신을 알리는 비프음이 울렸다. 나는 그 뜬금없는 꿈을 밀어내려 눈을 깜빡이다가 메시지를 받기 위해 얼른 몸을 일으켰다. 그리고 그대로 다시 눈을 감았다.

[선배, 주안이가 죽었어요.]

어째서냐고, 왜 죽었느냐고 물어볼 수는 없었다. 이어진 메시지창에는 회사와 맞서며 내가 수도 없이 물었던 질문이 떠올라 있었다. 사실은 그 메시지야말로 내가 묻고자 했던 것에 대한 답임을 나는 알고 있었다.

[어떻게 사람을 이렇게까지 궁지로 모는지 모르겠어요.]

절망적이었다. 주안이는 죽었다. 기어코, 마침내.

[하다못해 쥐를 쫓을 때도 도망갈 구멍은 남겨두고 쫓는다는데.]

그러게, 그러게나 말이다. 아마도 표면적으로 주안이는, 방법이야 무엇이 되었든, 스스로 목숨을 끊었다고 기록될 것이다. 어쩌면 절망하여 목숨을 끊은 것이 뻔히 드러나더라도, 자살이라는 말 대신 사고라는 말로 에둘러 표현될지도 모른다. 이 죽음에 사측의 문제라고는 털끝만큼도 없다는 듯이. 우리는 그 죽음에 대해 책임질 것이 없으며, 자신들은 무결하고 무구하다는 듯이.

지후가 보내온 그 짧은 텍스트에서 고통스럽게 배어 나오는 감정은 그렇게 깔끔하게 살균된 듯한 기록과는 달랐다. 목숨을 끊은 것은 그 스스로의 결정이었겠으나 그가 목숨을 끊게 만든 원인, 그를 죽음으로 몰아넣은 이들은 따로 있었다.

하지만 그런 것들에 분노하는 일보다 더 급한 게 있었다. 답신을 보내야 했다. 나는 서둘러 송신 시각을 기록한 타임스탬프부터 확인했다. 세 시간 전에 들어온 메시지였다. 하루에 두 번, 한 번에 이삼 분 남짓, 본사에서 시스템에 접속해 로그를 받아가는 그 짧은 시간대를 놓치면 다시 열두 시간을 기다려야 메시지를 보낼 수 있다. 문득 삼일장이라는 말이 얼마나 허망한 농담인가 생각했다. 말이 좋아 삼일장이지 그 사흘 중 첫날은 망자가 세상을 떠난 날이다. 저녁 늦게 세상을 떠났다면 고작 몇 시간도 남지 않는다. 그리고 사흘 중 마지막 날은 아침 일찍 발인하니 실질적으로 대부분의 사람들은 세상을 뜨고 길어봤자 오십 시간 정도, 짧으면 서른 시간도 지나지 않아 빈소를 떠나 장지로 향하는 법이다. 열두 시간 뒤에도 주안이의 빈소가 남아 있을지 모르는 상황에서, 최선을 다해 망자와 유족을 위한 메시지를 고를 시간 같은 것은 내게 주어지지 않았다. 회사 후배, 아는 동생, 정말로 친했던 지인이자 내가 회사로부터 말이 되는 답을 들을 때까지 여기 남겠다고 결정했을 때 나를 응원해주었던 어린 동지. 나보다는 오래 살 게 틀림없다고 생각했던 사람의 부고를 받았는데도, 내가 할 수 있는 일은 접속이 끊기기 전 가까스로 주안이의 동생을 부탁하는 짧은 메시지 한 줄을 돌려보내는 게 고작이었다.

[주영이 위로해줘.]

메시지를 입력하고 엔터 키를 누르자마자 접속이 끊겼다. 나는 제발 이 메시지가 곧바로 지후에게 닿기를 바라며 손을 모았다. 사실은 더 많은 말들을 하고 싶었다. 애통한 탄식과 슬픔과 위로, 눈물과 통곡이 오가는 말들, 하늘을 원망하는 가슴 아픈 넋두리들을. 적어도 하루종일 통신이 연결되는 곳이었다면 그랬을 것이다. 여기가 지상이었다면 제 유일한 가족의 장례를 치르고 막 돌아선 그 어린 아가씨를 집으로 데리고 돌아와 따뜻하게 밥을 해 먹일 수도 있었을 것이다.

나는 미안하지만 주안이에게 다음 세상이 있을 거라고는 믿지 않았다. 하지만 남아 있는 사람들은 사무치게 걱정되었다. 주안이의 동생이자 이제 겨우 대학생인 주영이가, 주안이의 친구이자 내게 이 이야기를 전해온 지후가, 그리고 지상에 남아 있는 나의 젊고 늙은 동료들이. 그들이 무너지지 않아야 할 텐데. 절망 속에서 허우적거리다가 말라 죽어가지 않아야 할 텐데. 떨어지고 깔리고 끼이고 부서지며 그렇게 죽어가는 일은 없어야 하는데. 그 많은 걱정과 바람을 담기에, 한 번에 전송할 수 있는 메시지의 용량은 너무나 적고 내게 주어진 통신 시간은 고통스러울 정도로 짧았다.

*

200년 전까지만 해도 사람들은 지구 밖의 세계를 상상하지 못한 채 땅에 두 발을 붙이고 살았다. 150년 전에만 해도 사람들은 지구 밖에서 본 지구의 모습을 감히 떠올릴 수 없었다. 100년 전에도 궤도 엘리베이터는 공상과학 소설에나 나오는 이야기였다. 그 무렵 이곳은 그저 이름 없는 우주에 지나지 않았다. 정지위성궤도에서 두 배 거리에 무엇이 있는지 사람들은 신경 쓰지 않는다. 때때로 망가지거나 수명이 다한 고궤도 위성들의 우주 쓰레기가 지나가거나, 우주 관측 위성들이 아예 저 멀리 라그랑주 점(Lagrangian point)으로 향하며 거쳐 가는 것 외에 이곳에는 아무것도 없었을 테다. 하지만 인간에게 발견된 모든 곳이 그렇듯, 우주 역시 개발을 피할 수는 없었다. 사람들은 정지위성들을 띄우던 정지궤도, 지구의 원심력과 구심력이 평형을 이루는 고도 약 3만 6천 킬로미터 상공에 궤도 엘리베이터 터미널을 만들고, 그곳에서부터 지상까지 탄소나노튜브로 이어진 엘리베이터를 연결하기 시작했다. 그리고 화물을 끌어올려도 원심력과 구심력이 균형을 잃지 않도록, 꼭 그만큼의 길이에 카운터웨이트를 설치했다. 그게 여기, 내가 앉아 있는 곳이었다. 그저 망망대해였던 곳에 섬을 지어 올리고 공항이나 도시를 만들 듯이, 100년 전만 해도 지구가 아니었던 이곳은 그렇게 지구의 일부가 되었다.

하지만 세상이 변하고 인식이 넓어지고 기술이 발달해도 바뀌지 않는 게 딱 하나 있었다. 제 손으로 땀 흘리고 일하는 사람을 한낱 공장의 부품인 양 취급하는 것.

우울한 생각을 멈추기 위해 부지런히 손을 움직였다. 낮 동안 충전된 배터리의 상태가 만족스럽지 않았다. 배터리가 꽤 낡아서 슬슬 효율이 눈에 띄게 떨어지기 시작했다. 몸의 75퍼센트 이상이 기계가 된 지금, 식사는 하지 않아도 상관없었지만 전기는 꼬박꼬박 충전해야만 했다. 그러다보니 배터리의 애처로운 경고음이 내 귀에는 마치 쌀독의 바닥을 긁는 소리처럼 들렸다. 회사의 시스템 동력에서 선을 따다가 연결하고 싶은 마음이 굴뚝같았지만 그 뒤의 일이 안 봐도 뻔했기 때문에 배전반을 잠시 들여다보다가 말았다. 그렇지 않아도 회사는 연필 한 자루, 드라이버 하나 잃어버리는 것에도 말도 안 되는 손해배상을 요구하고 있었다. 내가 동력 케이블에서 선을 한 가닥이라도 따서 쓰는 순간, 저자들은 언론을 통해 나를 도둑으로 몰아세우고, 그 길고 어마어마한 금액이 적힌 손해배상 리스트에 몇 줄을 더 추가할 것이다. 때문에 사측의 강제집행명령으로 전기도 통신도 모두 끊긴 상황에서, 나는 교체된 뒤 폐기를 기다리고 있던 태양광 패널에 배터리를 연결한 채 버틸 수밖에 없었다. 이곳에서 하루라도 더 오래 버티고 살아남기 위해서는 전기 계통의 점검을 게을리하지 말아야 한다. 나의, 이 정신 건강을 위해서라도.

그때 메인 동력에 연결된 모니터가 켜졌다. 빛에 익숙해질 겨를도 없이 권 부장의 모습이 화면에 떠올랐다. 그는 무슨 말을 시작하기 전부터 입맛을 쩝쩝 다시다가, 내 모습을 확인하고는 허연 이를 드러내며 느물거렸다.

"그쪽은 뭐, 혼자서 지낼 만해?"

혼자 버티다 보니 심심해서 죽을 지경이지. 아무도 없이, 어떤 데이터의 흐름도 없이, 그저 어둠 속에 몸을 웅크리고 앉아 바깥의 아득한 우주만을 응시하다 보면 하루가 이십사 시간이 아니라 사백팔십 시간은 되는 느낌이 드니까. 이쯤 되니 살아만 있다면, 내 의사와 상관없이 움직이고, 내 반응에 적절한 피드백을 주기만 한다면 지나가는 바퀴벌레라도 반가울 지경이었다. 하지만 그렇다고 회사에서 이렇게 가끔씩 해오는 연락이 반갑진 않았다. 대개는 내가 죽었는지 살았는지 확인하기 위해서였고, 살아 있는 것을 확인하고 나면 이제 그만 포기하라거나 누가 변절했다거나, 여론이 어떻다거나, 주로 기운이 빠질 만한 소식들을 전해주었으니까.

그러니 하필 오늘, 권 부장이 내게 안부나 물으려고 말을 걸어온 게 아니라는 것은 그도 알고 나도 안다. 그는 주안이의 죽음을 말하려는 거다. 정중한 부고가 아니라 있는 힘껏 조롱을 담은 소식을.

나는 권 부장 몰래 녹음 장치의 버튼을 누르며 배터리의 남은 용량을 흘끔 쳐다보았다. 그렇지 않아도 간당간당한 배터리로 권 부장의 음성까지 녹음하는 것은 무리가 아닌가 싶었지만, 계속해서 맞서 싸우려면 그가 회사를 대표하여 내게 건네는 조롱과 도발들은 어떻게든 기록해두어야 했다. 그나마 회사가 권 부장의 영상을 송출하기 위해 휘황하게 패널과 조명을 사용하고 마구잡이로 에너지를 낭비하는 김에, 내 예비 배터리 몇 개도 슬쩍 끼어 충전할 수 있어

다행이었다. 늘 돌아가는 시스템과 달리 가끔 켜는 장비들에 대해서까지 하나하나 손실분을 계산하는 것은 무리이기 때문에 가능한 일이었다. 나는 그들이 생각할 수 있는 오차 범위 내에서 배터리들을 연결했다. 동시에 환멸이 느껴졌다. 그가 무슨 말을 하려는지 뻔히 알면서도 잔머리를 굴려 회사의 전력을 사용하고 있다니. 나는 잔뜩 낯을 찌푸린 채 물었다.

"사람 부고를 전하려고 말을 걸었으면 용건만 간단히 해요."

"이런, 이런. 벌써 소식이 닿았구만."

그는 낄낄 웃었다. 나는 정색했다.

"지금 사람이 죽었다는 이야기를 하려던 거 아니었어요? 예의 지켜주시죠."

"아니, 웃어서 미안한데 김 주임이 지상하고 몰래몰래 통신하는 거 우리도 뻔히 알지만 말이야. 그래도 이렇게 당당하게 이야기하는 거 보니까 좀 웃겨서 그래. 허허허."

같은 사람인데. 사람이 죽었는데! 그 말을 차마 내뱉지 못하고 화면을 바라보는데, 그가 웃으며 나를 향해 손가락질을 했다.

"그러고 보니 말이야. 김 주임은 지금 심장이 쇳덩어리

잖아? 기계 심장으로도 그런 게 느껴지고 그래? 아는 사람이 죽으면 슬프고, 뭐 그런 거."

"많이 뒤떨어지신 거 아닙니까? 인공지능이 감정을 느끼는가의 논쟁이 끝난 게 70년 전의 일입니다."

내 말에 권 부장의 얼굴이 바로 붉으락푸르락해졌다. 그는 나를 향해 몇 마디 욕설을 퍼부었다.

"씨발, 반병신 주제에 입만 살아서는! 주임은 무슨 주임. 당장에라도 분리수거를 해버릴 쓰레기 같은 고철 덩어리 주제에 어디서 멀쩡한 '사람'을 가르치려 들어!"

"고철 덩어리 좋아하네."

나는 이를 갈았다. 문득 부장의 씩씩거리는 숨소리가 역겨울 정도로 선명하게 들려왔다. 그럴 리가 없는데도 금속으로 된 심장이 마구 두방망이질을 하는 듯했다. 어금니를 지그시 깨물었다. 나는 어쩌면 주안이의 죽음을 막을 수 있었는지도 모른다. 내가 이곳에 없었다면……, 이 세상에는 너를 필요로 하는 사람들이 아직 많다고, 그러니까 제발 자신을 포기하지 말라고, 인생은 길고 시시비비를 가릴 기회는 아직 남아 있다고 말해주었을 것이다. 어쩌면 나는 소중한 친구를 잃은 지후와 하나뿐인 가족을 잃은 주영이에게 진심 어린 위로의 말을 건넬 수 있었을지도 모른다. 가까이서 얼싸안고 울음을 터뜨리지는 못하더라도 저편에서 들려오는 숨죽이는 흐느낌에 가슴 아파하며, 내가 너희를 걱정하고 있다고, 아마도 주안이는 좋은 곳에 갔을 거라고, 그러니까 너희는 죽지 말라고, 버티고 버텨서 그 언젠가는 지금보다 나은 세상에서 살아야 한다고 말해줄 수 있었을지도 모른다.

저 아래에 있는 내 동료들은 주안이의 죽음을, 다른 사람들이 겪고 있는 일들을 내게 제대로 전할 수 없다.

반면 권 부장 같은 회사 사람이 내게 말을 걸어올 때는, 시스템을 겨우 유지할 정도의 전력만 공급되던 카운터웨이트 전역에 오색찬란한 불이 켜지고, 벽 한 면을 가득 채우는 모니터에 못생긴 얼굴이 크게 비치지. 듣고 있으면 속이 메슥거릴 정도로 씩씩거리는 숨소리까지 들리는 시스템을 앞에 두고 내가 더 절망하도록. 내가 아무리 이곳에서 버틴들 나아질 것은 없다고, 죽을 사람을 살리지도 못하고 죽은 사람을 위로하지도 못하며 끝내 얼어 죽든 굶어 죽든, 그 자체로 절망의 증거가 되고 말 것이라고 두 번 세 번 되새기듯이.

"정말 잊을 만하면 깨닫게 해주는 것도 재주는 재주야. 내가 누구 때문에 이 지경이 되었는지를."

하지만 나는 그럴 수 없었다.

"아니, 지금 누굴 탓해? 하여간 배워 먹지 못한 놈들은 고마운 줄 모르고!"

"배워 먹지 못해? 권 부장님, 부장님이 그쪽에서 펜대나 굴리고 있는 동안에 이 카운터웨이트를 직접 지어 올린 사람이 납니다. 자기 손으로 모듈은 고사하고 회로 하나 갈아 끼울 줄 모르는 양반이 지금 누구보고 배워 먹지 못했다 무식하다 타박을 합니까?"

"죽을 목숨 살려준 게 누구인데 배은망덕하게도 회사에 누를 끼치면서, 지금 그 카운터웨이트를 불법 점거하고 있는 주제에 어디서 말이 많아! 야, 김 주임! 넌 범죄자야! 카운터웨이트를 불법 점거한 범죄자!"

"비싼 통신으로 연결하니 아주 입 냄새까지 풀풀 올라오는 것 같네."

"뭐야!"

"뚫린 입이라고 아무 말이나 막 하시는데 우리 제발 선후 관계는 제대로 따져보고 말합시다. 애초에 회사에서 인력을 충분히 줬으면 사고가 났겠어요? 죽을 목숨을 살려준 게 아니라, 사고가 난 뒤에야 회사에서 해결책이라고 제시한 게 그거였지. 사이보그 개조 수술시키고, 현장 복귀시키고, 생체로는 작업하기 힘든 곳까지 올려보내서 구석구석 제일 고되고 위험한 일만 골라서 시키는 거!"

"월급 받고 일했으면서 뻔뻔하게 말하는 본새 하고는. 아, 누가 시켰어? 누가 이 회사 계속 다니라고 했느냔 말이야! 지금도 회사 못 그만둔다고 거기서 버티는 주제에!"

"수술로 교체한 기계 부품도 회사의 소유물이라고 그만두면 부품 값이며 설치 비용 일시불로 물어내라고 하는데 누가 어떻게 그만둡니까. 퇴사하면서 자비로 철거 비용까지 내고 부품 떼어 내놓으라는 건 회사 정문 벗어나기도 전에 뒈지라는 건데."

"그래서 뭐? 누가 너 보고 그런 험한 일하랬어? 난 말이야, 우리 자식 새끼들한테 매일 이런 말을 해. 얘들아, 공부 못하면 저렇게 기계에 손가락 잘리고 철판에 깔려 죽거나, 기계 몸 갈아 끼운 채 저기 카운터웨이트에서 월급 올려달라고 바락바락 악쓰면서 살아야 한단다. 자기가 선택해서 그 일해놓고서도. 말이 나왔으니 망정인데, 그냥 그거 죽으라고 내버려 뒀으면 더 싸게 먹혔겠지. 우리 회사 귀족 노조가 하도 아우성을 치는 바람에 몸뚱이에 비싼 수술까지 시켜줬더니, 공부 못하고 배워 먹지 못한 놈들이 배은망덕하기로는 아주 일등이야, 일등! 그놈의 노조, 진작 때려잡았어야 했는데!"

권 부장은 부끄러운 줄도 모르고 떠들어댔다. 나와는 달리, 내가 아는 아이들과 달리 한 번도 기계에 끼어 잘린 적 없는 불그레한 손가락으로 삿대질을 하면서.

너는 정말로 모르지. 우리도 사람이라는 것을. 우리도 나름 배울 만큼 배웠다는 것을. 졸업하고 회사 들어와 욕먹기 좋은 더러운 일들을 처리하며 우리 같은 기술자들에게 으스대기나 하는 너희와 달리, 우리는 계속해서 기술을 갈고닦아 왔다는 것을. 우리는 너희보다 천한 사람이 아니고 다만 일하는 현장이 다른 사람일 뿐이라는 것을. 그런 것도 모를 만큼 사리분간 못 하고 우리에게, 겨우 부장밖에 안 되는 위치에서 노조를 진작 때려잡았어야 한다, 을러대고 또 으스대는 것이 참 꼴사나운 일이라는 것을. 나는 그런 것 따위 안중에도 없이 잘난 척을 하는 그, 그 투실한 손가락을 물끄러미 바라보다가 물었다.

"권 부장님 한 주에 몇 시간 일합니까?"

"뭐?"

"사이보그는 인간과 달리 잘 지치지 않는다고 하루에 스무 시간이 넘게 일을 시켰잖아요. 월급은 그대로였으니 실질적으로는 시급이 반 토막 난 셈이고요."

"회사에서 끼워준 기곗값이 얼만데 지금 초과근무수당 갖고 뻐개는 거야?"

"기계 몸 갈아 끼운 친구들은 한 달에 두 번 집에 가는 게 고작이라서 권 부장님처럼 자식들에게 공부해라, 그래야 추울 때 따뜻하고 더울 때 서늘한 곳에서 얌전하게 펜대나 굴리면서 산다, 같은 말을 나눌 시간도 없었네요. 아, 부장님은 그러면 또 속으로 건방지다고 생각하실 거죠? 내 자식이랑 너희들 새끼랑 같냐고. 물론 부장님 관점에서는 다르겠지만 회사 입장에서는 크게 다르지도 않을걸요?"

권 부장의 얼굴이 다시 시뻘개졌다. 정말로 그렇게 생각할 거라는 건 알고 있었지만, 그래도 표정 관리 정도는 해주는 편이 나을 텐데. 하긴, 저 정도로 막무가내인 인간이니까 회사가 앞장세워 우리를 쥐 잡듯이 못살게 굴도록 놔두는 것인지도 모른다.

"저희는 부상 입을 때마다 몸을 기계로 바꿔왔습니다."

"그래서. 그게 뭐?"

"권 부장님은, 권 부장님 자제분들은 평생 그렇게 살 일 없을 것 같습니까?"

"뭐야, 이 새끼야?"

그가 갑자기 미친 사람처럼 소리쳤다.

"손가락 하나 다치지 않고 곱게 곱게, 평생 자기 생체로만 살 수 있을 것 같아서 그러시느냐는 말입니다. 회사 일하다가 다친 사람이면 회사에서 존중을 해줘야지. 기계에 눌려 으깨진 오른손만 의수로 바꾸면 밸런스가 안 맞아서 일하는 데 불편하다고 멀쩡한 왼손까지 잘라내어 기계 팔로 바꾸게 했으면서. 자기들 편한 대로 남의 몸뚱이를 잘라놓고서 월급은 덜 주겠다는 게 만연한 현실입니다. 권 부장님 자제분들은 평생 그런 억울한 일 없겠느냐고요. 그런 거 상상이나 해보셨느냔 말입니다."

"이, 이 새끼가 어디서 감히 내 자식들을 쇳밥 먹는 너희와 비교해? 이 못 배운 새끼들이 오냐오냐 해주니까 아주⋯⋯."

나는 말없이 그를 바라보다가 미친 사람처럼 헛웃음을 흘렸다. 그래봤자 그의 눈에는 여전히 무감각하게 보일, 얼굴 절반이 금속으로 뒤덮인 가면 같은 표정이겠지만.

"권 부장, 권 부장님. 사람 부고를 전한답시고 통신 연결해서는 유감이다, 명복을 빈다는 말 한마디 없이 헛소리나 하고 실실 웃으며 놀려 먹으려고나 하는 얼빠진 양반이 어디서 배운 놈 안 배운 놈을 가립니까?"

"이⋯⋯!"

"더 할 말 없으시면 통신 끊습니다."

나는 권 부장의 대답을 기다리지 않았다. 바로 연결을 끊고 모니터를 껐다. 한두 번 더 통신을 연결하려는 신호음이 들렸지만 차단해버렸다.

사실은 주안에 대해 뭐라도 더 캐묻고 싶었다. 하지만 묻는다 한들 권 부장이 순순히 대답해줄 리 없었다. 그 잠깐의 접속 동안 메인 동력에 옮겨 꽂아놓은 예비 배터리들이 꽤나 채워졌다. 유일한 소득이었다.

이제 스물아홉밖에 안 된 아이의 죽음을 전하면서도 빈틈없이 우리를 모욕하는 자들. 저런 인간들이, 인두겁만 썼지 사람 같지 않은 놈들이, 그 회사에서 죽도록 일하다가 운 좋게 죽지 않고 기계 부품을 달고 사는 우리를 깡통 로봇, 고철 덩어리 취급을 한다. 밖에서 기름때 묻히고 사는 사람에게는 응당 그래도 된다는 듯. 사람 밥줄, 목숨 줄을 틀어쥔 채로 너 아니어도 일할 사람은 많다는 식으로 을러대는 이야기들을 마치 고장 난 녹음기처럼 따라 읊으면서.

그나저나 뭐? 귀족노조가 어쨌다고?

나는 배터리를 주섬주섬 챙기며 코웃음을 쳤다. 그렇게 귀족 같고 좋아 보이면 자기부터 좀 해볼 것이지. 자기 자식에게는 나쁜 예시로 이 일을 들먹이면서 귀족노조라니.

월급 받으려고 일하다가 손가락 잘리고 철판에 깔려 죽는 귀족도 있나. 그걸 모르는 것도 아니고, 속사정 뻔히 아는 인간이 그런 소리를 한 점 부끄러움도 없이 내뱉고 있는 꼴이 더 한심하다는 것을 왜 모를까.

고래로 몸으로 노동하는 사람들은 석탄가루 마시고 병 걸려 죽고, 반도체 만들다가 암에 걸려 죽고, 노후화된 화학 설비를 수리하다가 폭발에 휘말려 죽고, 저류조에 교반기에 용광로에 빠져 죽었다. 발판이 무너지거나 로프가 풀려 작업대에서 추락하고, 적재된 철근이 무너지는 데 휩쓸리고, 뒤집힌 굴착기에 깔리거나 롤러에 끼어 죽었다. 프레스기에 손이 끼이고 기계에 손가락을 잘리고, 장비에 낀 발이 으깨지는 것은 차라리 다행이었다. 옛날이라면 모를까, 요즘에는 돈만 많으면 조직을 재생해서 새로 만들 수도 있으니까. 돈이 없다고 해도 어느 정도 경력이 찬 사람이라면, 산업재해보험과 회사의 보조금에 의지해서 더 싸고 튼튼하고, 힘한 일을 하기에 적합한 기계 몸으로 개조할 수도 있었다. 그리고 회사는 본의 아니게 그런 사이보그 수술을 받게 된 사람들에게 말했다. 회사 덕분에 죽다 살아났으니 회사에 폐 끼치지 말고 열심히 일하라면서.

슬프고, 웃기고, 한심했다. 사고로 오른손을 잃었을 때,

회사는 내 오른손을 산업재해보험으로 대체하며 멀쩡하던 왼손까지 기계로 바꿀 것을 권했다. 성능 좋은 기계 손을 쓰게 되면 능률이 오를 텐데, 한쪽 손만 생체면 효과가 반의반도 안 될 거라는 이유였다. 그들은 '권고'했지만, 내게는 선택의 여지가 없었다. 그 제안을 받아들이지 않았다면 일자리를 잃었을 테니까.

어쨌든 회사는 그렇게 잃은 손 대신 더 정교하고 성능 좋은 기계 손을 무상으로 지원해준 일을 두고 큰 생색을 냈다. 내 입장에서는 회사의 관리 감독 소홀로 두 손을 모두 빼앗긴 셈이었지만, 사람들은 말하곤 했다. 옛날 같으면 오른손을 잃은 그 시점에서 직업과 미래, 그 밖의 모든 것이 끝났을 거라고. 그나마 인구가 줄고 사람이 귀해지고 전문 기술을 갖춘 기술자가 드물어진 시대라서 개조도 받고, 다시 회사로 복귀도 가능해진 거라고. 회사에 고마워해야 한다고 말하는 사람들도 있었다. 하긴, 산업재해나 장애 때문이 아니더라도 나이가 들어 시력이나 청력이 떨어지면서 생체의 눈과 귀를 인공 안구나 인공와우로 교체하는 것은 자연스러웠다. 마치 이가 부러지거나 빠지면 임플란트를 해넣는 것과 비슷했다. 멀쩡하던 팔다리를 굳이 잘라내고 의수와 의족을 이식하는 것은 확실히 그보다는 드문 일이었지만, 나는 회사의 필요에 의해 잘려나간 왼손에 대해 깊이 생각할 겨를도 없이 복귀했다. 그리고 회사는 한동안 나처럼 일하다가 부상을 입은 뒤 신체 일부를 사이보그로 개조한 직원들을 홍보에 사용했다.

우리의 기술은 소중하기에, 우리는 포기하지 않습니다.

기술을 지키는 힘, 바로 사람에서 시작됩니다.

사람과 함께하는 따뜻한 기업을 만들어가겠습니다.

공익광고에나 어울릴 듯한 멘트와 함께, 기계로 된 팔다리를 한 직원들의 모습이 여러 매체에 비쳤다. 좋은 회사에 다니니까 고성능의 의수로 교체할 수도 있는 거라는 부러움 섞인 말들이 들려왔다. 몇 년이 지나 한쪽 눈의 시력을 거의 잃었을 때, 나는 회사의 '권고'로 반대쪽 눈까지 뽑아버릴 수밖에 없었다. 궤도 엘리베이터 공사 중 사고로 폐의 일부에 손상을 입었을 때 역시 회사는 일정 시간 동안 산소 없이도 호흡할 수 있는 몸이면 더 좋지 않겠느냐며 내폐와 심장을 세트로 갈아 끼웠다. 나중에는 생체 쪽 사용을 위해 따로 에너지 공급을 하는 것조차 시간 낭비라며, 생체를 움직일 칼로리와 전기를 서로 교환하는 파트를 설치하고 위와 장과 소화기까지 기계로 대체해나갔다. 그들은 밥안 먹고 오래 일할 수 있는 쪽이 서로에게 더 이득이라고 말했다. 그렇게 나는 몸의 75퍼센트 이상을 기계로 대체했다. 그리고 회사는 회사의 이익을 위해 노동에 더 적합하게 개조한 부분들을 어디까지나 회사의 소유물로 규정했다. 퇴사를 하게 되면 떼어놓고 나가거나 어마어마한 대금을 지급해야 하는 비품. 이들은 일하는 동안에도 기계 몸이 일하는 만큼은 회사의 몫이고, 순수한 임금은 생체가 직접 노동한 부분에만 지불하면 되는 것 아니냐며 임금을 깎으려 들었다. 내가 하는 일에 대한 임금이 100이라면, 내 몸에서 기계가 차지하는 비중만큼 회사의 장비를 빌려서 일한 것으로, 75는 회사 몫으로 떼어내고 25만을 지급하려는 식이었다. 그러니까 회사의 입장에서는, 그리고 회사를 대신하여 내게 연락을 취하는 권 부장 입장에서는 지금 내가 하는 짓이 회사 소유물인 몸뚱이로 회사 소유물인 카운터웨이트를 점거하고 회사의 미래 먹거리 사업인 궤도 엘리베이터를 사보타지 하는 악질적인 노조 활동으로 보일 것이다.

팔다리가 회사의 소유물인 쪽이 대가리까지 회사의 소유물인 것보다는 나을까?

나는 마치 자신이 회사의 대변인이라도 되는 듯 내게 언성을 높이던 권 부장을 생각했다. 사장단도 임원도 언젠가는 그 자리에서 물러나게 된다. 고위직으로 갈수록 은퇴

후에도 몇 년간은 품위를 유지할 수 있고, 자신의 능력과 이전 지위를 바탕으로 연구소를 설립하거나 교수가 되거나 책을 쓰며 살아간다. 하지만 '일개' 권 부장에게는 어떤 것도 해당되지 않을 것이다.

언젠가 노조를 전부 몰아내고, 회사에 반항하는 직원들을 모조리 해고하고, 기술자들에게 최소한의 월급을 주고 목숨만 붙여놓은 채 회사가 노동자의 목줄을 틀어쥐는 데 성공한다면 바람막이였던 권 부장의 운명은 어떻게 될까. 그것이 궁금했다. 토끼 사냥을 하고 나면 사냥개를 잡아먹는다고 했지. 노조 사냥을 끝내고 난 권 부장에게 해고 통지가 떨어지고, 갑자기 회사의 모든 시스템에 접근할 수 없게 되고, ID카드마저 빼앗긴 채 총무과 직원의 감시 아래 작은 상자 하나만큼의 개인 물건들을 챙겨 들고 그대로 집에 돌아가는 날이 온다면, 그래도 그는 우리에게 당부했던 것처럼 회사의 은혜를 생각할까? 능력이 부족한 사람을 지금까지 먹여주고 입혀주고 월급 줘서 먹고살게 해놨으니, 회사가 시키는 대로 물러나는 게 도리라고 생각할까? 아니면 그때가 되어서야 노조는 어디에 있느냐고, 왜 자신을 도와주지 않느냐고 울부짖을까.

해고는 살인이다.

정리해고 철회하라.

이곳의 전기가 끊기기 전 내가 마지막으로 보았던 지상에는 궤도 엘리베이터가 완공되자마자 우리를 가차 없이 잘라내려는 사측과 그에 항의하는 노조 사람들이 있었다.

"노동자는 기계가 아니다!"

누군가가 군데군데 도색이 벗겨진 기계 팔을 들어 올리며 소리쳤다.

"내 팔이 기계라는 이유로 한 주에 백이십 시간 일하라니 일하다 죽으라는 말이냐! 근로기준법을 준수하라!"

"해고도 억울한데 의수 값을 갚으라니! 누구 때문에 팔을 잃었는데!"

역사는 늘, 가장 좋지 못한 부분만 골라서 되풀이된다. 정확히는 시대가 바뀌어도 인간의 어리석음은 조금도 나아지지 않는다고 보아야겠지. 평화시장의 젊은 재단사가 불길 속에 근로기준법 책을 집어 던지며 자신의 몸을 함께 불살랐을 때도 그런 말을 했었다. 근로기준법을 준수하라, 우리는 기계가 아니다, 일요일은 쉬게 해달라. 그때 평화시장에서 말도 안 되는 임금으로 노동을 착취당하며 쉬지도 못하고 일하다가 과로로 쓰러지던 노동자들 대부분은 어린 여공들이었다.

그 이전에, 한참 더 전에도 그랬다. 산업혁명이 한창이던 19세기 초반, 가장 착취당하던 노동자들은 열 살도 되지 않은 어린아이들이었다. 아직 말도 잘 못 하는 어린아이는 대개 좁은 굴뚝 청소로 내몰렸다. 굴뚝에서 꾸벅꾸벅 졸며 일하다가 연기에 질식해 죽는 일이 비일비재했다. 네 살짜리 아이가 탄광에서 일하고, 여섯 살밖에 안 된 아이가 모직공장에서 일했다. 구빈원에서 데려온 부모 없는 아이들은 일하다 죽어도 누구 한 사람 그들의 시신을 챙기거나, 불합리에 항의하거나, 슬프게 울어주지 않았다. 경영자들은 구빈원의 '못 먹고 자란' 아이들은 몸집이 작아 굴뚝에도, 갱도에도 더 잘 들어간다고 입을 모아 이야기했다.

면직물 공장에 화재가 나 열일곱 명이나 되는 어린 여자아이들이 공장에서 산 채로 타 죽은 뒤에야, 처음으로 공장법이라는 것이 만들어졌다. 아홉 살 이전의 아이들을 고용해선 안 된다, 열여섯 살이 안 된 아이들은 하루에 열두 시간 이상 일하게 해선 안 된다는 수준의 허술한 법이었지만 그마저도 회사들은 반발했다. 그때에도 사측은 노동자들 사정 봐주다가 공장 문을 닫게 생겼다고 반발했다.

그리고 역사는 되풀이된다. 사측은 늘 똑같은 논리를 들이대며 같은 실수를 반복해왔다. 원자잿값이 상승한다고, 물가가 오른다고, 경제가 어렵다고, 줄일 수 있는 것은 다 줄여야 한다고.

"그놈 자식들이 어디 하루이틀 그러냐. 그래도 우리가 제 발로 나간다고 하면 제일 좋아할 게 그놈들이야. 그렇지 않아도 사람값 줄일 생각에 혈안이 되어서 돌아다니는데."

"그건 그렇죠. 그래도 큰 회사 들어온 김에 어떻게든 여기 납죽 붙어서 다닐 수 있을 때까진 다녀봐야지."

바람 불면 풀이 먼저 눕는다는 말처럼, 세상 풍파가 밀려들수록 회사에 찰싹 달라붙어서 어떻게든 살아남아야겠다 생각하던 시절도 있었다. 하지만 젖은 낙엽처럼 달라붙는다고 해결되는 건 그나마 호시절이었다. 경기가 어려워질 때마다 그들이 제일 먼저 손을 대는 쪽은 언제나 사람이었으므로.

필요한 만큼만 고용했다가 바로 해고해버리면 인건비가 줄어든다고, 방만한 구조가 조정된다고 믿는 그들은 예고 없는 해고가 종종 그 사람은 물론 한 가족의 운명을 뒤흔들기도 한다는 사실을 잊어버리는 것 같았다. 그들은 고

용과 해고가 자유로울수록 노동자들도 실력을 키워 더 좋은 자리를 찾아갈 수 있다고 말하곤 했지만, 사실 노동자들이 더 좋은 자리를 찾으며 몸값을 올려버리는 것이야말로 그들이 제일 싫어하는 일이었다. 그렇게 되면 그들이 필요로 할 때 필요한 인력을 바로 불러 모을 수 없으니까.

노동자들은 종종 노비나 노동자나 사실은 크게 다름없지 않느냐고 자조적으로 말했다. 경영자라는 사람들은 필요할 때만 불러다 쓰면서도 오래 일한 듯 숙련된 노동자를 원했다. 상식적으로 불가능한 그런 일을 가능하게 만들기 위해 그들은 일자리를 인질 삼아 목줄을 틀어쥐었다. 월급을 깎았고, 똑같은 일을 시킬 때는 하청 업체를 거쳐서 파견 형태로 들어오게 했다. 때로는 직접 하청을 만들어놓고, 그 하청 업체 수수료를 따로 떼기도 했다. 나나 내 동료들처럼 위험한 일을 하다가 몸 여기저기를 기계로 교체한 이들에게는 기곗값을 들먹이며 더 많은 부당한 일들을 요구했다. 그리고 어지간해서는 신입을 뽑지 않았다.

"하청에서 끌고 오면 다가 아니란 말입니다. 여기 일이 죽 이어지는 게 있고, 매년마다 돌아가는 게 있고, 또 프로젝트 하나 끝나봐야 감을 잡는 게 있는데 그때그때 하청에서 데려온 놈들 붙잡고 일 가르치는 게 더 낭비란 말입니다."

"그런 건 대학에서 가르쳐야지. 대학이 뭐 하는 데야? 졸업하자마자 바로 현장에 짠 하고 투입하게 좀 만들어서 내보내야지. 대학 졸업하고 와봤자 아는 게 없는데 어떻게 그 월급을 줘?"

"대학이야 현장에서 쓰는 자잘한 기술이 아니라 좀 더 큰 덩어리를 가르치는 데죠. 세상에 현장이 한두 곳도 아니고, 현장마다 쓰이는 장비며 테크닉이 다른데 어떻게 그걸 대학에서 다 가르쳐요?"

"원론적인 소리 하지 말고 아쉬운 놈들이 우물을 파야지. 아니, 뽑을 만한 놈이 있으면 벌써 본사에서 뽑았을 테고. 딴소리 말고 일이나 해."

"기술자는 그렇게는 못 구해요. 기술이라는 건 어깨너머로 배우고, 하루하루 몸에 익어야 알 수 있는 게 있다고요. 꾸준히 경험이 쌓여야 하는 부분인데 그런 식으로 하청 돌리면 나중에 뭐가 남겠어요."

바른말을 하던 선배들은 한 명 한 명 사라졌다. 하청 업체로 보내져 임금이 반 넘게 깎이면서도, 중상을 입고 몸에 주렁주렁 매달았던 각종 기계장치에 발이 묶여 그만두지 못한 이들도 허다했다.

주안이와 지후는 그런 상황에서도 회사와 협상을 거듭

한 끝에 어렵게 받아들여진 신참이었다. 쥐면 날아갈까, 불면 꺼질까, 층층시하 수많은 선배를 보고 지레 겁먹지는 않을까, 다들 걱정하며 제발 어디 도망가지만 말아 달라고, 우리가 평생 해온 일들을, 손과 몸에 익은 기술들을 가르치며 소중하게 키우려 했다. 그렇게 어렵게 들어온 아이들은 궤도 엘리베이터 건설에 투입되었다. 공사가 계속되고 지표에서 더 높이, 집에서 더 멀리 올라갈수록 조금씩 몸의 곳곳을 잃어갔다. 아이들은 망가진 몸의 일부를 기계로 교체하며 '더 성능 좋은' 기술자가 되어갔지만, 그럴수록 아이들의 표정에서는 웃음이 사라져갔다.

언젠가부터 주안이는 동생 주영이 걱정을 했다. 이곳에 있는 어지간한 기술학교나 공과대학을 나온 사람들과 달리 주안이 동생 주영이는 특히 공부를 잘해서 과학고등학교를 졸업하고 명문 대학의 우주공학부에 장학금을 받으며 다니고 있다고 했다.

"저는 그래도 걱정이 되는 거예요. 아무리 공부 잘했어도 저처럼 현장 기술자가 돼버리면 인생 뻔한데."

"인생이 뻔하긴, 뭘. 아주 스펙터클하기만 하구만."

"저는 제 동생이 저보다 낫게 살았으면 좋겠어요. 대학원도 가고, 유학도 가고, 교수도 되고…… 그러려면 제가 뒷

바라지를 잘해야 할 텐데."

"어이쿠, 스무 살 넘었으면 걔도 어른인데 아직도 니가 키워서 뒷바라지해야 할 것 같아?"

"저희 집이야 제가 부모님 노릇까지 해왔으니까요."

"그래도 그렇지. 아직 서른도 안 된 애가 무슨 걱정이 그렇게 많아."

그럴 때마다 주안이는 입버릇처럼 한탄하곤 했다. 제 동생이 그냥 평범한 기술자가 되진 않았으면 좋겠다며 우리가 익히 알고 경험한 삶보다 좀 더 나은 인생을 살았으면 좋겠다고.

"우리가 뭐, 우리가 왜. 누가 들으면 우리가 되게 잘못 사는 줄 알겠다?"

"잘못 사는 건 아니죠. 하지만 제대로 대우받고 사는 것도 아니잖아요."

"야야, 내가 사는 게 구질구질해 보이면 자기보다 못하게 사는 사람을 보는 거야. 옛말에 노비도 대감댁 노비가 낫다고, 하청 업체 갔으면 우리 이만큼도 못 받아. 그게 사실은 사실이지. 이게 맞나 싶을 때도 있지만 그래도 우리회사 다니니까 이만큼 대우받는 것도 있긴 있다는 거다."

그 순간에는 별생각 없이 한 말이었다. 흔한 이야기였

다. 대감댁 노비. 우리가 자조하듯 던지던 그 말. 하지만 주안이는 그 말을 듣자마자 표정이 안 좋아졌다. 마치 못 들을 말이라도 들은 것처럼.

"하지만 선배, 우리는 노비가 아니잖아요."

나는 머뭇거렸다. 그리고 주안이는 잔뜩 어두워진 표정으로 말했다.

"노비도 아니고, 회사 소유물도 아니고, 일 시킬 때만 전원 넣고 언제든 교체할 수 있는 기계도 아니잖아요."

"그……렇지……?"

"그런데 회사는 자꾸 우리를 그렇게 취급하려고 하잖아요. 그러면 안 되는 거잖아요."

무슨 일이 있었던 걸까. 우리가 모르는 곳에서 다른 이야기라도 들었던 걸까. 그때 주안이가 내 손을 짚으며 속삭였다.

"선배는 이거 손…… 회사에서 뭐라고 했어요?"

"회사에서 알아서 한다고 했었지. 원래 이쪽 손은 멀쩡했는데 세트로 바꿔야 한다고 해서 양손 다 의수로 바꿨고."

"저도 그런 줄 알았어요. 그런데 이거, 이 기계로 된 부분들은 우리 게 아니라 회사 거라면서요."

"그렇지? 기술자들도 귀하고 기곗값도 비싼데 기껏 업그레이드시켜 놓았더니 다른 데로 넘어가 버리면 회사 손해니까. 바로 다른 데 가고 그러면 기곗값 물어내야 한다는 말은 들었지. 그래도 뭐, 근속연수에 따라 감가상각되니까 너무 부담 갖지 말라고 했었는데. 왜?"

"자기 발로 다른 데로 가는 거면 그렇다고 치고, 만약 해고당할 경우에는 어떻게 되는지도 아세요?"

생각해본 적 없는 이야기였다. 궤도 엘리베이터를 짓는 내내 인력난에 애를 먹는 회사였다. 적어도 이 궤도 엘리베이터가 완공될 때까지는 해고 같은 것을 걱정할 일은 없다고 생각했다. 그런데 주안이는 잔뜩 목소리를 낮춘 채 내게 다가왔다.

"회사 상황이 어려워져서 해고를 당해도 다른 회사에 재취업하는 순간 일시불로 돈 내야 한대요."

"그게 무슨 말 같지도 않은 소리야. 그러면 해고당하고 앉아서 굶어 죽으라고?"

"우리는 사내 핵심 기술을 알고 있어서 취업제한에 걸릴 테고요. 회사는 우리가 어떤 형태로든 다른 회사에 가는 것 자체를 회사에 해를 끼치는 행위라고 규정하고 있어요. 그래서 돈을 내든가, 의수며 의안이며 다 떼어내고 가야 한다는······."

"그럼 난 어쩌고?"

나는 심장 대신 내 가슴을 채운 인공 심폐와 음식을 먹는 대신 전기로 동작하는 내장들을 생각했다. 대기권을 완전히 벗어난 저압, 저산소 환경에서 무리 없이 장시간 작업할 수 있도록 만들어낸 몸.

"회사에서 잘리면 굶어 죽든가, 심장과 폐를 다 돌려주고 비명횡사하라는 거야?"

주안이 고개를 끄덕였다. 그러다가 그의 시선이 제 하반신을 향했다.

손재주는 기가 막힌데 어릴 때 당한 사고를 제대로 치료하지 못해서 입사할 때부터 한쪽 다리를 절던 아이였다. 회사에서는 자기네 정직원이 그런 몸으로 다니는 걸 두고 볼 수 없다며, 입사하고 얼마 지나지 않아 두 다리를 모두 교체해주었다. 그때까지만 해도 주안이는 회사에 뼈를 묻을 각오로 열심히 일하겠다고 말했다. 정말 좋은 회사라고, 나중에 제 동생도 여기 들어오게 되면 소원이 없겠다고.

그리고 몇 년이 지나 경제위기가 도래했다. 주안이는 불안해했다. 그는 회사에서 쫓겨나고, 제 다리를 대신해 그 자리를 차지한 기계의 청구서를 받아들고, 모든 꿈과 희망을 잃어버린 채 나락으로 떨어지는 자신의 앞날을 상상했다. 나는 주안이의 어깨를 토닥이며 괜찮을 거라고, 궤도 엘리베이터 사업은 이제 시작이니 앞으로도 수요가 있을 것이고, 또 궤도 엘리베이터가 한 번 지어서 수천 년을 가는 피라미드도 아니니 이걸 다 지었다고 직원들을 해고하지는 않을 거라고 말했다. 하지만 한편으론 서늘한 감정이 몰려왔다. 해고를 당하지는 않더라도 과연 나는 정년까지 내 몸에 심어진 기계의 비용을 충당할 수 있을까? 그러지 못하면? 정년이 끝나고도 기곗값을 다 메우지 못한다면? 어차피 청구서는 그들 손에 있었고, 감가상각이 된다는 것도 그들의 말이었다. 어쩌면 마침내 정년을 맞아 사람들의 축하를 받으며 꽃다발을 손에 들고 회사를 떠나려 할 때, 저들은 내 팔다리에 대한 할부가 덜 끝난 청구서를 내밀 수도 있었다. 주안이를 안심시키며 나는 더 큰 불안에 사로잡혔다.

그리고 파국의 날은 우리의 생각보다 일찍 찾아왔다.

*

[선배, 주안이 잘 보냈어요.]
다시 메시지가 들어온 것은 이레 뒤의 일이었다.

[선배, 무슨 일 있어요? 메시지 안 읽어서 걱정했어요.]

[배터리 다 된 거 아니죠? 살아계신 거죠?]

미처 다 읽기도 전에 지후의, 그리고 다른 동료들의 메시지들이 날아와 큐에 쌓였다. 주안의 장례식을 마친 뒤 지후는 메시지를 보냈지만 그 메시지는 내게 도착하지 않았다. 열두 시간마다 생존 사인처럼, 하다못해 오늘의 날씨라도 주고받던 메시지가 끊기자 지후는 물론이고 다른 동지들도 내가 죽은 게 아닐까 걱정했던 모양이다. 이레라니. 현재 시각과 메시지의 타임스탬프들을 보며 기겁을 했다.

"권 부장 이 새끼…… 설마 이 짧은 메시지 오가는 걸 막자고 시스템 점검까지 중단시킨 건 아니겠지."

7일 동안 아무것도 먹지 못했다. 생체 쪽은 조금만 더 있었으면 위험할 뻔했다. 그래도 기계 쪽은 상태가 좋았다. 장장 7일간 절전 모드로 있었더니 배터리가 꽉 차 있었다. 나는 얼른 포도당 앰풀을 새것으로 바꿔 넣고 잠시 기다렸다. 통신은 그때까지도 끊어졌다 이어지기를 반복하며 메시지를 전송하고 있었다.

문득 그동안 생각해보지 않았던 사실이 하나 떠올랐다. 어쩌면 그간 우리가 메시지를 주고받을 수 있었던 것은 그저 시스템 점검 시 발생하는 찰나의 허점 때문이 아니었을지도 모른다는 사실. 반드시 해야 하는 시스템 점검 앞뒤로 티가 나지 않을 만큼, 아주 잠깐 틈을 만들어주는 누군가의 호의가 있었던 건 아닐까. 그것이 사실이든 아니든 그렇게 생각하자 조금 힘이 나는 것 같았다. 회사에는 권 부장 같은 작자들만 남아 있는 게 아니라고. 다 같은 월급쟁이라 대놓고 우리의 손을 들어주진 못해도, 누군가는 마음으로 동조하고 있을지도 모른다는 게 큰 위로가 되었다. 조금은 평온해진 마음으로 주안과 동료들이 보내온 메시지를 읽기 시작했다. 오랜만에 내가 알던 이들의 메시지에 둘러싸이니 마치 그 사람들이 내 곁에서 한마디씩 말을 걸고 나를 끌어안고 어깨를 두드리는 것처럼 느껴졌다. 이곳에 혼자 남겨지고 어느덧 8개월을 꽉 채워가고 있었다.

8개월 전, 회사는 '재정건전성'을 위해 명예퇴직 신청을 받기 시작했다. 말이 좋아 명예퇴직이지 사실은 회사에서 어느 정도 찍어둔 사람들을 골라 면담을 하고, 신청서에 사인을 요구하는, 반 강제에 가까운 일이었다. 하지만 경기도 어려웠고, 우리처럼 몸을 교체해 넣은 사람들은 사직을 했다간 기곗값을 물어내야 할 상황이었으므로 명예퇴직을 신청하는 사람은 많지 않았다. 회사는 본격적으로 인원

감축에 돌입했다. 그리고 그 날벼락은 우리들, 궤도 엘리베이터를 만든 기술팀에게로 떨어졌다. 투자는 많았지만 지금은 불황기였고 궤도 엘리베이터 사업은 이제 막 시작되었을 뿐이었다. 이런 사업은 기간사업처럼 장기적으로 봐야 했음에도 주주들은 당장의 성과를 요구했다. 한때 회사를 먹여 살릴 차세대 기술처럼 여겨졌던 궤도 엘리베이터는 채산성이 낮은 돈 먹는 하마라는 비난을 받았다. 그리고 2호기를 언제 만들게 될지, 다음이라는 게 있을지 알 수 없다는 이유로 우리 모두에게는 '복귀 즉시 해고'라는 명령이 떨어졌다.

토끼 사냥이 끝나면 사냥개는 잡힌다. 그러나 우리여서는 안 됐다. 궤도 엘리베이터를 두 손으로 직접 지어낸 나와 내 동료들은 그런 식으로 해고당해도 될 사람들이 아니었다. 궤도 엘리베이터에 그야말로 청춘의 몸과 마음을 다 걸고, 몸을 기계로 바꿔 넣기까지 한 사람들이었다. 그런 식의 우격다짐으로 내쫓길 사람들도, 함부로 기곗값을 물어내든가 떼어내라는 소리를 들을 사람들도 아니었다.

나는 그 해고 소식을 이곳, 카운터웨이트의 제일 먼 곳, 85층 시스템실 앞에서 들었다.

"말 같지도 않은 소리 하지 말라고 해."

그리고 나는 지상으로 돌아가지 않았다.

"다른 것도 아니고 해고 통지인데 최소한의 기준이 있어야지, 기준이. 대체 여기 '해고에 의한 복귀'는 또 어디로 하라는 거야? 대기권 안? 아니면 지상? 아니면 본사 입구? 어느 쪽이라도 뭐, 안 돌아가고 버티면 월급은 나온다는 말이겠네, 맞아?"

딱히 이곳을 점거하려고 한 것은 아니었다. 나는 그저 일하던 장소에 그대로 남았다. 복귀의 기준이 어디인지 그것부터 말하라고, 그런 모호한 명령에는 따를 수 없다고, 내 왼손과 오른쪽 눈, 그리고 심장과 한쪽 폐와 내장 전반은 사측의 업무 능률 향상 권유로 바꾼 것이니 기곗값을 지불하라는 헛소리 따위는 하지 말라고. 그렇게 답신을 보내고 늘 하던 대로 일을 했다. 그리고 회사는 다짜고짜 전기와 통신을 끊어버렸다.

지상에서 7만 2천 킬로미터 위, 정지위성궤도의 두 배 높이에 세워진 거대한 궤도 엘리베이터 터미널과 여기에서 지상까지 탄소나노튜브로 연결된 리프트가 물자며 우주선이며 사람들을 실어나르는 동안, 원심력과 구심력의 평형을 이루기 위해 만들어진 길고 아득한 무게추인 카운터웨이트. 이곳은 아무리 기계 몸으로 버틴다고 해도 언제 무슨 일이 일어날지 모르는 곳이었다. 그런 곳에 회사는 사람을 산 채로 고립시켰다. 그대로 버티다가 그곳에서 죽어 꼬들꼬들 잘 마른 미라가 되어도 상관없다는 듯이. 다행히도 기계 몸은 생체보다 튼튼했고 이곳에도 작업자들을 위한 예비용 포도당 앰풀은 넉넉히 남아 있었다.

굳이 말하자면 그 모든 일은 이곳에서 농성하기 위해서가 아니라 그저 살아남기 위한 일이었다. 나는 평원고무공장 사장의 일방적인 임금 삭감에 항의해 을밀대 지붕 위에 올라가 "노동대중을 대표해 죽음을 명예로 알겠다"라고 외치던 '을밀대상(乙密臺上)의 체공녀(滯空女)' 강주룡이 아니었다. 가발 수출 업체였던 YH무역이 방만한 경영 끝에 여공들을 쫓아내자 항의 시위를 하다가 경찰에게 맞아 죽은 스물두 살의 김경숙이 아니었다. 1981년 대한조선공사에 입사한 여성 최초의 용접공으로 부당해고에 반발하여 크레인 위에서 고공농성을 벌였던 한진중공업의 김진숙이 아니었다. 무언가의 상징이 되는 일에는 흥미가 없었다.

하지만 회사는 잔혹했다. 카운터웨이트에 사람이 남아 있는 데도 유일한 생명 줄인 전기를 끊어버리고 "내려오라고 할 때 내려오지 않은 사람 잘못"이라고 우겨댔다. 사람이 사람을 이렇게 해고할 수는 없다고 회사 정문 앞에 모여서 주먹 몇 번 치켜든 사람들에게는 그들이 평생 벌어도 만져볼 수 없는 거액의 손해배상을 물렸다. 내 소중한 어린 동료를 핍박해 목숨을 끊게 만들고 아직 '복귀'조차 하지 않은 나의 급여를 지급하는 대신 내 통장과 집을 가압류했다. 나는 그저 말 같지도 않은 해고 통지에 대해 질문을 하고 대답을 기다렸던 것뿐이었는데, 그들은 우리를 같은 사람으로 취급하지 않았다. 먼 옛날에 피부색이 다른 것이, 아직 보호를 받아야 할 어린아이인 것이, '남성 가장'이 아닌 여성인 것이, 일할 사람은 차고 넘치게 있다는 것이 사람을 사람 취급하지 않아도 될 좋을 이유였던 것처럼, 이제 그들은 몸의 상당 부분을 기계로 교체한 사이보그 노동자들을 억압하기 시작했다. 만약 내가 세상이 말하는 투사라면, 나를 투사로 만든 것은 바로 세상이었다.

모처럼 가득 충전된 배터리가 빠르게 줄어드는 것도 아랑곳하지 않고, 나는 메시지들을 읽고 또 읽었다. 문득 고무공장 노동자였던 강주룡은 왜 을밀대 지붕에 올라갔을까 하고 생각했다. 사람들이 지나다니는 큰길가에, 어지간해서는 올라갈 일 없는 지붕 위에서, 그는 노동자들이 겪는 현실을 피맺힌 목소리로 알렸을 것이다. 바늘을 쉼 없이 놀리며 가발을 만들던 김경숙과 YH무역의 여공들은 이 일을 세상에 알리기 위해, 당시의 야당이던 신민당 당사로 찾아 갔을 것이다. 평화시장 재단사였던 전태일은 살아 있을 때 대학생 친구가 하나 있었으면, 하고 늘 말했다. 한자가 가 득한 노동법 책을 들여다볼 때, 자신들의 이야기를 세상에 알리고 싶은데 그 방법을 알지 못할 때, 그는 아마도 지금 의 나와 비슷한 기분이었을지도 모른다. 이 백척간두의 끝 에서 통신이 끊긴 채 홀로 견뎌야 하는, 입이 틀어막힌 듯 한 갑갑하고 절망적인 기분. 크레인 위의 김진숙에게는 버 스를 타고 달려와 주는 수많은 이들이 있었다. 그의 시대에 는 스마트폰이 있었고, 그의 투쟁은 현장에 달려간 이들의 SNS를 통해 사람들에게 알려졌다. 나 역시 그런 것이 필요 했다. 지지가 아니라 내 이야기를 사람들에게 전달해줄 통 로가. 그 간절함의 정체를 깨닫자마자 나는 메시지를 보내 준 동료들에게, 염치 불구하고 길고 긴 부탁의 글을 쓰기 시작했다.

*

카운터웨이트에 홀로 남은 지 309일이 되던 날, 주영으로부터 짧은 메시지가 도착했다. 주영이가 같은 우주공학부 친구들과 함께 통신위성을 만드는 데 성공했다는 소식이었다.

[걱정하실까 봐 미리 말씀드리지만 불법적인 건 아니에요.]

[아마추어 무선통신망을 사용할 거니까, 위원님 외부 작업하실 때의 메시지 쿼리를 우리 주파수에 맞춰주세요.]

[내일, 터미널에서 학술 목적으로 위성을 발사할 거예요.]

[무척 작아요. 하지만 우주에서도 위원님 눈에 띄었으면 좋겠어서 개나리처럼 샛노란 색으로 칠했어요.]

[위성 호출 코드는 길지만, 만드는 동안에는 '희망'이라고 불렀어요. 위원님도 희망이를 보시고 기운이 나면 좋겠는데.]

[우리 언니가 위원님 술 마시고 노래 부르는 목소리가 좋다고 그랬어요. 이제는 못 듣겠지만 그래도 내일은 우리 모두가 위원님 목소리를 들을 수 있으면 좋겠어요.]

300일이 넘도록 전기와 포도당 앰풀만으로 버틴 몸은 잔뜩 쇠약해져 있었다. 나는 랙 사이에 드러누운 채, 그 짧은 메시지들을 몇 번이나 되새겨 읽었다. 그리고 마침내 천천히 몸을 일으켰다. 휘청거리는 몸을 잠시 기대놓고 랙에 꽂혀 있던 외부 전원을 몸에 연결했다. 이곳에서의 메모들, 중간중간 권 부장이 통신을 연결해 퍼부었던, 우리를 인간이 아니라 다 망가진 기계처럼 취급하던 악담들, 동지들과 주고받았던 메시지들……. 저전력 상태로 유지 중이던 메모리에 담긴 그 모든 기록을 송출 가능한 상태로 변환하기 시작했다. 회사는 분명히 큰 트집을 잡고야 말겠지만, 어쩌면 잠시 전기를 꽂은 일을 빌미로 또 말도 안 되는 배상금을 추가하려 들지도 모르지만 그래도 괜찮다. 이제야 나는 마침내 희망을, 세상을 향해 말할 수 있을 통로를 얻었으니까.

나는 그렇게 수많은 사람이 했던 이야기를 다시 하려고 한다.

기계가 몸의 75퍼센트를 차지하고 있지만, 나와 내 동료들은 여전히 사람이라고. 짓밟고, 무시하고, 때려잡고, 굶겨 죽이고, 사람을 절망의 궁지로 몰아가 결국 스스로 목숨을 끊게 만들어도 우리 모두는 너희와 같은 사람이라고.

여기 사람이 있다고. 지상에서 7만 2천 킬로미터 위, 카운터웨이트 꼭대기에 사람이 남아 있다고.

안나푸르나

군사정권이 끝나고 문민정부가 들어서던 무렵의 일이었다. 이제 막 개나리가 피기 시작한 국민학교의 담장을 따라 죽 걸어, 길 하나를 끼고 나란히 선 중학교로 향하던 길, 머리를 짧게 자르고 빳빳하고 큼직한 교복을 입은 중학교 신입생들은 담장 가득 붙은 종이를 보고 걸음을 멈췄다.

　그것은 영화 포스터였다. 흔한 애관극장이나 미림극장, 혹은 단성사 같은 영화관의 이름이 찍힌 것이 아니었다. 눈썹이 짙은 미남이나 입술을 쥐 잡아먹은 듯 붉게 칠하고 입을 반쯤 벌린 미녀도 없었다. 비를 맞고 선 젊은 사람들의 모습과, "닫힌 교문을 열며"라는 글씨뿐이었다.

　길 가던 어른들이 쉬쉬하며 아이들을 쳐다보았다. 입학식 날 보았던, 규칙을 어기면 가만두지 않겠다고 으름장을 놓으며 사람 팔뚝만 한 몽둥이를 휘두르고 다니던 학생주임이 체육선생 둘을 이끌고 중학교 후문에서 뛰어나왔다. 아이들이 졸업했던 국민학교에서도 선생님 한두 분과 경비 아저씨가 헐레벌떡 달려와 담벼락을 살폈다. 그리고 그들은 약속이나 한 듯이, 영화 포스터를 뜯어 발겼다. 마치 학교 담에 질 나쁜 성인영화 포스터라도 붙은 것처럼.

"누구야, 누가 이런 걸 학교 앞에 붙여놨어?"

그들은 포스터를 북북 반으로 찢고 발로 밟았다. 그 거친 손길이 마치 윤선의 왼쪽 다리에 남은 흉터를 할퀴고 잡아 뜯는 것처럼 아팠다. 누군가 윤선의 입을 숨 쉴 틈조차 남기지 않고 굳게 틀어막는 것만 같았다.

울고 싶었다.

*

막 4교시가 시작되려는데 갑자기 교실 앞문이 벌컥 열렸다. 머리의 절반은 박박 밀고 절반은 남겨둔 채, 무릎 나온 트레이닝 바지에 도색잡지 표지를 그대로 베낀 듯한 바니걸 그림의 티셔츠를 입은 그 불청객은, 대뜸 윤선에게 욕설을 퍼붓기 시작했다.

"야, 이 쌍년이."

윤선은 눈살을 찌푸렸다. 교직 생활 20년이면 이런 일을 수도 없이 보게 된다. 특히 좀 거친 동네일수록 출현 빈도가 높아진다. 뭔가 문제가 생겼을 때 상황을 제대로 확인하지도 않고 다짜고짜 교실로 쳐들어와 행패를 부리는 작자들 말이다. 할 말이 있으면 수업이 끝나고 할 수도 있다. 바로 아래층에는 학부모 상담실도 따로 마련되어 있다. 그런데도 어떤 사람들은 지금 당장 자기 말을 들어주지 않으면 하늘이 무너지는 것처럼, 교사에 대한 증오로 똘똘 뭉쳐서 막무가내로 굴곤 한다. 바로 이 사람처럼. 윤선은 남자를 가로막았다.

"수업 중입니다."

"아씨. 그건 내가 알 바 아니고."

"애들 수업 중이니 나가주세요."

"씨발 내가 학부모야! 학부모! 어디서 오라 가라 말이 많아!"

고성과 함께 윤선의 뺨으로 주먹이 날아들었다. 입안이 찢어진 듯한 느낌이 들었다. 아이들이 비명을 질렀다. 이 인간은 다른 아이들은 눈에 보이지도 않나? 그저 자기 새끼 귀한 것밖에 모르고, 자기 분한 것밖에는 생각하지 않는 인간. 오늘 아침 문제를 일으킨 녀석이 왜 6학년이 되도록 할

일과 해서는 안 될 일을 구분하지 못하고, 즉물적인 욕망에만 충실한 아이로 자랐는지 어느 정도 이해가 갔다. 그걸 그새 득달같이 제 아빠에게 일러바친 아이가 밉기보다는 걱정스러웠다. 하지만 더 생각할 겨를도 없이 윤선은 남자에게 멱살을 잡힌 채 복도로 끌려나갔다. 아이들의 비명에 옆 반 선생님들이 뛰쳐 오자, 남자는 보란 듯이 윤선을 소화전 문짝에 처박았다. 머리가 울리고 목에서 우드득 하는 소리가 났다.

"지금 뭐 하는 겁니까!"

교감과 체육선생이 달려왔다. 옆 반 선생은 경찰에 신고했다. 잠시 후 담 하나를 낀 옆 중학교에 와 있던 학교전담경찰관이 먼저 달려왔다. 그 와중에도 남자는 악에 악을 쓰며 소란을 피웠다.

"저년이 말이야, 애들 앞에서 우리 애를 창피나 주고! 폰도 압수하고!"

"선생님, 진정하시죠."

"학부모가 왔는데 말이야 나가라고 박대하기나 하고. 미친, 씨발년이. 야, 이년아. 교육청에 가져다 신고해버린다, 확!"

그래, 스마트폰을 압수하긴 했다. 점심시간에 유튜버

놀이를 한다면서 싫다는 여자애들을 졸졸 따라다니며 영상을 찍고 있었으니까. 수업 때 스마트폰을 사용하지 않을 것, 학교 안에서 친구들 사진이나 동영상을 허락 없이 찍지 않을 것, 친구를 괴롭히지 않을 것. 그리고 규칙을 어긴 아이에게는 수업이 끝날 때까지 스마트폰을 교실 뒤쪽 바구니에 넣어두라고 했다. 친구를 괴롭히지 말라고 했다. 싫다고 하는 일은 하지 않아야 한다고 가르쳤다. 그랬더니 학부모라는 사람이 나타나서 쌍욕을 퍼붓는다.

"야, 네가 아동학대…… 그 뭐냐, 인권침해한 거잖아! 했어, 안 했어!"

아동학대 좋아하네. 교실 안에서 다른 아이들과 함께 살아가는 방법을 가르치는 거잖아. 규칙을 따르고, 다른 사람에게 피해를 끼치고 장난이라고 주장하지 않고, 잘못을 했으면 사과하는 법을 배우고. 아이들이야 그게 듣기 싫어서 면피하려고 '아동학대'를 들먹일 수도 있다. 하지만 아이 보호자까지 그러면 안 되는 거잖아. 싫다는 친구의 모습을 찍어 인터넷에 올릴 거라고 낄낄거리며 조롱하는 아이가 아무 제지도 받지 않고 자랐다가, 몇 년 뒤에 정말 범죄자라도 되면 어쩌려고 그래. 경찰서에 가고 법원에 출석한 다음에야 큰일 난 줄 알 거냔 말이야. 그런 앞날이 뻔히 보이는데도 아이를 가르치지 않는 게 아동학대지. 그리고 선생 하나 두들겨 패자고 학교까지 쳐들어와 난동 피우고 전교생이 수업도 못 하게 하는 이 상황은, 그건 학습권 침해가 아니고 뭔데. 코피가 주르륵 흘렀다. 윤선은 내뱉고 싶은 모든 말들을 꾹꾹 눌러 참으며 천천히 고개를 들었다. 일그러진 표정으로 윤선을 내려다보고 있는 학부모의 가슴에는 액션캠이 매달려 있었다.

"선생님은 올해 우리 학교 오셨으니까 모르셨겠네요. 걔네 아빠 원래 유명해요."

보건교사는 윤선의 이마를 소독하며 고개를 저었다.

"원래 그렇게 수시로 들이닥쳐서 선생님들 멱살 잡는 사람이에요?"

"아니, 유명한 BJ라고요. 유튜버요. 인플루언서 그런 건 아니고, 막말하고 엽기 행동하는 유튜버. 무슨 TV, 뭐 그런 이름이었는데. 뉴스에도 여러 번 나왔잖아요."

윤선은 보건교사의 말을 듣고 얼른 스마트폰을 꺼내 검색을 했다. 방금 전 교실을 난장판으로 만들고 간 그 남자가 양쪽 콧구멍에 담배를 끼운 채 얼굴을 일그러뜨린 사진이 올라왔다. 유튜브 계정을 찾아 클릭해보았더니, 맨 위에 뜬 동영상에 학교의 풍경이 비쳤다.

"이게 뭐야. 아, 어떡해."

보건교사가 옆에서 넘겨보곤 혀를 찼다. 윤선은 영상도 영상이었지만 그 영상에 붙어 있는 제목을 보고 입을 딱 벌렸다.

[라방] 폭력교사 참교육 하러 가는 ssul.

"그러니까 아까 소리 지르고 선생님 때린 걸 생중계했다는 거잖아요, 지금? 와, 미쳤어. 선생님, 이거 캡처해놔요. 자기가 자기 손으로 증거까지 다 남겼는데. 혹시 고소라도 하게 되면 써먹어야지."

윤선은 멍한 표정으로 화면만 들여다보았다. 보건교사는 대신 화면을 캡처하더니, 시계를 흘끔 바라보았다.

"식당 닫겠다. 선생님은 병원 가셔야죠."

"난 잠깐만 누워 있을게요. 심한 건 아니니까 수업 들어가야죠."

"무슨 소리예요, 조퇴하고 병원 가서 진단서부터 끊어야죠. 그 학부모 얼마나 악질인데!"

"담임이 끌려나가서 두들겨 맞고 그대로 사라져버리면, 애들이 불안해하잖아요. 가서 살아 있다는 건 보여줘야지."

"걔들이 1, 2학년이에요? 6학년이에요, 6학년. 수업이야 다른 선생님이 들어가셔도 되고."

"식사 다녀오세요."

윤선은 안쪽 침대에 누우며 대답했다. 보건교사는 한숨을 푹 쉬었다.

"아까 경찰에 신고는 했으니까 병원 가시면 진단서 잘 받아오세요. 선생님이 그냥 참고 넘어가신다고 쳐도 그 학부모, 먼저 아동학대니 뭐니 고소한다고 난리 칠 거예요. 안 봐도 뻔해."

윤선은 대답하지 않았다. 등 뒤에서 문 닫히는 소리가 났다. 밖에 윤선의 반 아이들이 와 있었는지, 선생님은 괜찮으시냐는 앳된 목소리가 들렸다. 나가서 얼굴을 보여줄까 하다가, 윤선은 수업시간 오 분 전으로 알람을 맞춰놓고 눈을 감았다.

오지 않는 잠을 청하며 뒤척이다가 아주 잠시 잠에 빠져들었다. 마치 발이 미끄러지는 듯한 느낌이었다. 몸이 허공에 떠올랐다가 그대로 추락한다고 느낀 그 순간, 손가락 끝에 무언가 차갑고 단단한 것이 닿았다.

윤선은 눈을 떴다. 베개 옆에 놓아둔 스마트폰 위에, 제 것이 아닌 물건 하나가 놓여 있었다.

낡고 흠집이 많이 난, 세월이 덕지덕지 묻은 등산용 카라비너였다.

*

6교시가 끝났다. 무슨 정신으로 수업을 다 했는지 모르
겠지만 어쨌든 하루가 갔다. 심한 일을 당하긴 했어도 한국
에서 선생 노릇 하면서, 이런 꼴을 보고 듣고 겪어보지 않
은 사람이 얼마나 있으려고. 이마와 목에는 큼직한 메디폼
이 붙어 있었고 뺨도 여전히 벌겋게 부어 있었지만, 어디가
부러진 것도 아니었다. 운이 좋았다.

운이 좋긴 뭐가 좋아. 종례를 마치고 아이들이 교실을
벗어나는 모습을 바라보다 윤선은 몸을 돌렸다. 맘대로 하
라지. 경찰에 신고하든 고소를 하든 유튜브에 올려서 작정
하고 개망신을 주든. 혐오와 폭력으로 먹고살면서 자식을
똑바로 가르칠 생각도 없는 사람이 아동학대를 논한다는
게 웃기지도 않았다. 똑같은 놈들이 그 영상을 보며 참교육,
참교육 하고 낄낄거리는 것도. 참교육이라는 말이 어디에
서 왔는지도 모르는 놈들이.

그런 날이 있다. 자기가 가진 원칙이랄까, 신념 혹은 사
명감 같은 것이 눈앞에서 처참하게 박살 나는 그런 날이.

윤선은 오늘따라 유난히 낯설게 느껴지는 교실을 멍한 눈으로 바라보았다. 초등학교 교실이란 같은 반 아이들이 1년 동안 공부를 하는 곳, 그 이상의 의미가 담긴 공간이다. 적어도 윤선이 생각하기에는 그랬다. 교실은 아이들이 하루의 절반 가까이를 사는 곳이자 담임의 교육적 이상을 구현한 곳이었다. 학교 교육에 대해, 교사의 교육철학에 대해 번드르르하게 말하는 사람은 많지만, 때로는 교실 창가에 놓인 화분이나 교실 뒤편 게시판에 붙어 있는 아이들의 그림 같은 것들이 그 교사에 대해 더 잘 말해주기도 한다.

오늘 교실에 쳐들어온 불청객은 아이들이 보호받고 지지받아야 하는 공간이자, 윤선이 소중하게 가꿔온 철학이 담긴 공간을 흙발로 짓밟았다. 맞은 게 문제가 아니라, 그 공간을 침해당했다는 사실이 윤선을 무겁게 짓눌렀다.

다 때려치울까.

대학을 졸업하자마자 교사가 되었으니 올해로 선생 노릇도 20년째다. 연금은 한참 뒤에야 나올 텐데, 그만두면 뭐 해서 먹고살지. 생각할수록 지긋지긋했다.

그때 교실 문이 열렸다.

"선생님."

반에서 제일 키가 큰 아이가 몸을 잔뜩 웅크린 채 문을 한 뼘만큼 열어 안을 들여다보고 있었다. 윤선은 자기도 모르게 낯을 찌푸렸다. 여자애들의 동영상을 찍던 녀석과 늘 죽이 맞아 다니는 아이였다.

"학원 갈 시간 아니야? 뭐 두고 갔니?"

"학원 제꼈어요."

"넌 아무리 그래도 학원 빼먹은 걸 선생한테 대놓고 말을 하냐."

어처구니가 없었다. 세상이 정말 많이 바뀌긴 했지. 윤선은 자리에서 일어났다. 아이는 윤선의 이마를 바라보다가 조심스럽게 말했다.

"걔가요, 선생님께 미안하대요."

"그 말을 왜 널 시킨다니? 직접 와서 하질 않고."

"자기가 직접 말하면 선생님이 화내실 것 같다고요."

"선생님은 대신하는 사과는 안 받아. 내일 와서, 선생님이랑 학교 생활 규칙에 대해 다시 이야기하자고 해."

윤선은 땅이 꺼지게 한숨을 쉬다가 다시 말했다.

"화 안 났어. 너희가 말 안 듣고 규칙 안 지키는 걸로 화날 것 같으면, 선생님은 벌써 화병으로 죽었게."

"그것 때문이 아니라요……."

그러니까 아빠가 학교까지 들어와서 선생님을 때리고

난동을 부리고 동영상을 찍어 유튜브에 올린 것이 걱정은 되는데, 그걸 또 직접 와서 죄송하다고 말할 용기는 없고 그래서 친구를 보냈다는 이야기였다. 울컥하는 마음에 뭐라도 한마디 하려는데, 바지 주머니 쪽이 따끔한 느낌이 들었다. 아까 보건실에서 가져온 카라비너에 살이 집힌 모양이었다. 그 가벼운 통증 덕에 애써 마음을 가라앉히고, 윤선은 침착하게 대꾸했다.

"아빠가 잘못한 일은, 아빠가 미안해해야지. 걔도 부모님 일 때문에 그럴 것 없고, 너도 친구 대신 미안하다고 할 것 없어. 늦지 않게 학원이나 가렴."

"선생님도 그거…… 영상 봤어요?"

"어."

"화 안 났어요?"

"났어. 허락도 없이 동영상 찍어 올리는 것에 화가 났고, 학교에 와서 너희들 수업을 방해한 것도 화가 났고, 폭력을 콘텐츠로 소비하는 것도 화가 났고, 제목에다가 참교육 운운하는 것도 화가 났어. 대체 참교육이 뭐라고 생각하는 거야. 사람 때리는 거? 대체 누가, 그따위로 가르쳤는지 모르겠다. 너한테 화내는 거 아니야. 걔네 아빠에게 화가 나고, 그런 걸 웃기는 동영상처럼 소비하는 인간들에게 화가 나는 거야. 선생님도 교실 정리하고 오늘은 일찍 병원 가봐야 하니까, 너도 조심해서 들어가. 학원 빼먹지 말고."

내쫓듯이 아이를 돌려보내고 일어난 김에 빗자루를 들어 교실을 쓸었다. 종아리에 남은 흉터가 욱신거렸다. 그때 누군가가, 이번에는 창문을 똑똑 두드렸다.

"박윤선 선생이 병원 안 가고 교실에서 청승 떨고 있다는 소문이 들려서."

4학년 담임인 권영희였다.

"교실 청소 하루 안 한다고 죽냐. 가자. 교감 선생님이 나보고 너 병원으로 모시고 가랬어."

"그러니까 내가 애도 아니고 왜 너랑."

"초등학교 동창이니까 친한 줄 아시나 보지. 얼른 나와."

영희가 손짓했다. 윤선은 한숨을 쉬며 청소도구를 정리하고 가방을 들고 복도로 나왔다. 아까 자신이 짐짝처럼 끌려가 부딪쳤던 소화전 문에 패인 흔적이 보였다. 영희가 혀를 차며 그 자국을 쓸었다.

"머리가 깨졌는데도 수업을 들어가야 되는 줄 아는 박윤선 같은 돌대가리가 부딪쳤는데, 용케도 문짝 무사하네."

"저걸 말이라고."

윤선이 투덜거렸다. 영희는 윤선에게 얼른 팔짱을 끼며, 병원 문이 닫을세라 성큼성큼 걷기 시작했다.

"얼른 가자. 가서 엑스레이든 CT든 찍어보고, 진단서도 끊어놓고. 저녁도 먹을까? 특별히 내가 사 주지."

*

권영희는 말하자면 윤선의 오랜 라이벌이었다. 국민학교 1학년 2학기 때부터 중학교 졸업까지, 그들은 같은 학교 전교 순위권 안에서 계속 경쟁하던 사이였다. 고등학교에 가면서 이제 저 웬수를 그만 보겠구나, 생각했지만 그들이 고등학교 3학년이 되고, 수능을 치룬 뒤 얼마 지나지 않아 경제 위기가 왔다. 나라가 망하고 집안이 망하고, 다시는 이전의 세계로 돌아갈 수 없을지도 모를 상황에서, 부모들은 공부 잘하는 여자아이들에게 학비가 싼 국공립대학을 권했다. 이왕이면 교대 졸업해서 학교 선생이 되라고, 여자 직업으로 학교 선생만 한 게 또 있겠느냐고들 말했다. 그렇게 윤선은 교육대학 캠퍼스에서 영희를 다시 만났다.

윤선은 두고두고 만나는 친구가 있는 것도 아니고, 연애를 하고 가정을 꾸린 것도 아니다. 그러니 같이 사는 고양이 한 마리를 제외하면 영희는 좋든 싫든 자신에 대해 제일 많이 알고 있는 타인이긴 했다.

"선생님, 얘 진단서 좀 잘 끊어주세요. 정말 악질적인 인간한테 맞은 거라서요."

그건 사실이지만 이렇게 오지랖 넓게 끼어들어달라고 부탁한 적은 없었는데. 영희는 자기가 아는 병원들로 윤선을 끌고 다니며 보호자처럼 굴었다. 외과에서 한 장, 정신과에서 또 한 장, 진단서와 영수증들도 꼬박꼬박 챙기면서.

"이거 진단서, 너무 과하게 나온 거 아냐?"

"너 입안에 찢어져서 꿰맸잖아. 이마도 두 바늘. 일단 꿰매면 기본 4주 나와. 그리고 여기 얼굴에 타박상이랑. 한동안은 멍도 안 빠질 텐데. 그런 데다 목도 졸렸고. 야, 이거 살인미수야. 살인미수. 목은 또 왜 이래. 얘가 아주 잘못 맞았나 봐. 일자목이 다 됐네?"

"그건 맞아서 그런 거 아냐. 요즘 목 디스크 없는 사람 없잖아."

"넌 사람이 그렇게 맞아 놓고도 정직한 척을 하냐. 재미없게."

영희는 이마와 입안 쪽의 꿰맨 자국, 피부 위로 슬슬 올라오는 멍 자국을 전부 사진 찍었다. 윤선은 그렇게까지 할 필요 없다고 말하려다가 입을 다물었다. 이렇게 맞아 놓고 너무 태평한 생각인지는 모르지만, 자기가 가르치는 아이의 보호자와 법원에서 얼굴 볼일은 없기를 바랐다. 먼저 고소할 마음은 없었다. 하지만 일이 그냥 여기서 수습된다면 모를까, 그 막돼먹은 남자가 먼저 아동학대니 뭐니 헛소리를 해댈 때 맞대응을 하려면 사진과 진단서 같은 것들이 필요하긴 할 테다.

"긴세대, 긴세대 하는데 세상에 선생 긴세대만큼 거지 같은 것도 없지."

병원 순례를 마치며 영희가 윤선의 어깨를 툭툭 쳤다.

"학교 다닐 때는 진짜 숙제 좀 안 해 오고 시험에서 몇 개 틀렸다고 30센티미터 자로 손바닥에, 대자로 손등에, 대걸레로 엉덩이랑 종아리랑 걸핏하면 피 터지게 맞고 다녔잖아. 선생이 되어서는 이렇게 학부모인지 악성 민원인인지 모를 사람들한테 처맞고 다니고."

"그러게…… . 내가 오늘 이 사달이 왜 났는지 알아? 애가 유튜브 놀이한다며 다른 애들이 싫다는데 동영상 찍는 걸 불러다 야단쳤더니, 아빠라는 작자가 라이브 방송 켜놓고 학교에서 사람을 친 거야. 난 그거 방송 나가는 줄도 몰랐는데, 보건실 갔더니 이미 유튜브에 올라와 있더라."

"알아. 벌써 학교에 소문 다 났어."

"정말⋯⋯."

"진짜 웃긴다니까. 학부모가 암만 그래도 경찰에 신고하면 바로 아동학대라고 맞고소하고 교육청에 민원 넣는 세상이라니. 야, 난 작년에 5학년 맡았는데 수업시간에 교실 뒤에서 갑자기 '섹스!' 하고 외치는 놈들도 있었어. 속으로야 뭐, 아주 주먹이 울지. 부모한테 전화해도 나보고 뭐라고 하고. 어차피 졸업하면 다시 안 볼 거, 지 새끼 지가 망치겠다는데 마음대로 하라지, 싶은 생각이 아주 울컥울컥 올라오더라."

"나 올해 이 학교 처음 왔잖아. 쟤네 아빠 하는 거 보니 전부터 유명했을 것 같은데, 초등학교 동창이라고 티를 내고 다닐 것 같으면 너라도 나한테 미리 말을 좀 해주던가."

"저 올해 도서관 맡았거든요? 학교에서 제일 바쁜 사람 중 하나가 나야. 그리고 내가 여기 학교 온 김에 밥 한번 먹자고 했는데, 안 먹고 맨날 칼같이 도망친 사람이 누군데."

"그냥 언질도 못 해주냐고."

윤선이 투덜거렸다. 영희는 킬킬 웃으며 윤선의 어깨를 다시 툭 쳤다. 윤선이 그 손을 밀쳐내며 짜증을 냈다.

"아, 아프다고. 거기도 지금 멍들었다고."

그래도 그런 느슨한 인연이라도 동창이라고, 이렇게 챙겨 집 앞까지 데려다주는 게 고마웠다. 윤선은 영희의 차에서 내리려다 말고 물었다.

"밥 할 기운도 없네. 영희야. 피자 먹고 갈래?"

"좋지."

아파트 현관 카드키와 함께 윤선은 주머니에 들어 있던 카라비너도 꺼냈다. 엘리베이터를 타고 집으로 올라가는 내내 윤선은 그 카라비너를 쥐었다 폈다 했다.

행운의 기념품이라고 하셨잖아요, 선생님.

카라비너는 국민학교 6학년 때 담임 선생님께 받았다가 그해 여름방학이 시작될 때 돌려드렸던 물건이었다. 이 자리에 있을 리가 없다. 그런데도.

지금이야말로 선생님께 행운이 필요할 것 같아서요.

30년이 지난 지금, 이 카라비너는 대체 어디서 튀어나온 것일까.

"그거 뭐야? 너 등산 안 하잖아."

"내가 등산을 안 하는 줄은 어떻게 알아?"

"아니, 그거 암벽등반할 때 쓰는 거잖아. 예전에 6학년 담임이 늘 갖고 다녔었는데."

"카라비너."

"아, 그래. 카라비너. 맞다."

엘리베이터 문이 열렸다. 대문 앞에서 윤선은 잠시 머뭇거리다, 영희를 돌아보았다.

"너, 우리 중학교 1학년 때 학교 담벼락에 영화 포스터 붙어 있던 거 기억나?"

*

6학년 때 담임은 키가 작았다. 지금 생각해보면 170센티미터도 안 되었던 것 같다. 국민학교 졸업 앨범 갈피에 끼워놓은, 무슨 행사만 있으면 한 장씩 뽑으라고 돈까지 걷었던 단체 사진 구석에 그의 흔적이 남아 있다. 강화도로 봄 소풍 갔던 날, 포대를 배경으로 반 아이들이 네 줄로 늘어서서 찍은 단체 사진, 그 맨 구석에 선생인지 학생인지 그냥 봐서는 구분도 잘 안 가는 모습의 새파랗게 젊은 담임이 있었다. 자기보다 더 큰 아이들이 선생님과 키를 견주며 으쓱거리는데, 담임은 촌스럽게 덥수룩한 머리카락을 하고 알이 큼직해서 꼭 창문처럼 보이던 안경을 쓰고, 그냥 사람 좋게 웃고만 있었다.

가끔 조례도 없는 평일에 담임이 구깃구깃 초라한 회색

양복을 차려입고 출근하는 일이 있었다. 오늘 선보러 가시냐는 아이들의 놀림을 받으면 뺨이 발그레해지던, 그 총각 선생님의 초라한 양복 자켓의, 볼펜을 꽂아놓는 가슴 주머니에 매달려 있던 동그란 배지. 빨강과 파란색이 칠해진 위에 웃는 아이의 얼굴이 그려진 그 배지의 아래쪽에는, "참교육"이라는 말이 선명하게 새겨져 있었다.

"참교육은 무슨 얼어 뒈질 참교육. 퉤엣."

그해 중간고사가 끝나고 얼마 지나지 않은 5월 말 일요일이었다. 윤선은 그다지 넓지는 않지만 바람이 시원하던 마루에 벌렁 드러누워, 며칠 전 담임이 '행운의 기념품'이라고 건네준 카라비너를 만지작거리며 엄마가 주방에 틀어놓은 라디오에 귀를 기울이고 있었다. 윤선은 시험이 끝난 주말에 담임의 인솔로 친구들과 함께 계양산에 갔다가 잘못 넘어지는 바람에 왼쪽 다리를 다쳤다. 뼈가 부러진 것은 아니었지만 바위 모서리에 제대로 찍히며 한 뼘 정도 깊이의 상처가 났다. 바로 병원으로 달려가 꿰매고 선생님 등에 업혀 집에 온 것이 지난 주말의 일이었다. 학교에는 어떻게 간다 쳐도 뛰고 달리다 보면 아직 욱신거리고 아파서 그날 역시 윤선은 밖에 나가지도 않고 집에서 뒹굴거리고만 있었다.

경기도 어디에서 장학사를 하고 있는 외삼촌이 사뭇 분노한 목소리로 쏟아내는 이야기를 온전히 듣게 된 것도 그 때문이었다.

"지네들이 무슨 열사나 된 것처럼, 아주 전라도 빨갱이 새끼들이 떼거리로 몰려다니면서는!"

원래는 학교 선생님이었고, 출세하려면 장학사가 되어야 한다며 공부도 게을리 하지 않았던 외삼촌은, 학교에 빨갱이 선생들이 너무 많다, 그 새끼들을 전부 몰아내야 한다며 열변을 토했다.

"애들 데리고 들로 산으로 다니면서 의식화시키고, 교과서에는 나오지도 않는 운동권 빨갱이들 노래 가르치고, 그런 게 어디 선생입니까? 성적 잘 나오라고 가르쳐도 시원치 않을 선생들이, 행복은 성적순이 아니라는 사탕발림 같은 소리나 하는 게 어디 선생이 할 짓이냔 말입니다. 아니, 형님. 형님은 요즘 뉴스도 안 보십니까? 요즘 젊은 선생들이 어떤 놈들인데, 애를 선생 따라 들로 산으로 놀러 다니게 내버려 둬요?"

"그래도 애들한테는 참 지성으로 하는 선생이던데, 젊은 사람이. 촌지도 안 받고."

"아이고, 형님도 모르면 좀 잠자코나 계슈! 그놈들 하는 소리 들을 가치도 없어요. 아니, 지들만 참교육하고 우린 다 거짓말로 애들 가르친대? 건방진 놈들, 대갈빡에 피도 안 마른 것들이 그렇게 설치니까, 나라 꼬라지고 교육이고 어디 제대로 굴러가겠나, 원."

"적당히 해둬, 처남. 정말로 문제가 있으면 나라에서 어떻게 하겠지."

"그렇게 물렁하게 굴 일이 아니란 말입니다."

외삼촌은 정말로 내가 걱정된다는 듯이, 아버지가 걱정된다는 듯이 마구 화를 냈다.

"그거 전부 북한에서 내려온 빨갱이 새끼들인데, 빨갱이 새끼들이 왜 국민학교에서 선생질을 하고 있겠어요? 저 어린 애기들한테 살살 빨간 물을 들이는 거란 말입니다. 선생이면 선생답게 얌전히 애들이나 가르쳐야지, 어디서 시국이 어떻고 정권이 어떻고 노동이 어떻고 민주주의가 어떻고 하면서."

외삼촌이 빨갱이라고 매도하는 사람들은 바로 참교육 배지를 달고 있는 젊은 선생님들이었다. 윤선은 마룻바닥에서 뒹굴거리다가 문득 바닥에 내려앉은, 눈이 커다란 파리를 보며 생각했다. 참교육이 나쁜 거면 우리 담임도 나쁜 사람인가? 그거 달고 다니는 사람이 빨갱이라는데, 빨갱이는 공산주의자고 악당에 괴물들이라고 그러지만 우리 담임은 그런 거 아닌데. 담임은 그냥 아이들과 놀고 노래 부르고 책 읽는 걸 좋아하는 사람이었다. 한 반, 쉰다섯 명이나 되는 아이들의 이야기에 귀를 기울이고 고민도 들어준다. 어지간해선 화도 내지 않았다. 딱 한 번인가, 5월 무렵에 담임이 담당하던 컴퓨터실 문을 잠그고 안에서 소리를 지르는 모습을 본 적은 있지만 아이들 앞에서는 결코 그러지 않았다. 무엇보다도 담임은 아이들을 절대 때리지 않았다. 잘못을 하면 엄격하게 말로 꾸짖긴 했지만, 다른 선생님들처럼 걸핏하면 손바닥이며 엉덩이를 불이 나게 때리는 일은 없었다.

그는 지금 기준으로도 좋은 사람이고 아마도 좋은 선생님일 것이었다. 그런데 그런 담임이 방학이 끝나자마자 갑작스레 교단을 곁을 떠났다. 정확히는 2학기가 시작되고 교실에 갔더니 담임의 명패가 바뀌어 있었다. 걸핏하면 아이들에게 매질을 해서 모두가 싫어하던 나이 많은 선생님이 교실 앞, 담임의 책상을 차지하고 있었다. 졸업 앨범에조차 담임의 사진은 실리지 않았다. 마치 어른들 모두가 힘을 합쳐 그의 흔적을 전부 지워버리기라도 한 듯이.

"그때가 1991년이었잖아."

영희는 따끈따끈한 피자 박스를 거실 테이블에 내려놓으며 말했다. 완전히 자기 집 같네. 윤선은 영희를 올려다보며 한숨을 쉬었다. 어쩌다 보니 영희가 길 하나 건너 신축 아파트에 산다는 것도 알았고, 영희도 고양이를 키운다는 것도 알았으며, 주말이면 윤선이 늘 가는 구립 도서관에 영희도 매주 간다는 사실도 알았다. 차이가 있다면 윤선은 책을 빌리고 점심을 먹으러 가지만 영희는 점심을 먹고 나서 도서관에 간다는 것 정도일까.

"그리고 우리가 중학교에 간 게 1992년. 그때 우리 학교 앞에 붙어 있던 건 '닫힌 교문을 열며'였어. 한참 잊고 있다가 고등학교 때 그 영화를 봤단 말이지."

"빨리 봤네. 난 대학 가서 봤는데."

영희가 어깨를 으쓱거렸다. 그리고 마치 제집인 듯 윤선의 냉장고에서 맥주 두 캔을 꺼내 왔다.

"차는 어쩌고."

"집이 코앞인걸. 내일 찾으러 오면 돼."

"마음대로 해라."

"어쨌든 1991년에 시끄러웠던 건 맞아. 그때 정말, TV 에서 뉴스만 나오면 데모하고 그런다고 어른들이 늘 그랬 잖아."

그건 그랬다. 나이가 든다는 건 어렸을 때 몰랐고 또 이 해할 수 없었던 일들을 하나하나 찾아가는 과정일지도 모 른다. 윤선과 그 또래 친구들이 태어나고 얼마 지나지 않아 독재자는 여대생을 옆에 끼고 술을 마시다가 총을 맞고 죽 었다. 그들이 이제 막 돌잔치를 할 무렵에, 광주에서는 수많 은 사람이 학살당했다. 그들이 국민학교 저학년 때, 뉴스를 틀면 나오던, 돌이나 화염병을 던지는 대학생들의 모습은 87년 민주화 항쟁이었다. 대통령선거가 있었고 서울올림픽 이 끝났지만, 뉴스에서는 여전히 '데모'하는 학생들의 모습 이 보였다. "가자 북으로, 오라 남으로"하는 플래카드와 함 께, 임수경이라는 대학생이 북한에 갔다는 이야기가 나왔 던 것은 1989년이었다. 학생들은 1990년, 민주화 운동에 앞 장서는 줄 알았던 김영삼이 권력에 대한 욕심으로 삼당합 당에 찬성하고, 민정당을 중심으로 다시 정권을 이어나가 려 하자 또다시 거리로 나왔다. 민주주의를 위해서 공안통 치 물러나라고 외치며 거리로 나온 학생들에게, 어른들은 데모하는 학생들은 북한과 내통하는 빨갱이라고, 저 임수경을 보라고, 그렇게 북한이 좋으면 북한 가서 살라고 손가락질했다.

그리고 그 한편에는 교사들에 대한 탄압이 있었다.

1986년 교육민주화 운동 이후로 정권은 학교를 불법 수색하고 교사들을 탄압했다. 경찰들은 걸핏하면 학교 주변을 검문했고, 젊은 교사들의 일거수일투족은 교장과 교감에게 보고되었다.

4·19에 민주주의에 대한 시를 읽었다고, 수업시간에 시사 문제를 다루거나 토론식 수업을 했다고, 학생들에게 이승만 대통령 묘소 참배를 강요한 교장에게 항의했다고 선생들은 학교에서 쫓겨났다. 촌지를 받지 않고 형편이 어려운 학생들의 일을 내 일처럼 고민했다고, 민속놀이인 풍물이나 탈춤, 민요를 가르친다고, 새로운 방식으로 아이들과 수업하기 위해 다양한 시도를 했다는 이유로 젊은 선생님들이 '교직 부적합자'로 낙인찍혔다. 문교부는 촌지를 받지 않고, 학급 문집을 만들고, 아이들에게 자율성과 창의성을 가르치려는 교사들을 두고 요주의 인물이라 못 박았다. 열심히 가르치고, 아이들을 사랑하고, 교사로서의 도덕을 지키려던 교사들은 감찰 대상이 되고 부당한 징계를 받았다.

학교에서 아이들을 인격적이고 민주적으로 대하자고 말하던 선생님들은 추방당했다. 1989년 전국교직원노동조합이 만들어지자, 대통령은 전교조는 불법 단체라고 규정했고, 문교부 장관 정원식은 전교조 소속 교사들을 빗자루로 쓸어내듯이 학교 밖으로 내쫓았다.

1991년은 그렇게 선생님들을 빼앗겼던 중고등학생들이 자라 갓 대학생이 되던 시기였다.

"그때나 지금이나 어른들은 중고등학생이 거리로 나온다고 하면 너희가 뭘 안다고 그러냐고 무시하거나, 애들이 어려서 불온한 사상에 잘못 세뇌당한 줄 알거나 했잖아."

"애들도 다 알지. 머리가 굵어질수록 예전에 겪었던 그 일이 무엇이었나 계속 곱씹어 생각하고."

1991년 공안통치 물러가라고 외치다가 백골단의 쇠파이프에 맞아 죽은 대학생 강경대는 고등학생 때, "전두환은 광주 시민들을 학살했고, 노태우는 교육을 학살하고 있다"라는 글을 썼다. 얼마 지나지 않아 또 다른 대학생 김귀정도 강경대 열사 살인에 항의하는 시위에서 목숨을 잃었다. 그해 5월, 광주의 고등학생 김철수는 광주 정신 계승과 학교의 민주화를 외치며 자기가 다니는 학교 운동장에서 분신했다. 아마도 담임이 컴퓨터실 문을 잠그고 비통하게 소리 지른 것도 이때의 일 때문이었을지 모른다.

그 1년 전에는 대구의 고등학생 김수경이 전교조 결성을 이유로 담임을 비롯한 여러 교사가 해직된 것에 항의하다가 문제 학생으로 낙인찍히고, 교사들로부터 폭행을 당한 끝에 옥상에서 투신했다. 교사들이 참교육을 외치다가 교문 밖으로 쫓겨나고, 학생들은 해직된 교사들을 지지하다가 죽어갔다. 교사들은 한 명 한 명 쫓겨나면서도 시국선언을 이어나갔다.

교사는 노동자가 아니고, 전교조는 불법단체이며, 정치세력화되어 정권퇴진투쟁에 나선 전교조 교사들이 수업시간에 학생들에게 의식화 교육을 시킨다고 주장하던 정원식은, 1991년 문교부장관에서 퇴임하고 잠시 한국외대에서 강의하다가 총리로 임명되었다. 그의 한국외대에서의 마지막 수업 날, 학생들은 그를 선생님들을 죽인 살인마라고 부르며 달걀과 페인트를 던졌다. 언론은 군사부일체를 들먹이며 학생들이 교수를 공격했다고 비난했다. 그리고 그해 여름, 전교조라는 이유로 또다시 수많은 선생님이 해직당했다.

참교육 배지를 옷깃에 달고 다니던 담임도 그중 한 사람이었다.

"……그때 병원에서 안나푸르나 이야기를 했었어, 담임이."

*

중간고사가 끝나자마자 담임은 산에 가자고 했다.

"인천에서 너희들이랑 가볼 만한 곳이라면 역시 계양산이지."

"계양산이 어디 있는 건데요?"

"너희들 지금은 시청, 구청이라고 하지만 예전에 고려시대, 조선 시대에서는 도호부라고 했다고 배웠지? 그 부평도호부 자리 바로 뒤에 있어. 지금 가면 너무 덥지도 않고 꽃도 피어서 딱 예쁠 거다."

주말이라고 집에 있어봤자 특별히 갈 곳도, 할 일도 없었다. 담임은 한 달에 한두 번 정도 아이들을 데리고 버스나 지하철로 갈 수 있는 박물관이나 역사 유적 같은 곳에 방문했다. 도시락을 싸 가는 것도 아니고, 왕복 차비 정도만 있으면 되니까 부모님들도 싫어하지 않았고, 나중에는 담임선생님이 아이들 공부에 관심이 많으시구나, 특히 역사 공부에 도움이 되는 데 많이 가시는구나 하고 그러려니 했다.

그때에도 담임은 근처 국민학교 옆에 있다는 부평도호부를 함께 보고 계양산에 올라가서 인천 풍경 그리기를 하고 오겠다, 얼마 후에 교내에서 미술대회가 있는데 미리 가서 멋진 풍경들을 보고 스케치도 해 올 것이다, 우리 반에서 입상자들이 많이 나오면 좋겠다는 안내문을 돌렸다. 그러기 위해 각자 필통을 가져오라고, 도화지는 선생님이 준비하겠다고도 했다.

　　계양산 아래, 삼거리까지 버스를 타고 갔다. 버스에서 내리면서부터 큼직한 가방을 등에 멘 담임의 설명이 이어졌다. 저쪽에는 선생님이 졸업한 인천교대가 이사를 왔고, 이 위쪽에 짓고 있는 건물에는 여자 전문대학이 생길 거라고 했다.

　　수녀원 옆길로 쭉 올라가니 본격적으로 산이었다. 조금 전까지 가이드처럼 안내하던 선생님도, 담임의 설명 따위 개의치 않고 자기들끼리 재잘재잘 떠들던 아이들도, 숲으로 들어서자 조금은 차분해졌다. 반장인 영희는 담임을 바짝 따라갔고, 다른 아이들은 느슨하게 줄을 지어 뒤따랐다.

　　날씨가 좋았고 주말이었다. 산에 온 등산객 중 하나가, 저쪽에 가면 경치가 정말 좋다고 알려주었다. 그림을 잘 그려서 작년에도 교내 미술대회에서 상을 받았던 윤선은 솔깃했다. 멋진 풍경을 보고 싶었다. 대충 스케치를 해가면 더 좋은 그림을 그릴 수 있을 것 같았다. 그래서 그쪽으로 갔다. 선생님이 길을 벗어나지 말라고 했는데도.

"꺄아아아악!"

경치를 잘 보려고 몸을 내밀다가 그만 미끄러졌다. 바닥인 줄 알고 디딘 것이, 바위 위로 얇게 깔린 이끼였다. 그걸 깨달은 순간 몸이 앞으로 쭉 미끄러졌다가 그대로 허공으로 둥실 떠올랐다.

추락이었다. 손으로 머리를 감쌌다. 등허리부터 떨어졌지만, 메고 있던 책가방에 연습장과 색연필, 그리고 작은 돗자리가 들어 있어서 크게 다치진 않았다. 하지만 옆으로 구르다가 나뭇가지와 바위에 다리를 세게 긁혔다. 윤선은 공포와 통증이 뒤섞인 비명을 질렀다.

그리고 그때, 담임이 뛰어나갔다. 평소에도 농담처럼 자신을 산 사나이라고 말하던 그는, 다른 아이들을 올라오던 등산객 부부에게 맡겨놓고, 가방 가득 들고 온 자일을 몸에 묶었다. 순식간에 내려온 담임은 다친 윤선의 다리에 응급처치를 하고, 업어서 등에 단단히 묶은 뒤 자일을 잡고 올라왔다. 눈 깜짝할 새에 이뤄진 구조에 모두가 담임을 보고 구조대원 같다, 슈퍼맨 같다고들 말했다. 산을 내려가자 먼저 하산한 등산객들이 불러놓은 구급차가 비탈진 도로를 따라 올라오고 있었다.

"이거 가져. 행운의 기념품이니까."

담임은 붕대를 다 감고 누워 있던 윤선에게 낡은 카라비너를 건넸다.

"등산용품이잖아요. 이게, 그러니까……."

"카라비너. 자일 줄 같은 거에 걸어서 쓰는 거지. 이번에 너 구할 때 쓴 거야."

담임이 빙긋 웃었다. 윤선은 무슨 말을 해야 좋을지 몰라 담임을 쳐다보다가 꾸벅 머리를 숙였다.

"구해주셔서 감사합니다. 길 벗어나지 말라고 하셨는데 위험한 데로 가서 죄송해요."

"그래, 그건 잘못한 것 같지?"

"근데 가방에 늘 그렇게 등산용품을 잔뜩 넣고 다니세요?"

"오늘처럼 학생을 업고 벼랑을 기어올라와야 하는 일이 있을지도 모르니까?"

담임은 대답하다 말고 자신의 가방을 열어 보였다. 버스 타고 삼십 분이면 가는 가까운 산이었는데, 가방에는 자일과 카라비너와 몇 가지 등산용품이 가득 들어 있었다. 정말로 못 말리게 산을 좋아하는 사람이구나, 하고 생각하는데 그가 활짝 웃었다.

"음, 그리고 언젠가는 말이야. 기회가 닿으면 저 안나푸르나에 갈 거거든. 지금 당장은 아니더라도, 언젠가는 꼭 말이야."

"안나푸르나요?"

"응, 사진 볼래?"

담임이 지갑을 열고 전화 카드만 한 사진 한 장을 꺼냈다. 그건 시리도록 새파란 하늘 아래 새겨지듯 선명한 희고 뾰족한 산봉우리였다.

"안나푸르나. 세계에서 열 번째로 높은 산봉우리야. 네팔 말로는 풍요의 여신이라는 뜻이라고 해."

＊

"너도 진짜 징하다. 초등학교 6학년 때 담임이면 보통은 이름만 기억해도 대단한 거라고."

영희는 낡고 세월의 때가 앉은 카라비너를 들여다보며 혀를 찼다.

"그런데 이걸, 무슨 교직 생활의 부적이라도 되는 것처럼 주머니에 넣고 다녀? 이야, 진짜. 이건 뭐 그냥…….”

윤선은 카라비너를 괜히 꺼냈다고 생각했다. 학부모의 폭행과 참교육의 잘못된 쓰임에 화가 났다는 이야기를 하다가, 예전의 담임 이야기가 나온 것까진 좋았다. 그러다 보니 난데없이 나타난 이 카라비너 생각이 났던 것뿐인데. 카라비너를 보자마자 영희가 너무 신기해하는 것이, 괜히 약점을 들킨 듯한 기분이 들었다. 더 자세히 설명한들 누가 믿겠어. 교사로서 자신에 대해 진한 회의를 품은 그 순간, 옛 담임이 주었던 카라비너가 뿅 하고 눈앞에 나타났다는 것을. 그보다는 그때부터 지금까지 30년 넘게 갖고 있었다는 쪽이 더 믿을 만하겠지. 윤선은 카라비너를 다시 제 앞으로 당겨 놓으며 쌀쌀맞게 말했다.

“사랑이네, 같은 소리 하면 당장 집에서 쫓아낼 거야.”

“뭐야, 난 그런 말 안 해.”

영희도 정색을 했다.

“나는 내가 좀 커서 담임 이야기할 때마다 사람들이 그런 소리 하는 게 정말 짜증 났어. 담임이 남자고 내가 여학생이니까, 그게 무슨 젊고 잘생긴 선생님에 대한 아련한 첫사랑과 동경 비슷한 건 줄 아는 거야.”

“담임이 너의 그 성실한 교직관에 깊은 영향을 준 것만은 사실이라는 거지."

"누가 성실하다는 거야. 정말 수시로 무시로, 못 볼 꼴을 보면서, 이래서야 어떻게 여길 정년까지 다니나, 절이 싫으면 중이 떠나랬는데, 내가 선생질을 너무 오래 했나, 그런 생각하면서 사는데."

"그래, 학부모들 때문에 환멸 나고 짜증도 나고, 요즘 애들 왜 그러나 싶기도 하지. 근데 그건 그냥, 클라이언트한테 시달리는 직장인의 비애 같은 거잖아. 정말로 애들을 미워하진 않는 거잖아. 그럼 된 거지."

"정말로 애들을 미워하는데 선생질을 참아가며 하는 사람이 어디 있어."

"애들이 수업시간에 아주 개지랄 새지랄을 해도, 애들 때려야 한다는 생각도 안 하잖아. 안 그래?"

"그건 당연한 거지. 애들도 인격체인데 말로 설명해야지. 따지자면 우리 학교 다닐 때가 정상이 아니었던 거고."

"그래, 그런 게 말이야."

영희가 윤선의 어깨를 쳤다. 타박상 입었다고 지금 세 번쯤 말한 것 같은데, 하지 말라는데 자꾸 같은 데를 치고 있었다. 뭐라고 하려는데 영희가 윤선의 어깨에 아예 풀썩 기대면서 말했다.

"난 솔직히 가끔은, 아, 저 새끼 저거 싹수가 노랗다. 그러고 넘어가고 싶을 때가 있어. 그런데 나도 알지. 처음부터 싹수 노란 애가 어디 있어."

"나도 그 생각해. 하지만 잘못한 건 가르치고 알아들을 때까지 이야기해줘야지. 포기하지 말고."

"그래, 포기를 안 한다는 게 좋은 거야. 중요한 거고."

윤선은 어깨에 기댄 영희를 보며, 포기는 지금 이 순간에도 하고 있다고 말하려다가 말았다. 대신 윤선은 영희의 앞에 놓인 맥주 캔의 개수를 헤아려 보았다. 별로 친하지도 않은, 국민학교, 중학교, 대학교를 같이 나온 사람이 집에 남아 있던 맥주를 거덜내는 꼴을 보고 있자니, 조금은 웃기고 한심했다. 어디까지 이야기를 할까, 하다가 윤선은 알코올의 힘을 믿기로 했다. 지금부터 하는 이야기는 그냥 술김에 하는 거라고. 딱히 기억에 남겨둘 필요 없는 이야기라고.

"그해 여름방학 시작될 무렵에, 담임이 안나푸르나에 간다고 했던 거 기억나?"

"어, 그랬지. 방학식이라고 그 단벌 양복도 아주 칼각으로 다림질해서 입고 왔었는데."

"나, 그날 이 카라비너를 담임한테 돌려줬었어."

"에?"

"정말이야. 안나푸르나에 가려면 행운이 필요할 테니까 가져가시라고 드렸어."

"그럼 저건?"

"나도 몰라."

*

담임은 한동안 학교에 제대로 나오지 않았다. 대신 수업에 들어오던 다른 반 선생님들은 담임 선생님께 집안일이 있다고, 어머니가 편찮으시다고, 무슨 일이 있고 무슨 출장이 있다고 계속 둘러댔다. 그리고 기말고사 때에도 보지 못한 담임은 방학식 날, 갑자기 학교에 나타났다. 회색 양복을 다림질해 입고 파란 넥타이를 매고, 가슴에는 여전히 '참교육' 배지를 단 채였다.

"좋은 기회가 와서, 안나푸르나에 다녀오려고 한다."

담임은 방학을 축하한다며 아이들에게 연필 한 다스씩을 나누어 주며 말했다.

"너희는 내가 기껏해야 계양산에서나 실력 발휘를 하니까, 산 사나이인 줄 잘 모르는 것 같은데 이번에야말로 내가 진짜 산 사나이라는 걸 확실하게 보여주지."

"그럼 뉴스에도 나오는 거예요?"

"그치, 그러면 이제 산 정상에서 우리 6학년 3반 파이팅 한번 해주려고."

"아는 사람이 뉴스에 나오는 건 처음인데. 선생님, 꼭 정상까지 올라가야 해요."

"당연하지."

탐구생활 한 권씩과 방학 숙제 목록과 다른 유인물들을 나누어 받고, 아이들은 하나둘씩 교실을 빠져나갔다. 반장인 영희는 심부름을 하러 교무실로 갔고, 교실은 이제 거의 빈 상태였다.

윤선이 자리에서 일어난 것은 그때였다. 담임은 윤선과 윤선의 다리를 쳐다보았다.

"다리는 이제 괜찮아요."

윤선은 가방을 책상 위로 끌어 올렸다. 가방에는 담임이 주었던 카라비너가 매달려 있었다. 윤선은 카라비너를 풀어 담임에게 내밀었다.

"이거 돌려드리려고요. 행운의 기념품이라고 하셨잖아요."

전교조 선생님들에 대한 뉴스 때문이었을까. 아니면 그날 병실에서 보았던 사진 속의 안나푸르나가 너무 높고 험

준해 보여서였을까.

"지금이야말로 선생님께 행운이 필요할 것 같아서요."

"고맙다."

담임은 카라비너를 받았다. 손바닥 가득 쇳조각을 꼭 쥐고, 고개를 숙였다. 그리고 조금 목멘 소리로 어서 집에 가라고, 방학인데 얼른 집에 가라고 말씀하셨다.

그게 마지막인 줄은 미처 알지 못했다.

"조회 서라니까! 안 나가는 사람 이름 적을 거야!"

영희가 목이 터져라 소리를 질렀다. 하지만 포악하기로 이름 높은 연세 많은 선생님이 새 담임이라며 교실에 나타나도 눈 하나 깜짝하지 않는 그 팔팔한 아이들이, 키도 작은 영희 말에 순순히 따를 리가 없었다. 영희는 잔뜩 얼굴을 찌푸리며 칠판을 탕탕 두드렸다.

"조회 시간이란 말이야, 우리가 제일 늦잖아!"

그때는 왜 몰랐을까.

우리를 웬수, 애물단지 취급하던 새 담임이, 그날따라 어째서 늦도록 교실에 올라와 소리 한 번 지르지 않는지, 왜 옆 반 선생님들이 지나가다 말고 한 번씩 우리 반 창문을 들여다보곤 했는지, 그때는 왜 생각하지 못했을까. 어른들의 당혹한 표정, 몇몇 선생님들의 침울한 눈빛과 쉬쉬하는 그 분위기를 왜 알지 못했을까.

"오늘 여러분들이 이렇게 조회에 나온 이유는…….."

평소 월요일이 휴일이면 그 주의 조회는 그냥 넘어가곤했다. 그러니 추석 연휴도 다 끝난 화요일에 조회를 설 일은, 원래 없어야 했다. 하지만 선생님들은 이유를 설명하지 않았다. 우리를 매구 새끼들이라 부르며 걸핏하면 때리고 쥐어박던 새 담임은, 그날따라 다른 선생님들 몇 명과 함께 운동장 스탠드에 탈진하듯 주저앉아 있었다. 그리고 운동장에 나와 줄을 선 아이들의 웅성거림은 조금씩 불안한 침묵으로 바뀌었다.

"담임이 죽었대."

누군가 작은 목소리로 속삭였다. 설마 그럴 리가. 담임은 슈퍼맨이잖아 벼랑에서도 뛰어내리는. 누군가가 고개를 가로저었다. 이제 더는 슈퍼맨이나 육백만 불의 사나이가 달려와 구해줄 것을 믿지 않을 나이가 되었으면서도.

"여러분에게 슬픈 소식을 전하기 위해서입니다."

담임이 죽었다. 히말라야산맥에 있는 안나푸르나에 오르다가, 그만 눈사태에 휩쓸리고 말았다. 머리가 반 벗겨진 교장은 월요일 훈화를 하는 것과 똑같은 목소리로 담임의 부고를 알렸다. 가슴에 동그란 배지를 달고 아이들에게 때로는 옳은 일을 위해 용기를 갖고 싸워야 할 때도 있는 거라고 말했던, 서른 살도 되지 않았던 담임은, 언젠가 꼭 올라가고 말겠다는 그 안나푸르나에 오르다가 죽었다고. 이동네 다른 학교 선생님도 함께 갔다가 두 사람 모두 돌아오지 못했다고. 아이들은 울었다. 아이들이 흐느끼는 와중에도 쓸데없는 훈화는 이어졌고, 평소처럼 "쌍두 독수리 깃발 아래" 행진곡에 맞추어 반별로 퇴장까지 했다.

그게 다였다. 다들 좋아하는 담임이었는데, 어느새 담임의 이야기는 큰 목소리로 떠들 수 없는 것이 되어버렸다. 집에서도, 동네에서도, 너희 담임 이야기하지 마라, 엄마들은 목소리 낮추며 아이들에게 일렀다. 너희 담임은 전교조 빨갱이라서 학교에서 쫓겨났다고, 그렇게까지 말하는 사람은 없었지만 그건 어떤 일종의 상처, 혹은 낙인이 되어 있었다. 말할 수 없는 금기, 잊어야만 하는 추억. 졸업앨범에도 사진 한 장 남기지 못한 그의 이야기를 아이들은 더 이상 하지 않았다. 할 수 없었다. 아무것도 할 수 없었기에 어떤 아이들은 평생을 두고 특정 순간마다 그 사람의 그늘을 떠올리곤 했다.

그 사람이 결코 포기하고 싶지 않았을 이 교단에 서서.

〈닫힌 교문을 열며〉라는 영화가 있었다. 입시반과 취업반으로 나뉘어, 공부 잘하는 학생과 그렇지 않은 학생을 노골적으로 차별하던 인문계 고등학교, 군인 출신의 교사가 학생들을 위협하고, 교장과 교감은 노동의 가치나 자유의지에 관해 이야기하지 말라고, 학교의 지시에 대해 도덕적 판단 없이 그저 순종하라고 교사들에게 강요한다. 노동에 대해, 강경대 열사의 죽음에 대해 이야기하던 학생들은 정학 처분을 받는다. 그렇게 정부와 학교가 정한 불합리한 선을 넘어선 이들을, 학교는 닫힌 교문 밖으로 밀어낸다.

세월이 흘렀다. 그때 국민학생이던 아이가 그때 세상을 떠난 담임보다 한참은 더 나이를 먹었다. 담임과 비슷한 또래였을 교사들은 이제 은퇴를 앞두고 있다. 예전에는 탄압의 대상이었던 전교조가 이제 합법적인 교직원 노동조합이 되었다. 정권에 따라 잠시 법외노조가 되기도 했지만, 현재 대표적인 교원단체 중 하나로 꼽히고 있다. 지금의 젊은 교사들은 교원단체에 아예 가입하지 않기도 하고, 필요에 따라 별도의 교사노조에 가입하기도 한다. 그 모든 것이 자연스럽다. 학교에서는 아이들을 체벌하지 않고, 인격적으로 대하

고, 각 교육청은 학생인권조례를 제정하고 있다. 학교 밖의
사람들은 체감하지 못한다 해도 세상은 분명 바뀌었다.

"죄송합니다."

그리고 어제 벌어진 모든 일의 시작이었던 녀석은 윤선
이 교실에 도착하기도 전에 와서 기다리고 있었다.

"다시 안 그럴게요."

"어떤 게 문제였는지는 생각해봤고?"

"애들이 싫다는데 동영상 찍은 거요. 규칙 어긴 거랑.
선생님이 스마트폰 뒤에 올려놓으라고 했는데, 쉬는 시간
에 아빠한테 전화 건 것도요."

"어떻게 알고 오셨나 했다. 그래."

"아빠한테 선생님이 나한테만 못되게 군다고 하니까,
아빠가 그럼 가서 참교육 좀 해줄까, 했어요. 그래서 그러자
고 했는데."

"……."

"전 그냥 아빠가 와서 늘 하는 것처럼 소리나 지를 줄
알았어요. 선생님을 그렇게 때릴 줄은 몰랐어요. 진짜 죄송
해요. 제가 하는 일들은 다 재밌다던 애들도 이번에는 제가
잘못한 거라고, 이번 일은 너무 심한 거라고 했어요."

"참교육이라는 말은……."

윤선은 말을 하려다가, 주머니 속 카라비너를 더듬어 보았다. 아이들을 때리지 않고, 촌지를 받지 않고, 교육을 권력 유지의 수단으로 삼지 않고, 입시만을 생각하며 아이들을 비인간적으로 대하지 않고, 인격을 갖춘 존재로 여겨 존중하고. 그러기 위해 수많은 교사가 싸우고 또 사라져야 했다는 이야기 대신, 윤선은 소리 없이 미소 지으며 말했다.

"그건 선생님이 너희들을 위해 말로 알아들을 때까지 설명하겠다는 약속이야. 사람을 때려서 어떻게 하겠다는 뜻이 아니라."

"죄송해요."

"예전에는 정말로, 학교에서 아이들을 때리면서 가르쳤었어. 지금 그 참교육이라는 말을 잘못된 뜻으로 쓰는 사람들은, 다시 아이들을 때리고 존중하지 않으려는 사람들이고. 선생님은 그러고 싶지 않은데."

"정말 죄송해요. 제가 잘못했어요."

"그래, 다음에는…… 다른 친구들이 싫다고 하는 걸 존중하자. 네가 즐겁다고 해서 무조건 행동하지 말고. 그리고 남의 사진이나 동영상을 함부로 찍는 건, 네가 좀 더 자란 뒤에는 정말 큰 문제가 될 수 있어. 너를 위해서라도 그런 일은 이제 그만두도록 해. 그리고……."

그래도 어쩌면 내가 너를 걱정하고 있다는 그 마음 하나는 닿았을지도 모른다고. 윤선은 자기보다 키가 큰 아이를 올려다보며 깊은 숨을 쉬었다.

*

그해 여름, 윤선은 영희와 함께 네팔행 항공권을 예약했다.

산봉우리에는 닿을 수 없을지라도, 길을 따라 걷다 보면 안나푸르나의 뾰족한 봉우리와 이어지는 산군들을 바라볼 수는 있을 것이다. 인도나 네팔이나 다른 성지에서 인생의 해답을 찾을 거라는 막연한 믿음 같은 것은 이미 사라진 지 오래였지만, 적어도 어떤 안부는 이런 식으로라도 전해야만 한다고, 윤선은 생각했다.

닷새 동안 걸어 올라간 성역의 중심에서, 윤선은 풍화되고 사람들의 발길도 많이 닿은 작은 바위 아래에, 가방에 매달고 온 낡은 카라비너를 내려놓았다. 그리고 그 자리에 흙을 북돋워 사람들의 손이 닿지 않게 했다.

서늘한 바람이, 햇빛을 받아 찬란하게 빛나고 있는 눈 쌓인 봉우리에서부터 불어 내려왔다.

할맘의

귀환

"팔자 좋구만."

밤새 바람이 많이 분다 싶긴 했지만, 아침부터 양 주임의 표정이 영 죽을상이었다. 박 경장은 양 주임의 눈치를 슬슬 보며 컴퓨터를 켰다.

"어제 당직이셨죠?"

"그래."

무슨 일일까. 올해 스물일곱 살로 서울에서 나고 자란 그는, 올해 쉰넷에 이곳 토박이로 평생을 살아온 양 주임이 늘 신경 쓰였다. 그는 컴퓨터가 윈도우 로고를 띄우기도 전에 자리에서 일어나 자신과 양 주임 몫의 커피를 탔다.

"거기 설탕 좀 팍팍 넣어봐라. 에이."

"당 있으시잖아요."

"넣으라면 좀 넣어."

달면 달다고 쓰면 쓰다고 타박을 하는 줄 뻔히 알지만 별수 있나. 월급쟁이 주제에 까라면 까는 거라고 그저 시키는 대로 할 수밖에. 그는 양 주임의 책상에 설탕을 두 스푼 넣은 커피를 공손히 올려놓았다. 양 주임이 입을 쩝쩝 다시며 커피를 들이켰다. 그에게서 독한 담배 냄새가 났다.

　　"재수가 없게 말이야."

　　"예?"

　　"새벽에 거, 하르방이 넘어졌어."

　　박 경장은 입을 떡 벌렸다. 제주 바람이 세다는 말은 들었지만 아무리 그래도 그렇지 태풍이 올라온 것도 아닌데 돌하르방이 넘어질 줄은 몰랐다. 제주도의 현무암에 구멍이 많다던데…… 그는 양 주임이 아끼는 분재에 얹힌 현무암 자갈을 만지작거리며 역시 퍼석돌 같은 거였나 생각했다.

　　"뭐가 좋다고 웃어."

　　"대단해서요."

　　"뭐가."

　　"바람 말이에요. KFC 영감님도 아니고 돌하르방을 쓰러뜨릴 정도의 바람이라니. 역시 제주도는 다르다 싶어서요."

　　"……뭍놈이 뭘 안다고."

양 주임은 불쾌한 표정으로 중얼거렸다.

"됐다. 가서 일 봐라. 난 씻고 잠이나 좀 자야겠다."

*

해군 기지 공사를 시작하면서 제주는 전국에서 지원 근무자 신청을 받았다. 박 경장도 그렇게 제주로 흘러든 사람 중 하나였다. 새벽 두 시 서울의 한 파출소에서 술 취한 중년에게 멱살을 잡혀 짤짤 흔들리면서도 목구멍까지 올라오는 야 이 새끼야 소리를 꾹 참으며 선생님 고정하시라고 좋게 말하다가, 결국 그 새끼의 반쯤 소화된 골뱅이 소면을 뒤집어쓴 채 바닥을 걸레로 문질러 닦던 어느 날, 박 경장은 인트라넷에 올라온 그 공지를 보았다.

—지원 근무 희망자를 모집합니다.

기회다 싶었다. 아예 전출을 가는 것도 아니고 지원 근무이니 영원히 그곳에 눌러앉을지도 모른다는 부담도 없고, 무엇보다 젊을 때 물 좋고 경치 좋고 여자 많다는 동네에서 잠시라도 살아보고 싶었다. 몇 년 전 뉴질랜드인가 어딘가에서는 돌고래 밥 주는 일자리에 전 세계 사람이 몰렸다던데. 뉴질랜드야 영어가 안 따라줘서 못 간다고 쳐도 제주도다. 김포에서 비행기로 한 시간도 안 걸리는, 멀쩡히 우리말 다 통하는 섬.

사실, 아예 눌러살 수도 있겠다는 생각이 안 들었던 것도 아니었다. 운 좋으면 생활력 강하다는 제주 처녀 하나 잘 사귀어서 장가들어도 되지 않나, 그런 생각도 하기는 했다. 무엇보다도 제주도는 쿨하고 폼 나는 동네였다. 먼 옛날에는 압구정이 그랬다고 하고, 몇 년 전에는 홍대 앞이 그랬더라는, 그가 제대로 알지 못하는 신나는 인생들이 모자이크처럼 모여 있을 것 같은 곳. 섹시함으로 아시아를 주름잡던 가수가 결혼해서는 제주도에서 자연주의 라이프를 누리는 모습이 소개되고, 유명 만화가가 바닷가에 펜션을 차렸다는 경험담이 책으로 나오는 곳. 제주도는 젊어선 압구정이나 홍대에서 누릴 것 다 누리고 멋있게 살던 사람들이 돌아와 거울 앞에 선 듯 폼 나게 삼십 대를 보내기에 딱 좋은, 그런 곳인 듯했다. 학교 근처 냄새나는 자취방이나 고시원이나 경찰학교나, 매일매일 얼굴만 바뀌어 끝도 없이 나타나는 술꾼들의 세계와는 어딘가 다를 것 같은 곳.

……다르기는 개뿔.

시골 생활도 마치 근사한 라이프 스타일인 양 폼이 나는 건 아시아를 주름잡던 스타이거나 유명 만화가이기 때

문이다. 그냥 까라면 까는 게 일상인 월급쟁이 직장인에게
는 먼일이었다. 그런 데다 왜들 가만히 있는 사람을 두고
뭍놈이니 외지인이니 수군거리는지. 게다가 정작 이 동네
사람들이 그렇게 목숨 걸고 해군 기지 건설을 반대하는 것
도 아니었다. 오히려 환경 단체 사람들, 심지어는 외국인
까지 와서 시위하는 통에 살수차 한 번 끌고 나왔다가 평
생 먹을 욕을 다 들었던 일을 생각하면 그저 답답할 따름이
었다. 4·3이 뭔지 들어본 적도 있었고, 여기 와서 친해진 형
님뻘의 사람들이 그래도 너희가 이해하라며 몇 번이나 같
은 이야기를 꺼내기도 했으니 저들이 왜 저러는지 아주 모
르겠는 것은 아니었다. 그러나 적어도 한 가지는 분명했다.
그가 서울에서 생각했던 폼 나는 인생 따위 없다는 것. 오
죽하면 초소에서 보초를 서던 대원 놈이 이런 말을 했을까.
제주에서 군 생활하면 바다 많이 봐서 좋을 줄 알았는데,
제대 석 달 남긴 말년까지 똑같은 풍경만 보다 간다고. 박
경장은 명령대로 시위대를 막았고, 어쩌다가 살수차에서
미끄러져 떨어지는 바람에 허리를 삐었고, 그 와중에 운이
좋아 내근으로 들어올 수 있었다. 그게 다였다. 서울의 고시
원 월세 1년치를 모아서 제주에 방을 얻어 살았고, 출근했
다가 돌아와서는 밥을 하고 빨래를 돌리고 이 동네 소주 두

어 잔을 마시며 TV를 봤다. 지역 방송이라 늘 보던 드라마가 제대로 안 나오기도 했고, 바람이 불면 유난히 인터넷이 느려지기도 했다. 멀지 않은 곳에서 오일장이 열리기도 했지만 마트가 무난하게 편했다. 서울보다 독한 소주와 지역 방송과, 아침에 연 창문에서 쏟아져 들어오는 맑은 공기를 제외하면 서울과 별다를 게 없는 동네라는 생각이 들었다.

그런데 말끝마다 뭍놈, 그놈의 뭍놈.

"우리 주임님 뭔 일 있었어요?"

"너네 주임을 왜 나한테 물어."

어제 당직이었을 옆 부서 김 경사가 박카스를 받아 마시면서 타박했다.

"나야 전반이었고 거기 양 주임님은 후반 당직이잖아."

"아니, 별다른 일 없었던 거죠?"

"또 왜?"

"아침부터 돌하르방이 넘어졌다고 뭐라 그러시네요. 바람이 세서 그런 거 아니면, 어느 술 취한 놈이 떠다밀었나 본데……."

김 경사가 박 경장을 올려보다 같은 날 당직한 순경에게 손짓했다.

"어, 왜요, 형님."

"어제 하르방 넘어져서 출동 나갔었냐?"

"중문에 말이죠."

"중문?"

김 경사가 심란한 표정으로 순경에게 되물었다.

"뭐 저는 그런가 보다 했는데 하르방에 피가 묻어 있었다고 하더라고요. 아, 그렇지. 그 이야기 듣고 당직 서던 형사들 나가셨는데 거기 양 주임님도 같이 있었던 것 같아요."

"살인 사건이에요?"

"그건 아니라는 것 같고. 모르죠, 뭐."

"하르방에 왜 피가 묻어."

그때 무슨 일로 잡혀 들어왔는지 몰라도 한 손에 수갑을 찬 채 피의자 대기실에 앉아 있던 남자가 중얼거렸다.

"에이씨, 재수 없게시리."

"거, 아저씨 조용히 하세요."

"거기 형사 양반들 돌부처가 피눈물 흘리는 이야기, 못 들어봤어?"

남자는 혀가 잔뜩 꼬인 목소리였다.

"왜 있잖아. 어느 마을에 거지 선비가 지나가며 구걸을 하는데 온 동네 사람들이 다들 돌을 던지고 무시하는 것을 가난한 할망구가 데려다가 밥을 먹여 보냈어. 그랬더니 그 선비가 은혜에 보답한다면서 마을 입구의 돌부처가 피눈물을 흘리면 산 위로 피신해야 한다고 그랬는데."

"그게 무슨 옛날 옛적 이야기예요, 아저씨."

"형사 양반, 사람 말 끝까지 들어. 그 할망구가 매일 돌부처를 보러 가니까 동네 한량 놈들이 노인네 골탕 먹인다고 돌부처 얼굴에다가 붉은 물감 칠을 해놓았네? 할망구는 얼른 산 위로 도망쳤지. 그런데 그러자마자 홍수가 나고 해일까지 밀려와서 마을이 흔적도 없이 사라져버렸다고."

"돌하르방이 돌부처는 아니잖아요."

"답답한 작자들."

남자는 혀를 차다가 좁은 대기실 의자에 웅크려 누운 채로 갑갑한 기색을 내비치며 말했다. 의자에 익숙하게 눕는 모습이 한두 번 노숙한 솜씨가 아니었다.

"그건 함경남도에 있는 광포라는 동네의 전설이야. 같은 내용의 전설이 군산이나 부안에도 있어. 동네마다 조금씩 달라서 돌부처라는 둥, 돌미륵이라는 둥 말은 많지만 결국 하고 싶은 이야기는 하나라는 거야."

"그래서 돌하르방에 피가 묻었으니 무슨 난리라도 날 거라는 겁니까?"

"두고 보면 알겠지."

남자는 입을 다물었다. 김 경사가 목소리를 낮추었다. 저 사람 좀 유명해, 원래 대학교수였다는데 맛이 좀 갔어. 예전에 똑똑했는데 돌아버렸다는 사람이야 경찰이 되고 나서 본 것만도 열 손가락으로 꼽지 못할 만큼 많았으니, 그런 사람 중 하나라고 생각하며 박 경장은 고개를 돌렸다.

돌하르방이 또다시 쓰러졌다는 소식을 들은 것은 그날 오후였다.

이번에는 SNS가 먼저였다. 스마트폰이 하도 울려대기에 들여다보니 SNS로 알게 된, 실제로는 한 번도 보지 못한 미국 유학생이 이거 대박이라면서 돌하르방이 쓰러진 사진을 올려놓은 것이었다. 이 사람, 애리조나에 산다고 하지 않았나. 박 경장은 혀를 찼다. 애리조나에 산다는 사람이 한국 촌구석에서 하르방이 쓰러진 사건을 이렇게 신나게 떠들고 논단 말이야? 그는 피식 웃으며 스크롤을 내렸다. SNS에 자신의 진실을 이야기하는 사람은 없었다. 그도 제주도에 살고 있다는 말은 해도 경찰이라는 사실은 굳이 밝히지 않았다. 가끔 강력 사건이 있을 때 조금 더 자세히 언급하긴 했지만 그뿐이었다. 이유야 간단했다. 제주도에서 경찰 노릇하고 있다고 말해봤자, 온갖 운동가들이 들러붙어서 강정 사태니 폭력 경찰이니 불편한 뉴스들을 뿌리며 간섭질을 해댈 것이 뻔했다.

어쩌라고. 제복 입은 사람이 위에서 하라면 그냥 닥치고 해야지. 그게 옳지 못한 일이면 내 밥줄 포기하고 나오라는 거야 뭐야. 입만 살아서는 남의 인생 책임지지도 못할 것들이. 박 경장은 하르방 사진에 달린 댓글들을 무심하게 훑었다. 그러다가 스크롤을 멈추고 제법 긴 댓글 하나를 읽기 시작했다.

[하르방이라는 게 그냥 단순한 관광 기념품은 아니죠. KFC 영감님 같은 것도 아니고. (웃음) 다들 짐작하시겠지만 그건 장승 같은 동네 수호신 개념이었어요. 그런데 그거 알아요? 여기저기 놓인 하르방 중에 진짜 예전부터 내려오던 하르방은 지금 제주도에 45개밖에 안 남아 있는 거.

근데 재미있는 게 있어요. 원래 제주도에는 하르방이 48개 있었거든요. 이중 하나는 소실되었는데, 나도 이건 들은 이야기지만 전쟁 때였나 4·3 때였나 파괴되었다는 것 같고. 나머지 두 개는 용산 국중박에 있어요. 그리고 우리 삼촌이 학예사라서 들은 이야기인데, 제주도에서 그걸 옮겨 올 때…….]

박 경장은 읽다 말고 한숨을 쉬었다. 시시한 괴담이었다. 괴담 나부랭이. 이집트의 피라미드를 파헤쳤더니 저주를 받아서 과학자며 인부들이며 다 죽었다는 것 같은. 그렇지 않고서야 21세기에 돌하르방 몇 개 서울로 가져갔다고 이송을 주도한 박물관 학예사가 교통사고로 죽었다느니, 그 일을 지시한 사람도 집에 강도가 들어 살해당했느니 그런 이야기가 나올 수는 없었다. 고작 하루 사이에 하르방이 둘이나 넘어졌다는 게 예삿일이 아니라면 아닐 수도 있겠지만 그뿐이었다. 돌 조각은 돌 조각일 뿐이고, 그런 게 넘어졌다고 사람이 잘못되는 일은 없다. 나 참. 동네 장승이나 다름없는 하르방이 아니라 영험한 불상 같은 게 부숴지면 아주 동네가 주저앉겠네. 그렇게 생각하는데 문득 주정뱅이의 말이 떠올랐다. 돌부처 얼굴에 붉은 물감 칠을 해놓았더니 마을에 홍수가 나고 해일이 밀려왔다고? 신경 쓰지 말자. 그렇지만 신경이 전혀 안 쓰이는 것은 아니었다.

"아침부터 전화는 안 받고 웬 문자질이야."

양 주임이 박 경장 앞으로 온 전화를 당겨 받으며 투덜거렸다. 박 경장은 언제 울렸는지 모르게 조용해진 전화를 쳐다보며 눈을 깜빡였다. 양 주임은 통화를 마치고 박 경장을 쳐다보았다.

"뭔데. 서울에 두고 온 여자가 고무신이라도 거꾸로 신었냐."

"제가 서울에 여자가 어디 있어요."

"하긴, 여기서도 하나 못 꼬시는 깜냥으로 그게 될 리가 없지. 그럼 왜?"

"어제 돌하르방 넘어진 게 중문이었다면서요?"

"……그래."

"그럼 또 다른 데서 넘어졌나 본데요? 여기 중문단지 아니잖아요?"

박 경장은 양 주임에게 스마트폰을 들어 보였다. 양 주임은 스마트폰을 빼앗듯 받아 들고 사진을 눈여겨보다 갑자기 바람막이를 챙겨 입었다.

"어디 가세요?"

"나가봐야겠어."

"어디 가시는데요."

"인성리."

그는 그렇게 말하고 문도 닫지 않고 서둘러 사라졌다.

하루종일 이런저런 민원 전화를 받다 보니 시간이 다 갔다. 서울보다는 나았지만 구역이 넓어 결코 한갓지지 않왔다. 박 경장은 짬짬이 점심도 먹기 전에 사무실에서 뛰쳐나가 소식이 없는 양 주임을 생각했다. 어차피 전날 당직이었으니 일찍 들어간다고 뭐라고 할 사람은 없겠지만, 그래도 점심시간도 되기 전에 나가는 건 너무하지 싶었다. 쓰러진 돌하르방이 인성리에 있던 것이라는 말을 구내식당에서 들었지만, 하르방이 쓰러졌다고 그렇게까지 반응하는 것은 과한 일이었다.

"양 주임님 어디 가셨어?"

"어어."

"큰일 났네. 이거 전표 오늘까지 주시기로 했는데."

경리계의 고 주사가 집게로 집은 영수증 묶음을 파티션에 탁탁 치며 말했다.

"벌써 날짜가 그렇게 됐어?"

"아니, 다음 주인데 이번 주에 내가 볼일이 좀 있어서. 오늘 들어오시긴 하는 거야?"

"몰라."

"야야, 아무리 2년만 있다가 올라간다고 그래도 네 사순데 너무하는 거 아니냐."

"정말 몰라. 돌하르방이 넘어졌는지 자빠졌는지, 여튼 그랬다고 뛰어나갔지, 뭐."

"아."

고 주사는 어깨를 으쓱했다.

"그럼 할 수 없지."

"잠깐만, 잠깐만."

박 경장은 얼른 사무실 문을 닫고 냉장고에서 박카스 한 병을 꺼내 고 주사의 손에 억지로 쥐여 주며 옆자리에 끌어다 앉혔다.

"하르방이 대체 뭐가 문제인 거야?"

"응?"

"어젯밤도 그렇고. 그놈의 돌하르방 좀 넘어졌다고 우리 주임님이 그렇게 사색이 되는 이유가 뭐냐고, 대체."

"당직하다 그거 보셨다는 분이 주임님이였어?"

고 주사는 박카스를 따며 박 경장을 올려다보았다.

"에이, 뭐야. 그럼 오후 비번이니까 어차피 안 들어오시겠네."

"왜?"

"박카스 잘 마셨다."

"아, 좀 있어 봐. 하르방이 뭘 어쨌느냐니까."

"뭘 어쩌긴. 양 주임님 여기 토박이니까 그러지."

"토박이?"

"몰랐어? 양 주임님 양 씨잖아. 고씨 양씨 부씨가 삼성혈에서 뿅 하고 튀어나와서 탐라국을 세우고 뭐 그런 이야기 몰라?"

"……들어보긴 한 것 같은데."

"대대로 여기 살다 보면 또 그렇게 터부시하는 게 있고 그래. 요새야 무슨 컴퓨터 회사 앞마당에 노트북을 든 돌하르방도 서 있고 별놈의 희한한 게 다 나온다지만, 원래 전통적인 하르방은 이 제주도를 다 털어도 몇 개 없었어. 그게……."

"47개인가 있었다며."

"그건 또 어디서 들었냐?"

"인터넷에."

박 경장은 아까 보던 SNS 페이지를 찾으며 대꾸했다. 그새 댓글이 얼마나 달렸는지, 그 글을 찾는 데 시간이 꽤 걸렸다.

"잠깐, 잠깐. 그러니까 어젯밤 말고 오늘도 또 쓰러진 거네. 그렇지?"

"그런가 봐."

박 경장이 건넨 글을 읽던 고 주사의 표정이 사뭇 진지해져 있었다.

"근데 이거 진짜야."

"진짜야?"

"나 어렸을 때 옆집 애한테 들은 적 있어."

"에이, 그게 뭐야."

"야, 우리 옆집 아저씨가 박물관 다녔단 말이야. 아주 신빙성이 없는 건 아니라고."

신빙성 좋아하네. 하여간, 돌 많고 바람 많고 여자 많은 동네라더니 막상 와 보면 귀신 많고 미신 많고 묘하게 한이 많은 동네다 싶더니만. 다 큰 아저씨까지 이런 이야기를 보고 신빙성이 없는 게 아니라는 헛소리나 하고 있어. 박 경장은 속으로 혀를 쯧쯧 찼다. 서울이면 몰라도 지방이니까 번듯하게 공무원이다, 하면 선 자리도 제법 들어올 텐데 아직까지 고 주사가 장가를 못 간 것도 다 이유가 있기는 있던 모양이다. 고 주사는 되지도 않을 이야기를 중얼거리며 자리에서 일어나다가 문득 박 경장을 돌아보았다.

"내일 불금……이잖아?"

"어."

"어차피 둘 다 독수공방 처지인데. 끝나고 술이나 먹으러 가자."

"네가 사는 거야?"

"웃기지 마, 뿜빠이지."

고 주사는 대답도 듣지 않고 씩 웃더니 나가버렸다. 싱겁기는. 박 경장은 핸드폰을 책상 위에 던져놓고 소파에 몸을 기대듯 주저앉았다. 뭔가 굉장히 찝찝한 감이 있었지만 그게 뭔지 알 수 없었다.

돌하르방 몇 기가 더 쓰러졌다는 소식이 들려온 것은 그날 퇴근 전의 일이었다.

그리고 다음 날 아침이 되도록 양 주임은 출근하지 않았다.

*

"직속 상사라는 게 있어요, 직속 상사라는 게. 직속 상사를 잘 모셔야 사회생활을 제대로 하지. 그래, 안 그래?"

"죄송합니다."

부하 직원이 무단결근을 한 것도 아니고 갑자기 뛰쳐나간 상사의 결근으로 계장과 과장에게 층층이 쪼이고 앉아 있는 게 말이 되나 싶었다. 따지고 보면 주임은 계장의 직속 부하니까, 과장에게 까여도 계장이 까여야 번지수가 맞겠건만. 그런 데다 돌아 나오는 뒤통수에 꼭 그놈의 뭍놈 소리가 들러붙는 것도 슬슬 짜증이 났다. 아니, 뭍에서 온 게 뭐가 대수라서 대체. 촌으로 갈수록 그런 것으로 텃세 부리는 인간들이 하나씩 있다는 건 알겠지만, 그렇게 치면 단군 때부터 이 동네에서 산 사람 아니면 어디 가서 명함도 못 내밀 일이었다. 좆같아서는.

"그래서 마지막으로 본 게 어제라고? 당직 서고 일찍 들어간 거야?"

"예."

"몇 시에."

"열한 시 무렵입니다."

"오후 두 시가 아니라?"

"그저께 당직 서다가 돌하르방이 넘어진 걸 보신 우리 양 주임님이, 어제 낮에 돌하르방이 하나 더 넘어졌다고 하니까 뒤도 안 돌아보고 나가셨습니다. 제가 아는 건 그게 답니다."

"알았어. 가봐."

"예?"

"가보라고."

반쯤 쫓겨나듯 과장실에서 밀려 나왔다. 뭐가 어떻게 돌아가는 건진 몰라도 기분이 더러웠다. 그놈의 하르방이 뭔진 몰라도 앞에 있으면 확 걷어차버리고 싶었다. 복도를 지나가던 고 주사가 오늘 한잔, 하고 눈짓을 했다. 고개를 끄덕였다. 별수 있나. 목구멍이 포도청인데 내 잘못이든 아니든 상관없이 그렇습니다, 죄송합니다, 그렇게 굽실굽실. 그나저나 양 주임이 이렇게까지 막무가내일 줄은 몰랐는데, 어디로 사라져서는 전화도 안 받는 건지 원.

"이틀 사이 제주에서 십여 기에 달하는 돌하르방이 쓰러졌다고 해서 화제를 모으고 있습니다."

어제오늘 신물이 나게 들은 것 같은 하르방 소식을 이제는 TV 속 뉴스 앵커까지 전하고 있었다. 돌하르방이 무슨 모아이 석상과 비슷한 것이라는 둥, 돌장승이나 벅수와 같은 민중 예술로서 벽사의 의미를 지니고 있다는 둥, 제주대 교수라며 나와 앉은 이들이 시청자들은 궁금해하지도 않을 것 같은 이야기들을 잘난 척 늘어놓았다. 박 경장은 빈 사무실에서 혼자 TV를 틀어놓고 그 쓸모없는 소리들을 한 귀로 흘려보냈다. 돌하르방에 발이 달려 제풀에 넘어진 건 아닐 테고. 전화를 받고 대충 공문을 처리해 넘기며 TV를 흘끔거리다가, 박 경장은 문득 화면에 비친 제주도 전도를 쳐다보았다.

그동안 돌하르방 하면 제주 어디에나 고르게 자리 잡혀

있는 것이겠거니 했는데 그게 아닌 모양이었다. 화면에 표시된 돌하르방은 세 지역에 유난히 몰려 있었다. 제주시, 성읍민속마을 주변, 그리고 중문단지.

이번에 쓰러진 하르방들은 모두 중문단지에서 멀지 않은 것들뿐이었다.

*

"에이, 그거야 당연하지."

고 주사는 낄낄거렸다.

"난 또 그게 뭐 그렇게 대단한 발견이라고."

"하르방은 아무 데나 다 있는 건 줄 알았다니까."

"요새야 동네 나이트 앞에 세워놓은 것도 볼 수는 있지. 그 뭐야 제주시청 근처에 중국인 거리 있잖아. 거기도 하르방이 다 있데. 와, 진짜 같잖아서는."

고 주사가 안주 잘하는 곳을 안다며 한 시간 넘게 끌고 간 식당은 종종 출동 나가는 강정마을과 가까운 바닷가 동네였다. 제주 어디서나 볼 수 있는 해안도로 근처, 거무죽죽한 바위가 파도에 닳고 깎여 기괴한 형태를 이루고, 구멍이 숭숭 뚫린 현무암이 먹빛 자갈을 이루는 곳. 멀리 태평양과 그대로 이어진 바다 물빛은 서울에서 가끔 놀러 가면 보던 서해와는 다른, 포카리스웨트 광고에나 나올 법한 오묘한 빛을 띠고 있었다.

"같잖은 부심이야. 서울에도 민속주점 앞에 장승 세워 놓고 그러거든."

"아아, 그래. 잘났다. 서울내기."

고 주사는 박 경장이 아직도 제대로 알아듣지 못하는 제주 말로 술과 안주를 주문하고는 다시 멀쩡한 표준어로 박 경장에게 대꾸했다. 제주 사투리를 들을 때마다 박 경장은 낯선 외국어를 듣는 것처럼 마음이 편치 않았다. 간단한 인사말이며 이 동네에서만 쓰는 단어 같은 거야 슬슬 귀에 익을 때도 되었지만, 죽 이어진 문장으로 나올 때는 이야기가 달랐다. 토익 듣기 평가를 치르다가 멀미가 나는 감각에 사로잡히듯, 그는 제주 사투리가 길게 이어지는 것을 들을 때마다 체한 것처럼 갑갑했다.

그러고 보면 이 고장 사람들은 다들 표준어로 말 잘하는데 말이야.

TV의 영향인지 모르겠지만 젊으나 나이가 많으나 지역 주민들은 다들 표준어로 이야기하는 데 불편함을 느끼는 것 같지 않았다. 서울까지 올라와서도 뻔뻔할 정도로 제

고장 사투리를 버리지 못하는 이들이 없지 않은데, 이 동네는 아예 말이 달라서인지 으레 본토에서 온 사람에게는 사투리로 말을 걸지 않는 분위기였다. 관광객을 상대로 장사를 할 때에서야 혼자옵서예, 폭삭 속았수다 등의 '유명한' 사투리를 해가며 흥을 돋웠다. 가끔은 관광지를 제외하면 이 섬에서 사투리라는 게 사라져버린 건 아닐까 싶을 만큼.

하지만 그렇지 않았다. 그가 동네 식당에서 말없이 혼자 밥을 먹을 때에도, 그 동네 토박이 단골들은 식당 주인과 예사롭게 사투리로 말을 주고받았다. 그럴 때마다 박 경장은 그들이 마치 본토에서 왔다는 사람들 몰래, 자기들끼리만 은밀한 이야기를 하는 것처럼 느껴졌다. 공연한 불만이고 자격지심이라는 것도 알고 있지만 그럼에도 불구하고 늘 목에 걸린 생선 가시처럼 쉬이 내려가지 않는 쓰라린 것이 있었다.

그건 무엇이었을까.

"근데 뭐가 그렇게 당연한 거야?"

"음?"

"이 넓은 제주에 이상하게 하르방들이 몇몇 군데만 모여 있는 게. 그럼 정작 서귀포 시내에는 오래된 하르방은 없는 거야?"

"아, 그거."

고 주사는 얼른 술을 삼키며 대답했다.

"진짜 별거 아니야. 제주목 관아 근처랑 성읍이랑 중문도 예전 조선 시대에 관아가 있던 데거든. 정의현이니 대정현이니, 요새도 정의고을, 대정고을 그러잖아. 관아 있고 현감이 이렇게 있고 뭐 그러던 데니까."

"그런 거였어?"

"그래. 그럼 뭐 별거 있는 줄 알아서?"

고 주사가 키득거렸다.

"주로 읍성 있고 관아 있고 그런 데 모여 있었지."

"잘 아네."

"나도 이 동네에서 나고 자랐잖아."

빈 소주잔에 뭍에서 마시던 것보다 선명한 향의 소주가 가득 찼다.

"예나 지금이나 윗대가리들 생각하는 거야 비슷하지. 서울도 뭐 행사하고 그러면 마스코트랍시고 흉하게 생긴 인형 같은 거 시청 앞에 세워놓고 그러지 않아? 하르방도 그래서 죄다 관아 있던 근처, 장 서는 근처, 큰길가, 그런 데 세워둔 거야. 뭐, 그게 다는 아니지만."

"다……는 아니지만?"

박 경장은 회를 몇 점 집어 먹으며 되물었다. 고 주사는 쓴웃음을 지으며 술잔을 비웠다.

"도채비며 그슨새며 그런 거 막자고 세워놓는 거지. 왜 벽사한다는 말 들어봤지? 벽사."

도채비라는 건 도깨비를 두고 하는 말이겠지만 그슨새는 또 뭘까. 이렇게 알 수 없는 말을 들을 때마다 답답했다. 아마도 도깨비 비슷한 잡귀 같은 것이리라 짐작할 뿐이었다. 문득 경찰 시험 준비 중에 노량진 만화방에서 읽었던 낡디낡은 만화책이 생각났다. 갑자기 제주도에 오게 되었다가 요괴에게 쫓기게 된 재벌 회장 딸이 연쇄살인범을 보디가드로 고용해서 요괴들을 잡는 이야기였지. 거기서도 하르방이 있는 곳에는 요괴들이 함부로 범접하지 못했던 것 같은데. 벽사한다는 것은 아마 그런 말인 것 같았다. 박 경장은 한숨을 쉬며 신문지로 대충 바른 낡은 벽에 등을 기댔다. 인테리어였나 싶었는데 천장을 올려다보곤 알았다. 이 가게가 실제로 몇십 년은 더 된 곳이라는 것을. 고 주사가 제 어릴 적부터 잘 알던 동네의, 잘 아는 가게로 그를 데려왔다는 것을.

"왜 자꾸 뭍놈, 뭍놈 하는지 아냐?"

"……."

"우리 할머니는 아주 젊어서 돌아가셨는데 무당이었다고 들었어. 할머니의 할머니, 그전에도 계속 우리 집안 여자들은 신을 받아서는 저기 김녕굴 있는 데까지 걸어가서 도 닦고 기도하고 돌아왔다더라."

"설마, 고 주사네 할머님도 4·3 때 돌아가신 거야?"

"어쭈, 그래도 들은 건 있었네."

고 주사가 빈 잔에 술을 따랐다.

"아니, 그것 때문에 사람들이 이런 일에 예민하다, 그건 알겠단 말이야. 내가 영문을 모르겠는 건……."

"그래, 이상하지? 이상할 거야. 여기 사람들이 정말로 해군 기지 들어오는 게 싫었으면, 반대를 해도 주민들이 더 나서야 할 것 같은데, 외지인인 환경 단체나 종교인들이 앞장서는 것처럼 보이니까."

"그렇지. 정작 주민들이 다 반대하는 거면 모를까 시민 단체니 노조니 작전세력이 들어와서 선동하는 거잖아."

"4·3 때 백 명이 넘게 죽었다. 그 동네에서만도."

그게 무슨 소리냐고 묻고 싶었지만 어쩐지 차마 물을 수가 없었다.

"그때도 서북청년단은 물론이고 뭍에서 경찰들이 왔었

다지. 빨갱이. 그래, 전혀 없진 않았겠지. 빨치산이 죽인 주민도 이삼 할은 된다고 들었으니까. 그런데 낮에는 경찰들이 와서 빨치산이랑 내통한다고 죽이고, 밤에는 빨치산이 내려와서는 경찰이랑 내통한다고 죽이고 그랬다는데 대체 누굴 믿고 어떻게 살 궁리를 해. 우리 할머니는 그때 젊었어도 용한 무당이었다는데 이렇게 사람이 죽어 나가고, 저시커먼 땅 아래로 피가 가득 차오르니 큰 변이 있을 것이라고 했다는데, 그 말이 정부를 욕하는 거라고 죽였다더라. 아니, 말이 나왔으니까 그런데 종교는 아편이라고 그 지랄을 한다는 공산당 빨치산이 무당이랑 한패를 먹는 게 말이나 되냐? 죽이는 놈들은 그런 건 생각도 하지 않지. 그렇게 허무하게 돌아가신 거야."

"······."

"박 경장, 사람들은 너라는 개인을 싫어하는 게 아냐. 떨치지 못하는 거지. 뭍에서 온, 완장 차고 제복 입은 이들을."

"나보고 어쩌라고. 나도 위에서 시키는 대로 하는 것뿐이야. 출동도 하고, 살수차도 끌고."

"그래, 그렇게 지내다 몇 년 지나면 돌아갈 거잖아. 이 섬 일들이라면 다 잊고."

"뭐, 그렇지."

"그럼 좀 참아라. 뭍놈 소리 듣는 것도, 길어야 2, 3년인데 뭘."

술이 썼다. 목구멍을 타고 넘어가는 술이, 마치 식도에 불이라도 붙은 듯 뜨겁게 느껴졌다. 아니, 아니다. 얼음 조각을 삼킨 듯 서늘했다. 어느 쪽이라도 취하겠구나 싶은 느낌이 들었다. 아니, 이미 취했나? 창밖 멀리 바닷가의 파도 소리가 이렇게도 가까이 들릴 만큼? 뺨에 분무기를 대고 물을 뿌린 듯, 차갑고 가는 물방울이 후두둑 떨어진다고 느낄 정도로?

박 경장은 눈을 떴다.

그의 눈에 맨 처음 보인 것은 돌하르방이었다. 얼마나 오래된 놈인지 얼굴이 거의 편평하게 뭉개진 돌하르방. 그 하르방의 얼굴에 피가 묻어 있었다. 박 경장은 몸을 일으켰다. 고 주사는 피 묻은 손으로 그의 앞에 서 있었다. 술이 덜 깬 멍한 상태의 박 경장은 자신의 입가에서 찝찔하고 비릿한 피 맛이 난다는 것을 겨우 깨달았다.

"지금……."

"이게 마지막이야."

고 주사는 히죽 웃었다.

"이것만 쓰러뜨리면 돼."

"무슨 소리야……."

"네 귀에는 안 들리겠지. 저 시커먼 땅 아래로 피가 가득 차올라서 섬이 비명을 지르는 소리가."

미쳤구나.

처음에는 그 생각이 먼저 들었다. 그다음에는 그의 할머니가 무당이었다는 말이 떠올랐다. 뭍사람들에게 살해당한 무당의 손자. 그가, 돌하르방의 얼굴에 피를 바르고 있다. 돌부처가 피를 흘리니 홍수가 나고 해일이 일었다고 했지. 그건 정말로 돌부처가 피를 흘린다는 뜻이 아니었어. 누군가가 거기에 피를 바르는 것으로도 그 일은 일어났다고. 그 말을 누가 했더라. 술 취해 경찰서에 드러누워 있던 남자가 했던 말이었나, 양 주임의 말이었나. 박 경장은 정신을 차리려 애쓰며 눈을 깜빡였다. 고 주사는 무슨 노래 같기도 하고 주문 같기도 한 것을 낮게 읊조리며 돌하르방에 손을 가져다 대었다. 그러자 뿌리가 박힌 듯 단단히 서 있던 하르방이 갑자기 옆으로 쓰러졌다.

"……말도 안 돼."

"작두를 타고 춤을 춰도 발에서 피 한 방울 안 흐르는 건 말이 되고?"

"고 주사!"

고 주사는 대답하지 않았다. 어쩌면 그는 저 돌하르방을 한 손으로 쓰러뜨린 괴력으로 자신의 목을 졸라버릴 수도 있었다. 박 경장은 마른침을 삼켰다. 죽기 직전에 주마등 돌아가듯 살아온 날들이 떠오른다는 건 새빨간 거짓말. 기억의 갈피갈피, 쓸모도 없는 것들이 툭툭 튀어나와 그의 머릿속을 혼란스럽게 채워나갔다. 이를테면 삼성혈. 고등학교 수학여행 때 새벽같이 끌려나가 버스에서 졸다가 담임의 설명을 듣는 둥 마는 둥 좀비처럼 돌아다녔던 그곳.

삼성혈이라는 것은 탐라국을 세운 세 시조가 땅에서 솟아난 곳이라고 했지. 그 세 시조는 고씨, 양씨, 부씨였다고. 박 경장은 고 주사를 바라보았다. 하늘에서 마른 번개가 쳤다. 밤중 같지 않은 섬광이 멀리 한라산의 윤곽을 선명히 드러내나 싶더니 뒤이어 바로 가까운 곳에서 굉음이 들렸다.

"왔다."

"뭐가 왔다는 거야……!"

고 주사는 박 경장의 팔을 붙잡고 상기된 얼굴로 홀린 듯 걷기 시작했다.

"어머니가."

먼 옛날에 설문대할망이라는 할머니 거인이 있었다. 그녀는 망망대해 한가운데 하늘에 닿을 듯 높은 산이 자리 잡은 섬을 만들려고 치맛자락 가득 흙을 담아 날랐는데, 은하수를 만질 수 있을 만큼 높은 산이라고 해서 사람들은 그 산을 한라라고 불렀다.

할망은 키가 어찌나 컸는지 저 깊고 깊은 용연 물이 발등까지밖에 차지 않았는데, 백록담에 걸터앉아 왼쪽 다리는 제주 앞바다에, 오른 다리는 서귀포 앞바다에 담근 채 손발이 부르트도록 빨래를 했다고 한다. 오백 명 아들들의 빨래를 하고, 아들들이 먹을 죽을 끓이고, 옷은 낡아 해어져서 앉았다 일어날 때마다 그 틈으로 흙이 줄줄 샜다. 찢어진 치마의 틈으로 흘린 흙들은 여기저기 쌓여 300개가 넘는 오름이 되었다.

"어머니의 소원이 뭐였는지 알아?"

고 주사는 바로 그 설문대할망을 어머니라고 부르고 있었다.

"정신 좀 차려. 술을 얼마나 마셨으면 이래."

"치맛자락이 다 터져 속살이 보여도 가난해서 치마 한

벌 해 입을 수 없었지. 그런 어머니가, 섬 사람들이 명주 속 곳 한 벌만 지어주면 뭍까지 다리를 놓아주겠다고 그러셨 다더라. 명주 백 동이면 속곳을 짓겠는데, 이 섬은 너무 가 난했어. 말이며 귤이며 전복이며 공납에, 뭍에서 온 탐관오 리들이 한 재산 불려가며 있는 대로 수탈해놓아서, 이곳 사 람들이 죽을힘을 다해도 아흔아홉 동밖에 모으질 못했다는 거야."

파도 소리가 들렸다. 해안도로 위로 방파제를 넘은 바 닷물이 튀어 오르고 있었다.

"오백 명 아들들을 먹여 살리려고 죽을 끓이다가 죽 솥 에 빠져 죽은 내 어머니는 아직도 바닷속에서 나오질 못하 는데, 그 오백 명 아들들은 죄다 이 섬에 피 쏟고 죽어 돌이 되었는데!"

"고 주사!"

"어머니는 속옷조차 없어서 물 밖으로 나오지도 못하 셨어. 가난하고 불쌍한 우리 어머니가 뭐가 그리 무섭다고 그 위로 겹겹이 하르방을 쌓아 눌러 숨도 못 쉬게 하더니 이제는 그 바닷속까지 뒤집어엎으려고……!"

고 주사는 해안도로 갓길에 주차해놓은 차로 다가갔다. 트렁크가 열리고 그 안에서 반들반들한 명주 천이 끝도 없이 쏟아졌다.

"이게 뭐야⋯⋯."

"옷감 한 동이 모자랐어. 딱 한 동."

고 주사는 키득거렸다. 그는 명주 자락 끝에 제 허리를 묶고, 양팔을 휘적이며 바닷가를 향해 걷기 시작했다. 새하얀 명주 위로 새빨간 손자국이 몇 개나 찍혔다.

"언제까지 이럴 거야⋯⋯. 자식들 먹여 살리고 장가보낼 밑천이라 믿었던 귤나무에 독을 붓고, 어머니의 가슴 위에 끝도 없이 하르방을 세우고, 그래 놓고 벽사, 벽사라고? 지하수로 앞바다로 시뻘건 사람 피가 배어 나오도록, 그 아들들을, 아들의 아들들을, 아들의 손자들을 죽이고 또 죽여 파묻고도 눈 감아라, 귀 막아라, 그렇게만 살라고 했지. 언제까지. 대체 언제까지! 박 경장. 그런데 그거 알아? 이제 다 끝이라는 거. 국솥에 빠져 뼈만 남은 우리 어머니, 뼈야, 살아라, 살아, 살아라, 혼아, 살아라, 그렇게 저승꽃 뿌리면서 일으켜 세우면 이 섬이며 해군 기지며 뭍놈들이며, 피로 얼룩진 땅 위로 새하얗게 바닷물이 뒤덮을 거야."

"그만둬, 고 주사!"

박 경장은 손을 뻗었다. 하지만 고 주사는 마치 나비가 날아오르듯 방파제로 달려가 새카만 밤바다의 파도 위로 몸을 던졌다. 그리고 마치 신호처럼 수평선에서부터 부서질 듯한 새하얀 해일이 일어 올랐다.

저런 게 쓰나미라는 것일까. 바다가 하늘에 닿을 듯 솟구치며 온 세상을 끌어안을 것처럼 달려왔다. 도망쳐야 했다. 하지만 발이 땅에 붙은 듯 도망칠 수 없었다. 사실은 온 힘을 다해 뒷걸음질을 치고 있어도, 그가 움직이는 것보다 파도가 다가오는 것이 더 빨랐다. 경찰학교에서 들었던 재난 강의가 떠올랐다. 이미 큰 파도가 보인 이상 도망쳐도 살아남을 가능성은 없는 거나 마찬가지였다. 박 경장은 반쯤 넋을 잃은 채 집채만 하다는 표현으로는 부족할 만큼 거대한 파도가 새카만 밤바다를 삼키며 달려오는 것을 바라보았다. 하늘마저 감싸버릴 듯한 그 하얀 물의 장벽 너머로, 사람의 형상을 닮은 거대한 그림자가 천천히 일어났다.

신의 모습을 볼 수 있다면 아마 그런 기분이었을 것이다. 앞바다에 종아리를 담근 거대한 여신의 손이 하늘에 닿을 듯 기지개를 켜는 모습을 바라보았다. 거의 수직으로 솟구친 파도가 그녀의 손끝에서 마치 낡아빠진 속치마 자락처럼 일렁였다. 오백 명 아들의 빨래를 하여설랑 제주에서 우도까지 줄줄이 드리우고, 한 벌뿐인 속치마는 곱게 빨아 한라산에 볕 잘 들게 널어두고. 그렇게 그녀가 마치 제 빨랫감인 양 온 바다를 품에 끌어안고 몸을 일으켰다. 한라산이 다시 솟아오르는 것 같은 그 압도적인 형상 앞에서, 박 경장은 자기도 모르게 무릎을 꿇었다.

"뭍놈이 어디서 정신을 빼고 있어!"

그때, 뒤에서 낯익은 호통 소리가 들렸다. 고 주사와 함께 끝없이 바닷속으로 빨려 들어가는 것 같았던 흰 명주천이 갑자기 팽팽하게 당겨졌다. 박 경장은 뒤를 돌아보았다.

"방해할 거면 거기서 비키든가, 아니면 저 멍청한 새끼 건져 올리는 거나 거들어!"

"…… 주임님?"

양 주임은 명주천 끝을 겨우 잡고 서서는 그 한끝을 차 트렁크 뚜껑에 둘둘 감아 억지로 내리 닫았다. 제대로 닫힌 것 같지는 않았지만, 적어도 더 이상 천이 빨려 들어가지는 않았다. 그제야 박 경장은 명주 자락의 다른 끝에 고 주사가, 낮과는 다른 얼굴을 하고 설문대할망의 오백 명 아들 중 한 명을 자처하던 그가 여전히 매달려 있다는 것을 떠올렸다.

"고 주사가…….

"씨발놈이 어디서 술을 빨고 와서 방해야, 방해는."

양 주임은 그 솥뚜껑 같은 손으로 박 경장의 얼굴을 탁 소리가 나게 치고는, 그를 차 안으로 밀어 넣었다. 어째서일까. 저렇게 파도가 높이 올라왔는데 당장이라도 쏟아져 이 땅을 덮는 게 맞을 것 같은데, 그대로 기울어진 듯한 바다는 하늘로 솟구친 채 더 이상 다가오지 않았다.

"어떻게 된 겁니까……."

"얼빠진 놈. 굿판도 못 보고 컸냐, 네놈은."

요즘 세상에 그런 게 어디 있습니까, 하고 항변하려다 말고 박 경장은 입을 다물었다. 양 주임이 낯선 말, 낯선 노래를 중얼거리며 천천히, 한 손으로는 명주천을 잡아당기고 다른 손으로는 방울을 흔들며 방파제 쪽으로 다가갔다.

한 손으로 그 묵직한 하르방을 쓰러뜨렸던 고 주사처럼, 양 주임의 손안으로 성인 남자 한 명의 목숨까지 매달린 묵직하게 젖은 명주천이 천천히 끌어 올려졌다.

이승과 저승을 이어놓은 듯, 새하얗고 무거운 천이었다.

*

"죽어 이 세상에서 저 세상으로 가는 것이야 순리라고 한다만, 저승에서 이승으로 돌아오는 게 어떻게 순리가 되겠냐. 하늘과 사람 사이에 무당이 다리를 놓고, 저승과 이승

사이에 흰 명주 천이나 무명천으로 다리를 놓고. 고 주사 그놈이 하려 들었던 짓이 그런 거지. 이미 저 세상으로 돌아간 거대한 존재를 이승으로 불러내는 거."

"그게, 그런다고 정말 불러지기는 하는 겁니까?"

설탕 두 스푼을 넉넉하게 넣은 커피를 책상 위에 올려놓으며 박 경장은 물었다. 양 주임은 대답하지 않았다.

평범한 사람이 혼자서 열두 기의 돌하르방을 쓰러뜨린 것도 모자라, 한 동이라 했으니 필로 따지면 오십 필이나 되는 명주를 혼자서 끌고 바닷물로 뛰어들었다는 것을 설명할 방법은 없었다. 어쩌면 양 주임 말고도 이해할 이들이 더 있을지도 모르지만 그런 것을 수사 조서라고 쓸 수는 없는 노릇이었다.

쓰러진 돌하르방은 동네 조폭들이 술김에 힘자랑을 한 것 같다는 식으로 적당히 말을 만들어 붙였다고 들었다. 고 주사의 일은 술을 마시다가 홧김에 바다에 투신한 것으로 적당히 마무리되었다. 어부지리로 표창까지 받은 것은 양 주임이었다. 무단결근으로 문책 받기 딱 좋은 상황이었던 그는, 졸지에 동료가 위험에 처하자 목숨을 걸고 바다에 뛰어든 영웅이 되었다. 박 경장은 그 모든 일에 대해 그러려니 입을 다물기로 했다. 말을 해보려 한들 앞뒤가 맞게 설명할 수도 없는 일이었다.

"정말로 그게 그…… 설문대할망입니까? 그게 이 세상
으로 왔으면 어떻게 되는 겁니까. 저기 그……."

"뭍놈들이 마음에 들어서 막은 건 아냐."

"예?"

"지금 돌아가고 있는 꼴이 온전히 마음에 들어서, 그래
서 고 주사를 말린 게 아니라고."

양 주임은 그렇게만 말하고 커피를 마셨다. 그러고는
의자 등받이를 있는 대로 뒤로 젖혔다.

"주임님?"

"누가 부르면 나 저기, 출장 나갔다고 그래라."

"저기, 주임님……."

"내 딸이 고등학생인데."

"예?"

"언어영역 시험공부한다면서 무슨 시 나부랭이를 외우
고 앉았더라고."

"시 말입니까?"

"열매가 떨어지면 툭 하는 소리가 들리는 세상이라고."

양 주임은 그 알쏭달쏭한 말을 끝으로 입을 다물었다.
그는 의자를 뒤로 돌린 채 지난날의 번개와 해일이 마치 꿈

인 듯 새파란 하늘을 쳐다보며 뭔가 중얼거리다가 곧 잠이 들었다.

　박 경장은 어쩌면 그가 어머니, 하고 중얼거린 것 같다고 생각했다.

　그만 고정하시오, 어머니…… 하고.

섬에 갇혔다.

정말로 섬에서 나갈 수 없는 것은 아니었다. 하지만 전염병으로 공항이 폐쇄되고, 섬으로의 입도가 금지되었다. 섬에 더 들어오지 말라는 말이지, 나가지 말라는 뜻이 아니라는 것은 안다. 하지만 하린은 그것만으로도 갑갑하고 조바심이 났다.

"뭘 그래. 이왕 이렇게 된 거 좀 마음 편히 빈둥거리면 좋잖아."

툇마루에서 뒹굴던 주연이 고개를 들었다.

"야, 나 지금 이 집 1년 연세 내고 빌렸다? 근데 우리 여기 온 지 한 달밖에 안 됐다고. 너무 걱정하지 마. 들어오는 건 마음대로 안 돼도 나가는 건 괜찮다잖아."

"그래도 그렇지."

"그리고 우리가 여기서 일을 못 해? 편집자 미팅도 요즘은 다들 화상으로 하잖아. 말도 마라. 나 여기 오기 얼마 전에 아는 언니가 결혼했거든. 근데 그 결혼식이 아주 신식이었어. 일요일에 낮잠 자고 있었는데 갑자기 자기가 내일 혼인신고를 할 거라면서 배달 주문 쿠폰 2만 원짜리랑 화상 미팅 링크를 쫙 뿌리는 거야."

"결혼?"

"응. 전염병 때문에 결혼식 같은 건 못 한다면서 친구들을 죄다 화상미팅 채널로 불러 모으던데? 온라인으로 하겠다고."

"전염병 시대에 걸맞은 결혼식이네. 그래서?"

"그래서는 뭘 그래서야. 화상미팅으로 신랑 얼굴 보고, 다들 당일 배송으로 결혼 선물 보냈지. 그 방에 들어온 친구들 서른네 명이 전부 당일 배송 보내는 바람에 다음 날 아침에 구청 열자마자 혼인신고하려고 했는데 현관문이 안 열려서 큰일이었대."

"그 동네 배송 기사님은 아주 재난이 따로 없었겠네."

"그건 그렇지. 그래도 꽤 재밌었어. 언니가 한턱낸 배달 주문 쿠폰으로 치킨 시켜 먹고, 축의금 계좌로 이체하고. 언니는 무슨 유튜버같이 아무개가 축의금 얼마를 쏴 주셨습니다, 하면서 감사 인사하고. 결혼식인지 유튜브 라이브 방송인지 모르겠더라니까."

"야, 그건 좀 너무 에스에프다."

하린은 뒹굴거리는 주연의 옆에 가서 앉았다. 몇 달 전 주연은 다니던 회사를 용감하게 박차고 나왔다. 전부터 무슨 소설을 끄적이더니 작년에 썼던 웹소설이 대박이 났다나. 필명은 절대 안 가르쳐주고 회사를 때려치웠다고, 제주도에서 한 달 지내다 오겠다고 하는 게 정말 대박이 난 건지 아니면 남몰래 로또라도 당첨된 건지 알 수가 없었다. 중간중간 일어나서 키보드를 두드리기는 하는데, 저게 지금 트위터를 하는 건지 소설을 쓰는 건지도 모르겠고.

하린은 학습만화를 그리고 있었다. 원래는 출근을 하는 학습만화팀 작업실에서 일하곤 했는데 전염병이 돌면서 웬만하면 재택을 하라는 지시가 떨어졌다. 말이 좋아 재택근무지 결혼한 언니네 집에 얹혀 지내면서 일을 하자면 식탁에다 태블릿을 놓고 만화를 그리는 수밖에 없었다. 전염병 때문에 학교도 휴교를 하는 바람에, 하루종일 집에만 있는 초등학교 4학년 조카를 돌보는 것도 일이었다. 게다가 언니가 치위생사로 일하고 있는 대형 치과의 매출이 반 토막도 아닌 반의반 토막이 나면서, 언니는 병원에서 거의 반 강제적으로 무급 휴직을 당하고 말았다. 이래서야 집에서는 작업용 태블릿을 세워놓고 그림을 그릴 공간을 얻기 힘들었다. 설상가상으로 기존의 작업실 건물 위층에서 감염자가 나오면서 작업실조차 폐쇄된 상황이었다. 주연이 갑자기 제주도에 가자며 연락해온 것이 바로 그때였다.

"세빈이네 옆집이 비었대. 내가 그 집을 빌렸어."

세빈은 주연, 하린과 중학교 때부터 친구였다. 대학도 두 사람과 마찬가지로 서울에서 나왔다. 물론 같은 대학을 다닌 것은 아니었다. 세빈은 교사가 되겠다며 교육대학을 졸업했다. 그때까지만 해도 세 사람은 나이가 들어도 계속 같이 어울려 다닐 거라고 믿어 의심치 않았다.

그런데 문제가 생겼다. 교육대학에 들어간 세빈이 그만 복학생 선배와 캠퍼스 커플이 되고 만 것이다. 물론 그럴 수도 있는 일이었는데, 이 망할 선배가 세빈의 후배와도 양다리를 걸치면서 과가 한번 들썩거렸다고 했다. 잘은 모르지만 교사들의 세계는 무척 좁은 데다 자기 지역의 교육대학을 졸업하면 임용고시에 가점이 있다 보니 결국은 평생 동기며 선후배를 만나게 된다. 세빈은 자신을 두고 삼각관계라며 떠들어대던 동기나 선배들도, 여자 친구 있는 줄 뻔히 알면서도 선배와 데이트를 했던 후배도, 무엇보다 그 좁은 학교 안에서 양다리나 걸치고 다니던 멍청한 새끼도 두 번 다시 보고 싶지 않았다. 그래서 고향인 수도권을 등지고 외가가 있는 제주에서 임용을 치르고 초등학교 선생이 되었다.

방학이 되면 세빈은 며칠씩 본가에 와서 지내며 주연, 하린과 어울렸다. 그런 주말에는 하린도 바쁜 마감을 제쳐두고 함께 연극이나 뮤지컬을 보기도 하고, 맛있는 카페를 찾아다니기도 했다. 또 가끔 시간이 맞으면 주연과 하린은 세빈을 만나러 제주에 갔다. 그렇게 셋이 모여 앉아 그들의 우정을 비행기 한 시간 십 분 거리로 갈라놓은 그 복학생 선배 놈의 욕을 하며, 그의 앞날이 순탄치 않기를, 보는 시험마다 미끄러지고 승진의 기회마다 다 된 밥에 재를 뿌리기를, 만나는 사람마다 그의 뒤통수를 칠 것이며 가시는 걸음걸음 신발 끈에 발이 걸려 비틀거리기를 기원하며 치킨을 뜯곤 했다.

그런데 세빈이네 이웃집이 비었다니! 그 집을 주연이 빌렸다니!

"몇 년 전부터 제주도 한 달 살기가 유행이잖아. 나는 회사 그만둔 김에 힐링 좀 하고 너는 가서 원고하고. 주말에는 세빈이랑 술 마시고. 어때?"

하린의 귀가 솔깃해졌다. 이건 거부할 수 없는 제안이었다. 전화를 끊자마자 곧바로 항공권을 알아보고 짐을 꾸렸다.

그게 한 달 전의 일이었다. 경치 좋은 제주도에 도착한 하린은 마을 밖으로 나가보지도 못한 채 정말로 원고만 했다. 조카를 돌보느라 마감이 밀린 데다, 아무래도 전염병 때문에 다들 조심하는 상황에서 이곳저곳 돌아다니는 게 눈치가 보였다. 금요일 밤에 세빈이 놀러 와서 일요일 아침에 돌아가는, 일주일에 딱 그 이틀은 원 없이 놀았지만 그 밖에는 두문불출하고 태블릿만 붙들고 있었다. 제주도가 아니라 마감의 감옥, 소위 통조림에 갇힌 사람처럼.

"야, 그거 좀 꺼. 사람이 말을 하는데."

"팟캐스트 들으면서도 원고하는 데는 지장 없네요."

"놀러 가자. 점심도 나가서 좀 사 먹고."

"됐어. 지금이 그럴 때니?"

"너 열 있냐? 괜찮아. 우리 여기 온 지 한 달쨌데 아무 증상도 없잖아."

"그래도. 요즘 같은 세상에 멀리서 온 사람들이 여기저기 기웃거리고 돌아다니면 아무래도 동네 사람들이 걱정하⋯⋯."

"야, 우리 한 달 지났다고. 열도 안 나고. 난 혹시 몰라서 보건소 가서 검사도 해봤다니까."

"언제?"

검사를 받다니 금시초문이었다.

"지난주에. 그렇지 않아도 건넛집 할머니가 뭍에서 온 처자들이 어쩌고 하셔서 검사 결과 보여드렸더니 그제야 반가워하시는 거야. 하긴. 이해는 가지. 이런 작은 동네에서 감염자가 나오면 온 마을 사람들 다 위험해지고. 무엇보다 세빈이가 학교 선생이잖아. 우리가 세빈이 친구인 거 다들 아시는데 조심해야 세빈이가 욕을 안 먹지."

주연은 혼자 신나게 떠들다가 보건소에서 받은 확인 문자를 보여주며 하린을 잡아끌었다.

"우리는 이 동네 분들께 대체로 무해한 상태라고. 오히려 육지 사람들이 와서 과자라도 하나 더 사 먹으면 동네에 보탬이라도 되겠지. 응? 나가자. 응?"

역시 로또에 당첨된 게 틀림없어. 명색이 작가라면 좀 더 음침하고, 마감하느라 밤낮이 바뀌고, 피부도 푸석푸석한 게 정석이지. 어디 방송에라도 나오는 게 아닌 이상 글 쓴다는 애가 이렇게까지 인싸이더일 리가 있나. 정말로 웹소설을 썼는지는 모르지만, 웹소설은 핑계고 한주연에게 뭔가 목돈이 생긴 건 분명하다. 로또가 되었든, 소식이 끊겼던 이모할머니가 나타나 거액의 유산을 물려주셨든. 그 김에 제주에 그냥 쉬러 온 거지. 회사까지 그만두고. 생각해보니 부럽네. 하린은 혼자서 멋대로 생각하다가 주연이 한 번 더 잡아끌자 못 이기는 척 그리던 만화를 저장한 뒤 클라우드에 제대로 올라가 있는지 확인하고 신발을 꿰었다.

*

제주도라고 해도 여긴 바다가 잘 보이지 않는 곳이었다. 바다 대신 산과 들판을 보며 하염없이 걷다가 편의점도 아닌 슈퍼마켓에서 군것질을 했다. 조금 더 걸어가면 커다란 풍력발전기가 돌아가는데, 하린은 보통 거기까지 산책을 갔다가 돌아온다. 그나마도 주연의 잔소리 덕분이었다.

"젊을 때 걷기 운동이라도 안 해두면 나이 들어서 만화 못 그린다?"

주연은 요즘 들어 부쩍 같이 산책만 나가면 아침 정보 프로그램에 나오는 사이비 건강 전도사라도 된 것처럼 건강을 챙겨야 한다고 떠들어댔다. 하린은 주연의 말을 듣는 둥 마는 둥 성의 없이 대꾸했다.

"어어⋯⋯."

"어어가 아니라! 넌 정말⋯⋯ 제주도까지 데려온 보람이 없다."

"나 만화 그리러 왔다니까."

"글쎄, 아무리 만화를 그리러 왔어도 이 공기 좋은 곳에서 산책도 안 하고 집에만 콕 틀어박혀서 뭐 하는 거야? 발바닥에 곰팡이 슬겠다. 하도 안 써서."

"그러게."

"하다못해 여기 풍경들이라도 많이 찍어두면 차기작할 때 써먹을 수 있지 않겠냐? 제주도 한 달 살기 생활툰 같은 거 하면 되겠네."

"요즘 생활툰 잘 안 먹혀."

"그럼 제주도 배경 로맨스?"

"야, 나 학습만화 그리는 거 몰라? 맨날 3등신 캐릭터가 수학 문제 푸는 거 그리는데 로맨스 섭외가 잘도 들어오겠다."

그래도 한 가지는 분명했다. 예전에는 하루에 사천 보면 많이 걷는 편이었다. 집 바로 앞에서 버스를 타면 내린 정류장 코앞에 작업실이 있었다. 집에서 정류장까지, 작업실에서 정류장까지. 그만큼을 왕복한 거리가 하린의 하루

활동량이었다. 그런데 제주에 오고 나서부터, 그리고 주연을 따라 산책을 다니면서 하루 활동량이 점점 늘어나고 있었다. 어제는 팔천오백 보까지 찍었으니까. 귀찮다, 번거롭다고 매번 투덜거리긴 했지만 산책 덕분인지 서른도 되기전에 하린을 괴롭히던 고질적인 허리 통증이 조금 나아진 것 같기도 했다.

"어제 구천 보 걸었지? 오늘은 만 보 찍고 가자."

"구천 보 안 되거든!"

"지난번에 동네 뒷산에 가봤는데 연못 같은 게 있었어. 날도 더운데 거기 가면 좀 시원하지 않을까? 응?"

"주연아."

"응?"

"난 말이야. 로맨스나 BL소설 읽다가도 커플이 등산을 가면 바로 덮는 사람이야."

하린은 치를 떨었다. 얘는 제주도에서 본 동네 뒷산을 뭐라고 생각하는 걸까. 한라산이라고, 한라산! 하지만 그렇게 치를 떨며 싫은 내색을 하는 것만으로 주연의 뜻을 꺾을 수 있었다면, 애초에 이렇게 산책에 끌려다니는 일도 없었을 것이다.

"어쩌다가 내가 너한테 끌려다니는지 모르겠어."

어영부영하다가 주연의 뒤를 따르며 하린은 쉬지 않고 투덜거렸다.

"제주도도 그렇고. 난 네가 제주도에서 한 달 살기쯤 하겠다는 줄 알았는데, 어느새 1년을 산다지 않나."

"뭐, 그 바람에 원고 잘하고 있잖아. 집에 있으면 조카한테 치여서 아무것도 못 한다며."

"조카도 그렇고 요즘은 언니도 집에 있으니까……."

"그래, 끝이 좋으면 다 좋은 거지. 결과적으로는 너한테 아주 괜찮게 된 거잖아?"

"괜찮은지 어떤지 모르겠다."

하린은 중얼거렸다. 언니 부부가 조카의 유치원 입학을 알아보던 세 살 때부터 지금까지, 조카의 등·하원을 책임지는 대신 언니 집에 얹혀 지냈다. 그게 벌써 7년째였다. 말이 좋아 등·하원이지 사실은 아이가 학교에 가 있는 동안 짬을 내어 만화를 그리고, 아이를 데려온 다음에는 간식을 먹이거나 집안 살림을 하면서 거의 입주 보모처럼 지내는 나날이었다. 조카가 초등학교 저학년 때는 아이가 일찍 집에 오다 보니 만화 원고를 하는 것 자체가 힘들었다. 그렇다고 일을 그만두면 영영 돌아갈 수 없을 것 같아 직접 작업하는 대신 어시스턴트로 일하거나 밑 색 칠하는 일거리를 받아

오기도 했다.

　조카가 4학년이 되며, 이제야 낮에는 만화를 만화답게 그리고 오후에만 조카를 돌보게 되었다. 그랬더니 형부라는 인간이 슬슬 하린을 귀찮아하기 시작했다. 집이 좁다는 둥 살림해놓은 것이 마음에 안 든다는 둥, 회식하고 술에 취해 돌아와서는 집세도 내지 않고 빌붙어 있다고 말한 적도 있었다. 애초에 그 집에 들어간 것은 조카를 돌볼 사람이 없어서였다. 언니가 일을 하고 있기 때문이었고, 형부가 맨날 일하느라 바쁘다는 핑계로 자식이 먹은 밥그릇 한번 닦아놓는 일이 없는 인간이어서였다. 그랬는데도 그런 취급을 받고 있었으니 이렇게 제주도로 와버린 것이 차라리 다행이긴 했다.

　"모르긴 뭘 몰라. 전염병 끝나고 애들 다시 학교가게 되면 너보고 집에 들어오라고 사정사정할지도 모르잖아, 그 인간들."

　"그 정도로 뻔뻔하진 않길 바라. 근데 언니는 안 그래도 우리 형부 새끼는 그럴 것 같네."

　"으, 진짜."

　"말도 마. 내가 마감 끝나고 좀 한가할 때 밑반찬 같은 거 바리바리 해놓으면 언니는 그래도 고맙다는 소리라도 하는데 형부 새끼는 그거 갖고 반찬 투정을 하는 거야. 초등학생 조카도 안 하는 반찬 투정을 그 나이 먹고서 하고 있더라니까?"

과연 분노는 나의 힘이라더니. 형부의 험담을 하다 보니 어느새 숲길이었다. 아, 진짜. 이런 식으로 어영부영 산을 탈 생각은 없었는데. 하지만 주연의 말대로 바람이 시원해서 피곤하다거나 힘들다는 생각은 별로 들지 않았다. 그저 안 쓰다 못해 퇴화될 지경이던 발바닥이 조금 시큰거릴 뿐이었다.

집에 돌아가면 뜨거운 물에 소금 풀고 발 좀 담가야지, 생각하다가 하린은 자신이 머무르고 있는 그곳을 어느새 숙소가 아니라 집이라고 여기고 있다는 것을 깨달았다. 정말이지 여유만 된다면 이런 곳에 눌러살아도 괜찮을 텐데. 하린은 자신이 팔로우하고 있던 '잘 나가는 작가'들이 왜 제주도에서 한 달 살기 중이라며 SNS를 바다 사진으로 가득 채웠는지 이해할 수 있을 것 같았다.

"여기 올 때마다 하는 생각인데."

"여러 번 왔어?"

"너 마감한다고 집 밖으로 일 미터도 안 나올 때 자주 왔지. 저기 연못이 말이야. 완전 맑아. 들어가서 목욕해도 되겠더라니까."

"설마 너 지금 연못에서 목욕해보고 싶어서 나 보고 망봐달라는 건 아니지? 그러다가 경범죄로 잡혀가는 수가 있어."

"뭐래. 거기 사람들 지나다니는 길 바로 옆이야. 맑다고 했지 누가 그런 데 정말로 벗고 들어간대."

"그거 다행이네. 제주도까지 와서 조서 쓰러 가지 않아도 돼서."

"저도 지난달까지만 해도 얌전히 회사 다니고 있었거든요."

"그래, 그러고는 유명한 퇴사 짤처럼 떠났지. 이 세상의 모든 속박과 굴레를 벗어던지고 제주도로."

"속박과 굴레를 벗어던졌지 이상한 걸 벗어던진 건 아니야. 저기 봐."

어디선가 물소리가 들리기 시작했다. 주연이 걸음을 멈췄다. 하린은 주연이 가리키는 방향을 돌아보았다.

그곳에는 정말로 작은, 하지만 제법 모습을 갖춘 계곡이 있었다. 깊이 우거진 숲길을 배경으로, 길 아래 지반에서 불쑥 튀어나온 바위들 사이에 물이 졸졸 흘러 작은 연못을 이루고 있었다. 사방이 큼직큼직한 바위로 둘러싸인 가운데, 작지만 거울처럼 하늘의 풍경을 비추어내는 연못은 아기자기하게 예뻤다. 말간 거울 같은 연못 위로 불쑥불쑥 튀어나온 둥그런 돌들이 마치 새 둥지 속의 알처럼 보였다.

"예쁘다."

하린이 감탄했다. 누군가 일부러 만들어놓은 정원 같았다. 주연은 어깨를 으쓱였다.

"거봐. 내가 오면 좋을 거라고 했지?"

"이 계곡은 이름이 뭐야?"

"몰라, 동네 분들도 잘 모르시는 것 같던데."

"그럴 리가 있냐."

"왜, 자기네 동네니까 오히려 모를 수도 있지. 너 껌바위 기억나?"

"학교 뒤에 있던 거? 동네 양아치들이 모여서 담배 피우던 거기?"

"그래. 저번 설에 집에 가봤더니 거기 공원이 생긴 거야. 그 껌바위가 무려 신석기시대 유적인가 그렇다더라고. 무슨 석기시대 공원이 생겼다니까? 그러니까, 자기네 동네라고 다 알진 못한다는 소리지."

"껌바위는 시커멓고 크기만 컸지. 여긴 이렇게나 예쁜데."

하린은 핸드폰을 꺼내 계곡 사진을 찍었다. 그러자 주연이 조금 다급하게 말했다.

"야, 그거 SNS에 올리지 마."

"왜? 사람들이 여기 찾아올까 봐?"

"그것도 그렇고. 전염병 시즌에 돌아다닌다고 욕먹어."

두 사람은 계곡 주변을 둘러보다가 누가 먼저랄 것도 없이 신발을 벗고 계곡물에 발을 담갔다. 시원한 계곡물이 발가락 사이를 간지럽히자 기분이 좋아져서 아, 하는 탄성이 절로 나왔다. 그러다가 서로 얼굴을 마주 보며 웃음을 터뜨렸다.

"뭐야, 아저씨 같잖아."

"너야말로."

"근데 진짜 조용하네. 인적도 없고. 왜, 요즘 인터넷에서 계곡알탕이라고 그러는 거 있잖아. 이런 계곡에서 아저씨들이⋯⋯."

"아씨, 모처럼 기분 좋았는데 더럽게."

"내 말은 그럴 것 같은 곳인데 용케 사람이 없다고. 조용하고."

듣고 보니 어쩐지 기분이 조금 묘했다. 이곳은 조용했다. 이상할 정도로 조용했다. 한낮의 숲속이면 으레 새소리라도 들릴 법한데, 새소리도 흔한 바람 소리도 들리지 않았다. 그저 깊게 내려앉은 정적 가운데 졸졸졸 흐르는 물소리만 들려왔다.

하린은 주위를 둘러보았다. 하린과 주연, 둘뿐이었다. 그저 아무렇지도 않은, 한가롭고 평화로운 풍경. 산속에서 우연찮게 발견한 작은 도원경 같은 풍경. 그런데 왜 이렇게 등줄기가 오싹해지는 걸까.

"……주연아."

"어, 저거 좀 봐."

주연은 연못 건너편, 둥그렇고 큰 돌들이 새알처럼 튀어나온 쪽을 가리키다가 아예 물속으로 걸어 들어갔다. 물은 그다지 깊지 않았다. 주연의 종아리 정도였다. 제일 깊은 곳이라고 해봐야 주연의 무릎 바로 위까지밖에 오지 않았다.

그런데 이상했다. 주연은 몇 번이나 휘청거렸다. 고요하고 잔잔한 연못인데 마치 흐르는 냇물 속을 걷는 것 같았다. 하린은 당황하여 일어났다. 그때 주연의 손이 둥그런 큰 돌을 붙잡았다.

"그래, 이거야. 이거."

주연은 둥근 돌 가운데 놓인, 배구공만 한 무언가를 집어 들었다. 그러더니 의기양양해하며 그 둥근 것을 들고 돌아 나왔다.

　"뭐야, 그냥 원래대로 놓고 와."

　"이게 뭘까?"

　주연이 들고 온 것은 단지였다. 검고 거칠거칠한 단지. 아마도 된장이나 고추장 같은 류를 담았을 것 같은 그 단지는 여러 겹의 새끼줄로 단단히 묶여 있었다.

　"뭔지 모르지만 안 건드리는 게 좋아 보이는데……."

　하린은 언젠가 들은 이야기를 떠올렸다. 산에 누가 흘리고 간 물건은 함부로 가져오면 안 된다고. 특히 돈이나 쌀 같은 것은 무속인들이 재앙이나 액운을 흘려 버리기 위해 일부러 두는 것이라 손을 대면 그 재앙이 묻어온다고. 그런 데다 이런 인적 드문 연못 한가운데에 있는 단지라니!

　"뭐 이상한 게 나오는 거 아니야?"

　"글쎄? 이런 단지에서 무슨…… 기껏해야 고추장 아닐까?"

　주연은 중얼거리다가 역시 이거라는 듯 손뼉을 쳤다.

　"그런 걸 수도 있겠다. 제주도에 전해지는 신라 시대부터 내려온 전설의 고추장이라든가."

　"고추는 임진왜란 지나서 들어왔어."

　"아."

"그리고 제주도는 신라 땅 아니야. 탐라국이었지."

"아, 넌 진짜. 그 고증병."

"학습만화 작가를 우습게 보지 마라. 내가 이래 봬도 역사만화도 그렸던 사람이라고."

하린은 웃었다. 하지만 곧 웃음을 지우며 말했다.

"어쨌든 그건 그 자리에 두고 와. 이번엔 점유이탈물 횡령으로 잡혀가기 싫으면."

"그러기엔 너무 오래된 물건 같은걸. 이거 봐, 새끼줄 끝이 다 삭았잖아."

주연은 웃으며 새끼줄을 잡아당겼다. 단단히 묶여 있는 줄 알았던 새끼줄이 매듭까지 다 삭은 듯 스르륵 풀렸다. 그리고 단지의 뚜껑이 바닥으로 떨어졌다.

*

어떻게 집에 돌아왔는지 생각이 나지 않았다. 정신이 들었을 때는 하린도 주연도 집 툇마루에 무너지듯 앉아 있었다.

"그건…… 뭘까?"

"응?"

그건 그냥 단지였다. 검은 유약을 발라 구워낸 거칠거
칠한 단지. 어렸을 때 집에 한두 개씩은 있었고, 지금도 재
래시장에 가면 찾아볼 수 있을 것 같은 그런 흔한 단지. 하
지만 그 단지를 꽁꽁 싸맨 새끼줄이 풀린 순간, 하린과 주
연은 아득한 어둠을 본 것 같았다. 마치 그 작은 단지가 우
주를 담고 있어 그 안에서 무한한 어둠이 쏟아져 나온 것
같은 기분이었다.

　　그렇다고 그 어둠이 또 온통 새카맣기만 한 것은 아니
었다.

　　"피비린내……."

　　"말하지 마. 토할 것 같아."

　　검기는 검되 지극히 검붉은 빛. 검붉은 피가 켜켜이 말
라붙고 썩어 문드러진 듯한 그런 빛깔. 검붉은 죽음의 빛깔.

　　지독한 악몽을 꾼 것 같았다. 어떻게든 일어나서 냉수
라도 마시면 정신이 들 것 같은데, 손가락 하나 까딱할 기
운도 남아 있지 않았다. 하린은 자리에서 일어나려 억지로
몸을 비틀다가 퍼뜩 놀라 어깨를 움츠렸다.

　　"으아악!"

　　단지가 툇마루 위에 있었다.

　　내다 버려야 한다. 어떻게든 저 단지를 치워 버려야 한

다. 하지만 어떻게? 게다가 아까 분명 주연이 잡아당긴 서슬에 새끼줄이 풀리고 뚜껑이 열렸는데, 지금은 다시 아무일도 없다는 듯 새끼줄에 단단히 묶여 있는 모습이 더욱 기괴했다. 보고 있는 것만으로도 숨이 턱턱 막혀왔다.

"저, 저게 왜 여기 있어."

"그러게……."

"분명히 아까 버렸던 것 같은데."

"버린 건 둘째 치고 뚜껑 열렸잖아. 풀어버렸잖아. 그런데 대체 왜……."

"꿈인가? 꿈이었나? 그런 거야? 어?"

"내가 그래서 건드리지 말랬잖아."

하린이 울먹거렸다. 눈물이 찔끔찔끔 솟았다. 저 단지를 보는 것만으로도 숨이 막혀 죽을 것 같았다. 그때였다.

"뭘 건드리지 말라고 해?"

세빈의 목소리였다. 퇴근길에 사 왔는지 손에는 맥주와 순살 치킨 한 상자가 들려 있었다. 늘어져 있던 하린과 주연을 바라보던 세빈은 툇마루로 달려오더니 그 앞에서 걸음을 멈췄다.

"저게 왜 여기 있어?"

"세빈아."

세빈의 얼굴을 보고 안심이 된 것일까. 갑자기 둑이 터지듯 눈물이 쏟아졌다. 하지만 세빈은 서른이 넘은 나이에 어린애처럼 우는 하린은 눈에 들어오지도 않는다는 듯, 새끼줄로 단단히 묶인 단지를 노려보았다.

"강하린, 오주연. 저게 왜 여기에 있어?"

"그게⋯⋯."

주연이 쩔쩔매며 입을 열었다. 하지만 어디서부터 설명해야 할지 짐작도 가지 않아서 주연은 이내 입을 다물었다. 세빈은 채근했다.

"어떻게 된 거야. 여기 있을 리가 없는 물건인데. 어떻게 된 거냐고!"

"연못에 있었어."

하린이 딸꾹질을 하며 대답했다.

"아까 산책 갔다가 산기슭 연못에 갔는데 거기 있었어. 내가 건드리지 말자고 그랬는데."

"너희들."

세빈은 주방으로 들어가 맥주와 치킨을 그대로 냉장고에 밀어 넣었다. 옛 모습을 살려놓았지만, 주방과 욕실만은 현대적인 그 집에서 세빈은 소금을 찾았다. 굵은 천일염이 필요했지만, 잠깐 머물다 갈 이곳에 그런 게 있을 리 없었다. 결국 세빈은 지난번 주연이 세빈의 집에서 빌려 온 마트표 구운 소금을 꺼내서 단지 위에 바닥까지 탈탈 털어놓았다.

"이게 대체 어떻게 된 거야! 똑바로 말해!"

세빈은 소금을 뿌리고서야 동네가 떠나가라 소리를 질렀다. 하린은 딸꾹질을 멈추고 세빈을 올려다보았다. 뭔지 몰라도 아주 큰일이 난 것만은 틀림없었다.

*

이야기를 다 들은 세빈은 자기 집에서 굵은 소금과 팥, 고춧가루까지, 사람들이 흔히 부정을 타거나 귀신을 내쫓을 때 쓴다는 것들을 잔뜩 가져오더니 비닐장갑 낀 손으로 단지를 집어 택배 상자에 넣었다. 그리고 소금과 팥과 각종 알 수 없는 것들을 뿌려 덮었다.

"그러면 되는 거야?"

주연이 조심스럽게 물었다. 세빈은 끼고 있던 비닐장갑을 벗어 그 안에 넣고는 이걸 대체 어떡해야 하나 싶은 표정으로 상자를 내려다보며 대꾸했다.

"나도 모르겠다."

"뭔가 하려는 거 아니었어?"

"나도 이거 어떻게 못해. 우리 이모할머니한테 가보
자."

"이모할머니?"

"아, 진짜 이런 이야기 안 하려고 했는데."

세빈은 한숨을 쉬더니 자기 차에다가 상자를 실었다.
하린의 배에서 꼬르륵 소리가 났다.

"야, 근데 우리 치킨……."

주연이 하린의 입을 틀어막았다. 아무리 눈치가 없어도
지금은 배고프다는 말을 할 상황이 아니었다. 세빈은 하린
과 주연을 차 뒷좌석에 밀어 넣고 시동을 걸었다.

"그렇다고 식지도 않은 걸 냉장고에 넣으면 어떡해."

"이따가 온 동네 지네들 파티하는 거 보고 싶으면 꺼내
놓고 가든가. 여기 지네들이 치킨이나 닭 뼈 같은 걸 얼마
나 좋아하는지 모르지?"

지네라는 말에 두 사람은 어깨를 움츠렸다. 그렇지 않아
도 이 동네의 곤충들은 모기며 파리며 바퀴벌레까지 서울에
서 보던 것보다 크고 통통했다. 그런 와중에 닭 냄새를 맡고
지네까지 모여든다면 정말 도망치고 싶어질 것 같았다.

그때 세빈이 조금 뜻밖의 이야기를 꺼냈다.

"너희한테는 말 안 했는데…… 우리 외갓집은 무당 집 안이었어."

"무당?"

"전부 다 무당이 되는 건 아니야. 우리 엄마 쪽으로는 아예 없는데 뭍에서 온 남자랑 결혼해서 그 맥이 끊어진 거 다, 그렇게들 말씀하시는 걸 들은 적 있어."

부르릉 하고 시동이 걸리는 소리를 들으니 조금 안심이 되었다. 차는 천천히 마을을 벗어났다.

"내가 어릴 때부터 여기 외가에 오면 우리 이모할머니 가 늘 말씀하셨어. 뭍에서 온 남자는 저 소에 함부로 들어 가는 거 아니다."

"소?"

"연못 말이야."

하린이 소곤거렸다. 주연이 고개를 끄덕였다.

"너희가 여자라서 무사한 거야."

그럼 남자였다면 어떻게 되었다는 건가 생각하는 순간 아까의 피비린내가 다시 온몸을 휘감는 느낌이 들었다. 그 느낌을 하린만 받은 것은 아니었는지 주연도 어깨를 움찔 거렸다. 세빈이 혀를 찼다.

"빨리 가야겠네."

"뭔데? 무슨 일이야."

"이게 또 시작이야. 지금 여기 도로 위에 외지 남자들이 있으니까."

"외지 남자?"

하린은 차창 밖을 바라보았다. 읍내 파출소 앞에서 담배를 피우던 경찰 둘이 갑자기 비틀거렸다.

"경찰?"

"그래, 경찰. 경찰도 그렇고 옆 차에라도 있을지 모르잖아. 뭍에서 온 남자가."

세빈은 신호를 받자마자 서둘러 액셀러레이터를 밟으며 말했다.

"지나가던 운전자가 도로 위에서 죽기라도 해봐. 대형 사고라고. 아, 정말…… 조용하다 조용하다 했더니 어쩌자고 이렇게 대형 사고를 치는 거야? 새끼줄이 풀리지만 않았어도 이렇게까지 위험한 건 아니었는데!"

"나도 지금 그게 이상해! 아까 풀었는데 왜 다시 묶여 있는 거냐고."

"모르지! 상식적으로 얘기할 수 있는 상황이라면 왜 너희가 들고 온 기억도 없는데 저게 집에 있겠냐!"

세빈이 짜증을 냈다. 세빈은 늘 침착했고, 화가 나도 빈

정거리는 쪽이지 버럭 소리를 지르는 사람이 아니었다.

"너희가 애들이야? 왜 자기 것도 아닌 물건을 만지고 다녀? 애초에 뭍에서 온 사람이 만지지 않았으면 그건 그 자리에 얌전히 있었을 거야. 너희를 따라올 게 아니라. 그 자리에 너희들뿐이었으니 망정이지. 다른 외지 사람이 근처에 있었으면 정말로 사람 잡을 뻔했어. 내 말 알겠어?"

"……저주하는 물건이야?"

주연이 물었다. 세빈이 짧게 대답했다.

"그래."

입안이 바싹 말라붙는 느낌이 들었다. 저주, 저주라니. 21세기에 이게 무슨 말이지.

"그건 뭍에서 온 남자들을 해치는 물건이야."

세빈이 간단하게 말했다.

"대체 왜?"

반사적으로 묻다가 하린은 문득 입을 딱 벌렸다.

"예전에 전쟁 때 제주도에서 그 학살……."

"전쟁 전이었어."

"응?"

"한국전쟁 때 벌어진 게 아니라 전쟁 전에 있었던 일이라고, 제주 4·3."

170 —— 171

하린은 머뭇거렸다. 주연은 핸드폰으로 빠르게 검색을 하더니 1948년이라고 적힌 검색 결과를 하린에게 슬쩍 보여주었다.

"징용으로 끌려갔던 이들이 해방되면서 돌아왔어. 근데 1946년에 큰 흉년이 왔어. 보리 농사가 싹 망했다던가. 게다가 전염병도 돌았다고 해. 사람들이 많이 죽었지. 그 무렵에 남로당 쪽 사람들 몇 명이 제주에 온 건 사실이야. 하지만 공산주의자가 섬에 들어왔다고 해서 섬사람들을 죽일 이유가 되는 건 아니지. 설령 이 굶주린 사람들이 남로당 쪽 말에 잠시 귀를 기울였다고 해도, 그게 죽어야 할 죄가 되는 건 아니잖아. 막말로 사람들이 굶어 죽고 병 걸려 죽는 걸 내버려 둔 나라에서 대체 무슨 염치로."

세빈이 건조하게 말했다.

"내가 어릴 때도 이 동네에서는 4월 말 5월 초쯤 비슷비슷하게 제삿날이 겹치는 집들이 많았어. 그 즈음 사람들이 많이 죽었다, 그런 이야기를 들었지. 내 사촌은 그래서 '4월은 잔인한 달'이라는 말을 들을 때마다, 줄줄이 이어지던 제사들을 생각했다고 그러더라. 근데 4월 한 달만 그런 것도 아니야. 실제로는 47년 봄부터 전쟁 끝난 이듬해까지 학살이 이어졌으니까. 있잖아. 제주 말고도 한국전쟁 때 보도연맹 학살이라는 것도 있었어. 보도연맹이 뭔지 알아?"

"전에 무슨 영화에서 봤는데. 그거 공산당이 나눠 준 쌀 받은 사람들 아닌가?"

"반대야. 보도연맹은 좌익 계열이었다가 전향한 사람들이었어."

"그런데 왜 죽여?"

"그러니까 말이야. 게다가 보도연맹이 전부 그쪽 출신인 것도 아니었어. 원래는 좌익이었다가 그만둔 사람들을 가입시켜야 했는데, 그것도 공무원 실적이 걸려 있었다더라. 나중에는 비료 한 포대, 쌀 한 말, 그렇게 배급을 준다고 하면서 아무것도 모르는 사람들도 가입시키고 어린애도 가입시켰어. 그러고는 전쟁 때 죽여버렸지."

"아니 대체 왜?"

"좌익이었다가 전향한 사람이라면 전쟁 중에 인민군에게 동조할지도 모른다고."

하린과 주연은 입을 다물었다. 한라산을 끼고 비탈이 진 도로를 한참 달리자 북쪽으로 제주 앞바다가 보이기 시작했다.

　세빈의 이모할머니는 체구가 자그마한, 그야말로 꼬부랑 할머니셨다. 무당이라고 하여 한복을 입으신 것도, 집에 울긋불긋하게 천이 내걸린 것도 아니었다. 그냥 동네 어디서나 마주칠 법한, 하지만 주름이 지고 검버섯이 여기저기 내려앉은 얼굴에서 연세가 많이 드셨구나 느껴지는 그런 할머니였다. 할머니는 세빈의 차 옆 좌석에, 안전벨트에 묶여서 실려 온 단지를 들여다보시더니, 하린과 주연을 돌아보며 혀를 쯧쯧 차셨다.

　"어디서 이런 모자란 것들이."

　"죄송해요……."

　두 사람은 야단맞는 어린애가 된 심정으로 머리를 조아렸다. 할머니는 단지를 두 손으로 받쳐 들고 큰방으로 들어가면서, 세 사람 보고도 따라 들어오라 하셨다. 그러고는 옷 위에 흰 두루마기를 걸치고, 그 위에 빛바랜 남빛 쾌자를 걸쳤다. 가슴에 폭이 한 뼘 가까이 되는 붉은 띠를 둘렀고 머리에는 마치 승무를 추는 사람이 쓰는 것 같은 흰 고깔을, 그것도 종이로 된 고깔을 쓰셨다. 부채와 방울을 들고 자리에서 일어나는 할머니는 조금 전까지 그들이 보았던 꼬부랑 할머니가 아니었다. 무복을 늠름하게 차려입고 등을 반듯이 편 그 모습은 아주 다른 사람 같았다. 할머니가 그대로 50년 전으로 돌아가면 이런 모습일까 싶었다.

할머니는 하린과 주연이 알아들을 수 없는 말을 중얼거리고, 때로는 노래를 부르며 단지를 향해 손을 모아 비셨다. 제주도 사투리로 신의 이름을 부르며 신의 여정을 이야기하는 목소리를 듣는 동안, 창밖에서는 몇 번이나 마른 벼락이 쳤다. 어깨를 움츠렸다. 세찬 바람이 좁은 방에 몰아쳤다. 방 안이 일렁거리고 토할 것 같았다.

"나 좀, 나 좀 나갔다 올게."

주연은 몇 번이나 자리에서 일어나려 했다. 하지만 그때마다 세빈이 눌러 앉혔다.

"액을 그렇게 뒤집어쓰고서 어딜 가겠다는 거야. 누굴 잡으려고."

"화장실만 다녀올게……."

"참아!"

"지금 몇 시간째인 줄 아냐? 이렇게 길어질 거였다면 미리 말을 해줬어야지."

"얌전히 앉아 있기나 해. 우리 이모할머니는 미리 아시고서 몇 시간째 저러시는 줄 알아?"

세빈이 무서운 표정을 지었다. 그때 마당 앞에 벼락이 떨어진 듯, 아주 가까운 곳에서 벼락 치는 소리가 났고 이어 뭔가 타는 냄새가 났다. 머리카락을 태우는 듯한 역한 냄새였다. 사방에서 비명이 울렸다. 장지문 밖에 사람 그림자가 어른거렸다.

"세빈아, 저기!"

"가만히 있어. 못 본 척해. 할머니만 쳐다봐, 좀."

세빈이 속삭였다. 총성이 울렸다. 사람 같은 형상이 장지문에 픽 하고 부딪치고 쓰러지고, 핏자국이 번져 올라갔다. 하린은 이를 딱딱 마주치며 눈물만 줄줄 흘렸다. 주연도 하린을 붙잡은 채 소리 내어 울었다. 낡았지만 하얗던 벽 위로 사람의 붉은 손자국들이 점점이 찍혔다. 그 손자국들이 벽을 가득 채우고 천장까지 타고 올라가는 동안, 할머니는 쉬지 않고 춤을 추고 노래를 부르셨다.

몇 시간이 어떻게 흘렀는지 모르겠다. 할머니는 길고 하얀 베를 꺼내 하린과 주연에게 붙잡게 하고, 그대로 칼날로 베를 가르셨다. 하지만 칼날은 베에 걸려 나아가지 못하고, 할머니는 주저앉으며 피를 토하셨다가 흰 수건으로 핏자국을 닦고 다시 노래를 부르며 굿을 했다. 이번에는 작은 소반을 꺼내 쌀알을 뿌리고, 단지를 향해 빌고 또 비셨다.

주연이나 하린이 조금이라도 꾸벅거린다 싶으면 세빈이 흔들어 깨웠다. 잠들면 안 된다고. 잠들면 큰일이 난다고.

"이제야 겨우 가라앉았구나."

몇 번이나 그런 일을 반복했을까. 밖은 어두워졌다가 다시 훤하게 밝아 오고 있었다. 온통 피투성이였던 방은 어느새 원래의 모습으로 돌아가고 있었다. 그제야 무복을 벗고 다시 자그마해진 할머니가 세 사람을 바라보았다.

"가라앉았다고 해서 끝난 게 아니다."

"그럼 이제 저희는 어떻게 되는 거예요?"

"너무 걱정 마라. 저 단지는 여자나 어린아이에게는 해코지하지 않아. 변소는 저쪽이니 다녀와도 된다."

세 사람이 화장실에 다녀오는 동안 방은 깨끗하게 치워져 있었다. 조금 전까지의 그 처절한 굿판의 흔적은 온데간데없었다. 찻물이 든 백자 찻잔 다섯 개가, 그리고 오래된 다관이 소반 위에 놓여 있었다.

자리를 잡고 앉은 할머니는 작은 청귤에 차를 채워 넣어 말린 것을 손끝으로 부순 뒤 다관에 넣었다. 거의 10년 가까이 된 낡은 전기 포트에서 물이 보글보글 끓고 있었다.

"모지리들이 그런 일을 당했으니 얼마나 놀랐겠느냐."

할머니는 웃으며 말씀하셨다. 주연은 입을 비죽거리며

안 모자라요, 하고 낮게 중얼거렸다. '이 일의 원흉이 지금 뭐라는 거야.' 하린은 기가 막혀서 주연의 손등을 홱 꼬집었다. 애가 아직 정신을 덜 차렸지. 애초에 주연이 산책 가자고만 하지 않았어도, 물에 들어가지만 않았어도, 들어가서 그 단지를 건드리지만 않았어도, 나이 많은 할머니까지 네 사람이나 이런 고생을 할 필요는 없었다.

"원래 모자란 놈들끼리 힘을 합치면 더욱 모자란 짓을 하는 법이다."

할머니는 빙긋 웃으며 다관에 물을 따랐다. 향긋한 귤 냄새가 사방으로 번졌다. 할머니는 다섯 개의 찻잔에 번갈아 차를 따랐다.

"차 한 잔씩 마시고 가서 자거라. 곁방에 이불 깔아 두었다."

세 사람은 반쯤 넋이 나간 채 차를 홀짝였다. 궁금한 게 너무나 많았지만 대체 무슨 질문을 해야 할지 떠오르지 않았다. 그런 데다 그 단지를 발견하고 하루를 꼬박, 잠 한숨 자지 못하고 할머니의 굿을 지켜봐야 했다. 결국 세 사람은 차 한 잔씩을 겨우 비우고는 비척거리며 곁방으로 기어가 반쯤 구겨지다시피 한 채 이불에 쓰러져 그대로 잠이 들었다.

그렇게 피곤했는데도 밤새 꿈을 꾸었다.

이곳까지 들릴 리 없는 파도 소리가 사방에서 울리고 있었다. 고개를 들자 먹구름이 잔뜩 내려앉은 흐린 하늘 아래, 끝도 없이 새카만 바다가 펼쳐져 있었다. 파도가 밀려올 때마다 모래톱에 피가 튀었다. 본래는 희고 반짝였을 모래에 피가 스며 바닷가는 새카맣게 물들어갔다. 발이 닿는 것만으로도 검붉은 죽음에 잡아먹힐 것 같다고 생각한 순간, 바닷가의 모래를 헤치고 죽은 사람들이 일어났다. 피에 절어 붉게 보이는 한복 저고리가, 그 배에 난 총상의 흔적들이, 등에 업힌 아기의 힘없이 꺾인 목이, 잘려나간 팔다리가, 그 손가락들이 다가오고 있었다. 세 사람은 서로 붙잡고 울며 뒷걸음질 치다가 몸을 돌려 달아났다. 그때 한라산이라고 생각했던 거대한 무언가가 천천히 몸을 일으키기 시작했다.

*

늙은 만신은 곁방 문을 살짝 열어보았다. 오후가 늦도록 세 사람은 더러는 잠꼬대를 하며 허우적거리고 더러는 식은땀을 줄줄 흘리며 잠들어 있었다.

만신은 이미 구순이었다. 아직은 이 제주의 할망들이

늙은 만신을 지켜주지만, 언제 저승시왕의 앞에 선다 해도 이상하지 않을 나이였다. 그런 늘그막 중의 늘그막에 그 단지를 다시 보게 되다니. 어제저녁에는 정말 가슴이 철렁 내려앉아서 이 굿을 다 마치지 못하고 죽을 줄로만 알았다.

　—순희야.

　툇마루에 걸터앉자 그리운 목소리가 만신을 불렀다. 얼굴에 저승꽃이 잔뜩 핀 만신은 늙어 쪼그라든 몸으로 예, 하고 대답했다. 열네 살 그때 그랬던 것처럼.

　해방이 되던 해 순희는 열네 살이었다. 처음 달거리를 하고 얼마 지나지 않아 자꾸만 이상한 꿈을 꾸기 시작하더니 어느 날 갑자기 벼락을 맞은 듯 신이 내렸다.

　놀라운 일은 아니었다. 애초에 만신부리가 있는 집안이었다. 보통은 물질을 배워 소라와 전복을 따는 집이었지만, 한 대에 계집아이 한둘은 죽을 만큼 신병을 앓았고, 살아남으면 무당이 되었다. 그런 집에서 갑자기 딸자식이 앓아누워 헛소리하다가, 허우적거리며 산으로 달려가 땅을 파헤치고 어디서 낡은 방울을 찾아내니 식구들은 으레 올 것이 왔구나 하고 생각했다.

　예나 지금이나 무당이 되는 것이 길한 일은 아니었다.

하지만 이름난 만신 송자가 찾아와 순희를 제자 삼겠다는데, 어차피 신을 받아야 사는 일이라면 이보다 나을 수는 없었다.

"할망이 어린 몸주를 찾으셨다기에 내가 잘 가르쳐보러 왔네."

송자는 서귀포의 큰 만신이라고 불리는 사람이었다. 그 사람이 순희를 가까이 들여다보자 귀한 코티분 냄새가 희미하게 났다. 순희는 그가 무섭지 않았다. 오히려 그이를 꼭 따라가고 싶어서 덜컥 겁이 나기까지 했다. 본래 신을 받아야 하는 아이를 만신의 제자로 들여보내려면 쌀이며 돈이며 재물을 예물로 드려야 하는 법이었다. 하지만 제집 형편이라는 게 뻔했다. 당장 식구들 입에 풀칠할 보리쌀도 부족했으니까.

하지만 송자는 흉년과 돌림병이 든 때에 그렇게 야박하게 구는 이가 아니었다. 달랑 참기름 한 병과 베 한 필을 예물로 받고, 송자는 어린 순희에게 내림굿을 해주고 제자로 삼아 데려갔다.

"겁먹을 것 없다."

"예······."

"이런 세상이라도 나를 따라오면 굶어 죽지는 않을 것

이다. 네 위로 언니들도 여럿 있단다."

순희가 집을 떠나자 식구들은 다들 기뻐했다. 서귀포의 큰 만신이 순희를 알아보고 데려가다니, 어차피 무당이 되는 거라면 그렇게 출세하는 길도 있으리라 여겼을지도 모른다. 하지만 사실 무엇보다도 입 하나 줄이는 게 기뻤으리라는 것을 순희는 알고 있었다.

"왜 그런 얼굴을 하고 있느냐. 무엇이 그렇게 서러워서."

"어…… 어머니를 뵙게 되어 기쁘지만 어린 나이에 갑자기 집을 떠나게 되니 황망하고 서글픈 마음이 들어 그렇습니다."

"네 언니들도 다들 그런 얼굴을 하며 따라왔다. 서러워서 그런 게지. 농사짓고 물질하여 온 식구 입에 풀칠이라도 하게 만드는 건 죄다 그 집 딸들이고 아낙들인데. 이렇게 먹고살기 어려워지면 밥이나 축내는 군식구 취급을 하다가, 집을 떠난다기에 기뻐들 하는데. 서럽지. 왜 아니 서럽겠느냐."

"어머니."

"어서 가자."

흐느끼며 따라가면서도 순희는 알았다. 자신은 운이 좋

았다. 나이도 안 찬 어린 딸을 시집보내고, 물정 모르는 처녀애를 뭍에 보내 어디 큰 도시에서 남의 집살이를 시켰다. 남의 집에서 곱게 식모 노릇만 하였을까. 험한 일을 당하는 젊은 처녀들도 많았다. 정신대 공출이라는 명목으로 일본군에게 끌려가기도 했다. 그에 비하면, 이름난 무당의 신 제자가 되는 것은 운이 좋았다. 굶주리지도, 별것도 아닌 일로 맞지도, 사내들에게 몹쓸 변을 당하지도 않았으니 정말로 운이 좋은 아이였다.

송자의 말대로 송자에게는 제자들이 많았다. 이미 제 신당을 차린 무당들과 송자의 신당에서 굿을 도우며 무업을 배우는 이들까지. 그들 중에 순희는 늦게 본 막내딸 같은 존재였다. 송자의 제자들은 다들 어린 순희를 무척 귀여워했다. 크고 작은 굿이 끝나면 귀한 사탕이나 엿 같은 것을 챙겨두었다가 나누어 주곤 했다.

큰 만신 송자의 제자 중에 따라비 아랫마을에 신당을 차린 소화라는 젊은 무당이 있었다.

"소화는 정말 대단하지."

언니들은 다들 이제 스무 살이 된 소화를 두고 소곤거렸다.

"쟤는 진짜 어떻게 된 앤지 모르겠어. 여기 처음 왔을 때도 쟤는 어머니가 하나를 가르치면 다음 날에는 혼자서 그걸로 굿을 하고 있었다니까."

"소화야 몸주님이 다 가르쳐주시니 그렇지. 아, 부럽다. 우리 각시님은 나한테 제대로 일러주시는 게 없어. 전부 어머니가 가르쳐주는 걸 보고 배워야 하잖아."

소화는 송자의 제자가 된 순서로는 네 번째인가 다섯 번째였다. 하지만 가장 뛰어난 제자여서 장차 송자의 뒤를 잇는 큰 무당이 될 거라는 말을 듣곤 했다. 일찍부터 이미 제 몫을 다하던 소화는 따라비오름 아래에 자리한 친정집 근처에 빈집을 얻어 그곳을 제 신당으로 꾸몄다. 친정어머니는 이미 병으로 세상을 떠났지만, 그곳에는 같은 마을의 소꿉동무에게 시집을 간 소화의 동생이 살고 있다고 했다.

해방이 되고 다음다음 해였다. 꽃샘바람이 불 무렵, 읍내에서 소란이 일었다. 3·1절 기념식을 한다고 사람들이 모여 있었는데, 경찰이 말을 타고 지나가다가 그만 말 다리에 어린아이가 치어 넘어지고 말았다. 일부러 한 짓은 아니어도 빈말이나마 미안하다, 다치지 않았느냐, 하고 물어봐주었으면 좋았겠지만 경찰은 그저 못 본 체하고 지나갔다.

"왜정 때부터 왜놈들 똥이나 닦으면서 순사 노릇 하던 놈들이, 이제 나라가 바뀌었다고 옷만 갈아입고 와서 하는

짓 좀 보게!"

　해방은 되었지만 산 사람들이 굶주리고 병들어 어육이
되어가던 시절이었다. 그런 상황에서 뭍에서 온 새파랗게
젊은 경찰이 저 잘났다고 고개 쳐들고, 새 제복에 반짝반짝
광을 낸 단추를 달고서 어린애를 다치게 하고도 본체만체
하는 것을 보고 사람들은 분노했다. 누군가가 말을 탄 경찰
들에게 돌을 던졌다. 사람들이 소리를 치고 돌을 던지자 경
찰들은 도망치기 시작했다. 마을 사람들은 누가 먼저랄 것
도 없이 야유하며 뒤따라갔다.

　하지만 경찰들은 곧, 무기를 들고 돌아왔다. 그들은 이
곳 사람들이 경찰서를 습격했다면서 그들을 향해 총을 쏘
기 시작했다. 몇 명은 죽고, 또 몇 명은 크게 다쳤다. 그렇게
총을 맞고 쓰러진 이들 중에는 경찰에게 돌을 던지거나 야
유를 보내지 않은, 그저 구경나온 이들도 있었지만 경찰들
은 미안해하지 않았다. 촌무지렁이라 여긴 이들이 감히 경
찰을 조롱하고 업신여겼다며, 분명히 좌익 세력이 뒤에서
이들을 조종한 거라고 주장했다.

　"지금 세상이 어느 세상입니까. 좌익 세력이 끼어들었
으면 발본색원해서 아주 본보기를 보여야지요."

　그리고 경찰에 이어 서북청년단이 섬에 들어왔다. 월남

한 이북 사람들이 만든 반공단체라고 하지만, 기실 멀쩡한 사람을 때려죽이고는 빨갱이다, 남로당이다, 뒤집어씌우는 인간 백정 같은 놈들이었다. 좌익 세력을 색출해서 본보기를 보이겠다며 그들은 죄 없는 이들을 죽여댔다. 글 한 줄 읽을 줄 모르는 노인도, 이제 막 아장아장 걷는 어린아이도, 갓난아기를 업은 젊은 아낙도.

만신 송자의 아들도 그때 죽었다. 무당 아들이라고 박수가 될 거냐는 소리를 들으며 컸지만, 생긴 것도 멀끔하고 공부도 잘했던 이였다. 일본 놈들 손에 징용 끌려갔다가도 운 좋게 살아 돌아왔다 했는데, 같은 민족이라는 놈들이 없는 죄를 뒤집어씌워 때려죽였다.

"오라버니를 그래놓고서 어머니께 굿을 청하다니. 인두겁을 쓰고서 어떻게 이럴 수가 있습니까."

"조용히 있거라. 누가 들으면 큰일 난다."

"어머니."

"좌익이다, 빨갱이다, 그렇게 뒤집어씌울 수만 있으면 삼성혈의 세 신인이 살아서 돌아와도 돌로 쳐 죽일 무도한 놈들이다. 하물며 어린 무당 하나 해코지하는 것이야 손가락으로 코를 파는 것보다 쉽다고 여길 놈들이지 않느냐."

애끓는 슬픔과 고통 속에서도 송자에게는 지켜야 할 것

들이 있었다. 자식은 허망하게 앞세웠지만 신딸들까지 잃을 수는 없었던 송자는, 경비사령부에서 청하는 굿을 받아들일 수밖에 없었다.

"그렇게 억울한 사람들을 다 죽여놓고 이제 와서 죽은 사람을 위해 굿판이라도 벌이겠다는 거야, 뭐야. 병을 주고 약을 주어도 분수가 있어야지."

"그런 것도 아니래."

"그럼 굿은 왜 하는 거래. 미개한 미신이라고 그렇게 뭐라 할 때는 언제고, 경비사령부 놈들이 왜."

"서울에서 경무부장이 미군정청 장관을 모시고 온다잖아. 그 미국 사람이 동양의 풍습에 그렇게 관심이 많다고, 다 코쟁이에게 잘 보이려고 그러는 거야."

"이놈들이 탐라에서 제일가는 큰 만신을 무슨 광대나 창기인 줄 알고……."

젊은 무당인 소화는 이를 갈았다. 하지만 송자의 뜻을 거역할 수는 없었다.

순희는 문득 생각했다. 큰 만신인 송자라면 어쩌면 그런 굿을 명분으로 생때같은 아들을 해친 원수에게 복수를 강행할지도 모른다고. 하지만 한편으로 순희는 믿고 있었다. 어머니는 남을 해치고 방자하는 일에 신의 힘을 쓰시는 분이 아니라고. 억울하고 가슴이 찢어져도 신을 모시는 사람에게는 지켜야 할 것이 있다고. 사실이 그랬다. 송자는 넋을 달래는 것이 아닌 미군정청 장관을 위한 그 굿판을, 아주 공을 들여 준비했다. 송자의 신당이 자리 잡은 서귀포며, 소화가 가 있던 표선, 다른 제자들이 제 신당을 차린 마을에서도 사람이 셀 수 없이 죽어 나가던 때였다. 이런 일이라도 거들게 하면 목숨은 부지시킬 수 있을 것 같아, 송자는 그동안 가르친 제자들을 전부 불러들였다. 마치 커다란 어미 닭이 제 병아리들을 날개 밑으로 품듯이, 송자는 그 혼란스러운 때 제자들을 전부 다 품어 보듬고 있었다.

다행히도 굿은 성공적이었다. 굿은 전부 미신이라며 고개를 저어댔다는 경무부장도 몇 번이나 감탄을 하고, 미군정청 장관은 귀한 필름으로 사진을 몇백 장이나 찍어대며, 이것이야말로 동양의 예술이라고 칭찬했다. 송자는 그제야 마음을 조금 놓았다. 서울에서 오신 높으신 분들 눈에 들었으니 어떻게 이 신딸들이라도 지킬 수 있겠구나 싶었다.

하지만 일은 큰 만신 송자가 바라던 대로 흘러가지 않았다.

"어머니, 어머니!"

소화가 굿을 마무리하고 며칠 뒤에 있을 조카의 백일상
에 올린다며 미역과 수수와 고기를 싸서 돌아간 그날 오후,
따라비에서 다급한 소식이 들려왔다. 이야기를 듣자마자 순
희는 신발이 벗겨지는 줄도 모르고 송자를 찾아 매달렸다.

　　"어머니, 큰일이 났습니다. 소화 형님네 동네가 쑥대밭
이 되었답니다."

　　그 길로 송자는 남쪽으로 내달렸다. 굿의 마무리는 다
른 제자들에게 맡기고 막내인 순희 하나만 데리고 소화를
뒤쫓았다.

　　순희는 지금도 잊을 수가 없었다. 막 동이 트는 아침 햇
살 아래, 썩어가는 피비린내가 진동하던 마을을. 집이란 집
은 전부 불타 무너지고 길가 아무 데나 사람들이 피와 내장
을 쏟은 채 죽어 있었다. 그리고 그 마을 한복판에 소화가
있었다. 작은 단지 하나를 품에 꼭 안은 채로.

　　"소화 형님!"

　　"여긴 왜 왔어. 어머니는 왜 모시고 오고."

　　소화는 쉰 목소리로 중얼거렸다. 송자가 떨림을 참으며
물었다.

　　"소화야…… 네 동생은. 네 조카는."

　　"죽었어요. 보면 모르세요."

소화는 그 말을 하며 문득 히죽히죽 웃었다.

"형님……."

"열 달 배불러 있는 내내 흉년이었고 본인도 입덧이 심해 애를 낳도록 대꼬챙이처럼 말라 있었어요. 해산하고 이제야 뭘 좀 먹을 수 있게 되어서 백일상 차리는 김에 얻어온 잔치 음식 배불리 먹으려고 했는데…… 그 핏덩이를 안고 죽어 있었어요. 조카를 안은 채로, 그대로 총에 맞아서."

순희는 아무 말도 할 수 없었다. 그저 송자 어머니의 소맷자락을 붙잡은 채 덜덜 떨기만 했다. 송자는 소화를 향해 천천히 걸어갔다. 가장 아끼던 신딸을 이대로 내버려 둘 수 없었다.

"소화야, 그 단지는 어떻게 된 거냐. 응?"

"아시면서 왜 물으십니까."

"죽은 사람들의 손톱이며 손가락을, 네가 어디다 쓰려고!"

송자는 뱃속에서부터 토해내듯이 소리쳤다. 하지만 소화는 단지를 꼭 끌어 안으며 고개를 저었다.

"좌익이니 우익이니, 그런 걸 알아들을 만한 사람들이 아니었어요. 철 모르는 어린아이, 바다에서 물질이나 하던 젊은 여자, 제 식구 입에 들어갈 것을 심고 캐고 갈무리하며 평생 보낸 할머니들…… 자기가 왜 죽어야 하는지도 모르는 사람들."

"소화야."

"죽어 지당한 건 그놈들이야."

소화는 몸을 돌렸다. 그리고 단지를 안고 달리기 시작했다. 송자가 허우적거리며 소화를 뒤따라갔다. 어쩔 줄 몰라 하던 순희도 치마를 걷고 소화를 뒤쫓았다. 하지만 순희는 곧 소화의 신당 앞에서 걸음을 멈추었다.

신당 툇마루에 삼신상이 차려져 있었다. 그렇게 아끼던 동생과 사랑하던 조카를 위해, 삼신상을 차려주려 들고 간 제물들은, 죽은 아이의 영혼을 데려가는 저승할망을 위한 상에 놓여 있었다. 하지만 뭔가 이상했다. 삼신상은 삼신상인데 저승할망에게 죽은 아이의 영혼을 잘 부탁한다는 상의 모습이 아니었다.

"죽여줍시오. 간담이 터지고 눈알이 빠지며 허우적거리다 개처럼 죽게 합시오. 새끼를 배면 석 달 열흘 백 일만에 경기청풍 열두 병을 주어 저승으로 데려갑시오."

소화는 자신의 동생이 어린 아기를 안은 채 고꾸라져 죽은 바로 그 앞에 상을 차려놓고, 한 손에는 칼, 다른 손으로는 단지를 끌어안은 채 춤을 추고 있었다.

"소화 형님!"

"······ 손을 끊어버려도 시원치 않을 자들, 지은 업보대로 가게 합시오. 뭍에서 온 사내란 사내는 전부 비명에 죽게 합시오. 그 더러운 놈들의 발자국이 더는 보이지 않도록, 탐라를 깨끗이 씻어내립시오."

소화는 웃었다. 누군가에게 해코지를 하는 비방임은 짐작하였으나, 이건 방자를 해도 보통 방자가 아니었다. 산이 움직이기 시작했다. 야트막한 오름 너머 병풍처럼 솟아 있던 한라에 짙은 그늘이 드리우나 싶더니, 산이 꿈틀거리며 몸을 일으키기 시작했다.

"저건!"

뭔가 이상했다. 아침 해가 저렇게 떠 있는데 한라산에 그늘이 진다니. 그때 송자가 비명을 내질렀다.

"바다가······ 바다가 일어나지 않느냐!"

있을 수 없는 일이었다. 두 오름 사이 자리 잡은 이 마을에서는 보일 리 없는 서귀포 앞바다가, 한라산과 마주할 만큼 높이 솟구쳐 하늘의 절반을 가리고 있었다. 그리고 저승에서 죽은 아기들을 지켜준다던 용궁의 따님아기가 하늘에 닿을 듯 뻗어 올라간 파도 너머에서 꿈틀거리고 있었다. 이승과 저승을 뒤섞어 이번에야말로 품어 안기 위해서.

"저승할망……!"

순희가 비명을 질렀다. 송자는 달려가 소화를 끌어안고 단지를 빼앗으려 했다. 하지만 소화는 몸을 돌렸다. 신어머니를 밀쳐내며 목이 터져라 소리쳤다.

"어머니는 언제까지 참고만 사실 거요! 오라버니가 그리 되었는데도, 어머니는!"

"소화야!"

"서청 놈들은 모조리 죽여버릴 거요. 이 땅에, 탐라에, 그놈들이 흘린 피가 얼마인데. 그런 인간 백정들을 죽여버린들 이 분이 풀리겠소? 죽일 거요. 싹 다 죽여버릴 거요. 뭍에서 온 사내라면 전부 오관이 막히고 아홉 구멍에서 피를 쏟아 뒈지게 할 거요. 그놈들의 씨앗들일랑 전부, 백일상도 못 받고 죽어 나자빠지라 할 거요. 씨를 말려버릴 것이오!"

"네가 감당할 일이 아니다!"

송자는 소화를 붙잡았다. 하지만 소화는 다시 단지를 끌어안고 도망치기 시작했다. 죽은 이들의 시체가 굴러다니는 도랑을 지나 산기슭으로, 예전에는 용소가 있었으나 지금은 오랜 가뭄으로 말라붙어버린 돌웅덩이로.

"소화야!"

송자가 몸을 던지듯 하여 소화를 붙잡았다. 하지만 소

화는 제 신어미에게서 물려받은 신칼을 들어 목을 찌른 뒤 돌웅덩이로 몸을 던졌다. 소화의 피가, 그 원한이 돌웅덩이를 적시고 품에 안고 있던 단지를 물들였다.

그리고 하늘에서 피의 비가 내리기 시작했다.

"어머니!"

순희가 송자를 붙잡았다. 송자는 망연한 얼굴로 조금 전까지 돌웅덩이였던 곳을 바라보았다. 하늘에서는 핏빛 비가 쏟아지고, 어디선가 차오른 물이 돌웅덩이를 가득 채웠다. 하늘까지 닿은 저 파도 끝에서 새하얀 가치노을이 부서져 내렸다. 제주가, 이대로 파도에 뒤덮이고 말 것 같았다.

그때 송자가 치마를 걷어 올리며 깊지 않은 연못으로 걸어 들어갔다. 물이 차오르는데도 그대로 가라앉은 듯 보이지 않는 신딸을 건져내려 신어미는 시뻘건 못물을 헤쳐 손을 뻗었다. 그때 연못 속에서 수많은 손이 솟아올라 송자의 머리카락과 목덜미를 붙잡았다.

"어머니!"

"순…… 희…… 너는…… 저리 비켜……."

송자는 다가오려는 순희를 만류하며 죽을힘을 다해 버텼다. 힘이 부족해 그대로 물속으로 끌려 들어갈 것 같으면서도, 송자는 몸을 숙여 피 속을 저으며 어떻게든 소화를 찾아내려 애썼다.

"소화야, 소화야. 그러면 안 된다. 네가…… 신을 모시
는 사람이 그러면 안 돼……."

울음처럼, 절규처럼 송자는 중얼거렸다. 그리고 한참
만에야 송자는 물속으로 머리를 숙여 소화의 팔을 제 어깨
에 걸었다. 소화는 목에 칼을 꽂은 채 피가 다 새어나가 창
백한 얼굴을 하였으면서도, 한 손으로는 단지를 단단히 붙
잡고 있었다.

바위 위에 소화의 시신을 밀어 올리는 것을 순희가 도왔
다. 소화의 온몸에는 누가 붙잡고 매달린 것처럼 크고 작은
손자국들이 선명했다. 순희는 울음을 터뜨렸다. 겨우 바위
위로 기어올라온 송자는 죽은 신딸을 끌어안고, 울음 섞인
목소리로 길게 영등굿의 노래를 부르기 시작했다.

파도를 달래는 것은 바람이었다. 저승할망이 불러일으
킨 아득한 멸망의 파도를, 바람을 거두고 봄을 이끄는 영등
할망이 달래서 가라앉히도록, 그리하여 저 바닷물로 여기
제주의 눈물을 씻어내고 산 자와 죽은 자의 세상이, 이승과
저승이 뒤섞이지 않도록. 죽은 자들은 죽은 자의 길로 떠나
고, 산 자들은 다시 산 자의 길을 갈 수 있도록. 그 전날까지
큰 굿판을 벌였던 만신은, 굿상도 북소리도 오색 무복도 없

이 그저 피를 토하는 듯한 목소리로 하늘을 우러러보며 낮과 밤을 꼬박 새워 노래를 불렀다. 소화가 억울히 죽은 이들의 원한과 제 목숨을 다 바쳐 걸었던 방자를 깨뜨리고, 온 제주를 물로 뒤덮을 큰 파도가 가라앉도록.

순희는 그 굿을 처음부터 끝까지 지켜보았다. 하늘에서 핏줄기 대신 빗줄기가 떨어지고, 한라산을 가리던 파도가 다시 바다로 내려앉고, 죽은 뒤에도 그 손가락을 담은 단지를 꼭 끌어안고 있던 소화가 마침내 단지를 내려놓기까지 그의 신어머니는 홀로 제 신인 영등신과 더불어 저승할망을 달래었다. 돌아가거라. 아무 일 없이 원래 있어야 할 곳으로 돌아가거라.

"어머니."

순희는 이제 신어미와 소화 형님의 나이를 합친 것보다도 더 나이를 먹은 노 만신은 문득 중얼거렸다.

"별 모자란 것들이 그걸 다 건져왔소. 뭍에서 온 아이들이."

그 옛날, 송자는 그 굿거리를 홀로 전부 읊조리고는 말을 잃었다. 더는 노래하고 춤출 수 없는 몸이 된 만신은 그 몸에 갇혀 피안을 바라보는 듯 꼬박 일곱이레를 누워 있다가 조용히 세상을 떠났다. 큰 만신 송자가 쓰러지고 소화 형님은 세상을 떠난 상황에서 순희가 할 수 있었던 일은 그저 단지를 단단히 봉해 그 기운이 약해질 때까지 숨겨두는 것뿐이었다.

"그래, 그래서겠지. 이제는 나라님도 그 일은 잘못되었다 말하는 세상에, 그 아이들이 왜 단지를 건져 왔겠소. 우리 세빈이 친구들이니까 그 애들이 건지면, 세빈이가 단지를 내게 가져올 테니까. 그 애들이 모자라서가 아니라 그역시도 내 일이었겠지. 어머니, 이제 와서 단지를 열고 피를 씻는 일은 나밖에는 할 수 없는 것이었지요? 그런 것이었지요?"

자신도 그럴 것이다. 순희는 열네 살 때 신병을 앓은 이후로 줄곧 자신의 곁에 있었던 신의 그림자가 흐릿해지는 것을 느꼈다. 부질없는 일인 줄 알면서도 손을 내밀어 잡아보려 했지만, 손가락 사이로 빠져나가는 힘을 느끼며 순희는 눈을 감았다.

찻잔 다섯 개는 텅 비어 있었다. 꼭 하나, 산 사람이 입을 대지 않았던 찻잔에서 희미하게 그 옛날의 코티분 향기가 났다.

내가 만난

신의 모습은

"아버님, 우진이한테서 소포가 왔어요."

삼준은 눈을 가늘게 떴다. 그가 몸을 일으키자 진숙은 웃으며 하얀 편지 봉투 한 장을 건넸다. 우진의 편지였다. 훈련소에 무사히 도착했고, 집이 그립지만 열심히 훈련받고 있으며, 할아버지의 건강을 기원한다는 이야기가 짧게 적혀 있었다.

손자가 군대에 갔다. 아들과 며느리가 더 쓸쓸해할 걸 생각하니, 보고 싶은 마음을 드러내는 것도 조심스러웠다. 그런 손자가 이렇게 잊지 않고 편지 한 통을 보내준 것이 삼준은 마냥 고맙고 기특하기만 했다. 진숙은 택배를 상자째 들고 들어와 우진이 보낸 옷가지들을 꺼내 보였다.

"그래도 요즘은 좋네요. 우진 아빠가 군대 갔을 때는 편지 한 통 주고받는 것도 쉽지 않았는데, 요즘은 앱만 깔면 편지도 보낼 수 있고 훈련소 사진도 볼 수 있고요. 자대 배치받으면 핸드폰도 쓸 수 있다나 봐요."

"세상이 그만큼 좋아진 게지."

삼준은 대답했다. 진숙은 제 핸드폰에 저장된, 군복을 입은 우진의 사진들을 보여주다가 아예 삼준의 핸드폰에 앱을 설치하고 사용 방법도 몇 번이나 알기 쉽게 설명해주었다. 삼준은 훈련을 받는 손자의 사진들을 한참 동안 들여다보았다. 얼굴에 시커먼 위장 크림을 칠하고 동기들과 함성을 지르는 사진을 확대해보다가 핸드폰을 내려놓고 한숨을 쉬었다.

"우진이가 애비를 많이 닮았지."

"애비보다 잘생겼지요, 제 아들인데. 이 사진 바탕화면에 넣어 드릴까요?"

"그래…… 거실로 가자."

"어렵지 않지요."

삼준은 부축하겠다는 진숙을 향해 손사래를 치며 벽을 짚고 일어났다. 여든다섯 살, 노구의 몸이라 오래 걷기는 힘들었지만 아직 집 안이나 아파트 단지 정도는 혼자서도 다닐 수 있었다. 또래 노인들이 골골 앓다가 요양원으로 가는 것을 생각하면 이만큼만 되어도 다행이었다.

"우진이가 제대할 때까지 자네 부축받는 일은 없어야 할 텐데."

"그러실 거예요."

진숙은 물을 끓였다. 진숙이 커피와 삼준이 마실 녹차를 준비하는 동안 삼준은 식탁 앞에 앉았다. 진숙이 벌써 노트북을 가져다 놓은 상태였다.

"내 이야기가 도움이 될지 모르겠구먼."

"당연히 되죠. 전쟁에 직접 참여하신 분들도 이젠 많이들 돌아가셨고…… 특히 학도병이셨던 분들의 기록은 그렇게 많지 않은걸요."

진숙은 찻잔을 내려놓고 자리에 앉았다. 삼준은 눈을 가늘게 뜨고, 아들을 군대에 보내고도 여전히 매사에 의욕이 넘치는 며느리를 바라보았다. 그래도 다행이었다. 자신이 겪은 이야기를 기록으로 남길 수 있다는 것이, 그리고 70년 동안 가슴에 묻어둔 이 이야기가 며느리의 연구에 작게나마 도움이 되리라는 것이.

"구술 정리하고 나면 책으로 만들어도 괜찮겠죠? 제가 정리하고 편집하는 건 잘하니까 아버님께서는 그냥 편안하게 말씀만 해주세요."

진숙이 키보드에 손을 얹으며 말했다. 삼준은 문득 핸

드폰 화면을 내려다보았다. 군복을 입은 손자의 모습은 낯설고도 낯익은 구석이 있었다. 그 모습 위에 70년 전의 기억을 희미하게 겹쳐보다가 삼준은 입을 열었다.

"우진이 모습을 보니 그때 생각이 나는구나."

"학도병으로 가셨을 때요."

"그래. 내가 그때 열다섯이었는데……."

*

삼준은 열다섯이었다. 태어난 지 고작 열다섯 해가 지났을 뿐인데, 세상은 몇 번이나 뒤집혔다. 열 살 되던 해에는 나라가 해방되었다. 그를 '사부로'라고 부르던 선생들이 갑자기 삼준이라고 부르기 시작했다. 국어는 일본어가 되고 조선어가 국어가 되었다. 하지만 사람들은 여전히 일본어와 우리말을 뒤섞어 썼고 세상은 계속 시끄러웠다. 찬탁이네 반탁이네로 한참 시끄럽다가 마침내 대한민국이 들어서나 했더니 이번에는 난리가 났다고들 했다.

"대 이을 아들들만이라도 피란을 보내야지."

집안 어른들은 큰형과 둘째 형을 먼저 마산 외가댁으로 보냈다. 셋째는 마치 덤이라도 되는 것 같았다. 같은 마을 살던 친구들이 친구의 작은아버님이 크게 장사를 하신다는 부산으로 떠난다는 말을 듣고서야, 삼준도 친구들을 따라 피란을 갈 수 있었다. 하지만 반쯤은 소풍이라도 가는 듯한 기분으로 떠난 삼준과 친구들은 부산에 도착하지 못했다. 열다섯 살 난 혈기 왕성한 어린 총각들이 남쪽으로, 남쪽으로 향하는 동안 수원과 대전, 대구 등지에서 학도의용군들이 조직되었기 때문이었다.

"지금, 우리가 일제의 침략에서 겨우 되찾은 조국이 다시 위험에 처해 있습니다!"

그들이 대구를 지날 무렵, 대구역 앞에서는 비상학도대의 청년들이 태극기를 들고 어깨에는 붉은 띠를 맨 채 목이 터지라고 외치고 있었다.

"나이 어린 학생이라고 하여 가만히 있을 수는 없습니다! 펜을 총으로 바꾸어 이 한목숨, 자유 대한의 초석이 되어야 하지 않겠습니까!"

그 피 끓는 연설을 넋 놓고 보고 있던 서울 촌놈들 중 누군가가 중얼거렸다.

"우리도 저거 하자."

"미쳤나, 전쟁이 무슨 애들 장난인 줄 아나."

"장난이 아니니까 하자는 거야. 왜, 우리도 학교에서 군사훈련 같은 거 다 받았잖아. 이럴 때 쓰라고 받은 거 아니겠냐."

실제로 학교에는 호국단이라는 게 있어 제식훈련과 기초 군사훈련 같은 것을 받기도 했다. 평소에 훈련을 받아왔으니 괜찮겠거니, 삼준과 친구들은 안일하게 생각했다. 전쟁이 터졌으니 우리 손으로 나라를 지켜야 하나 보다, 그렇게 단순하게만 생각했다. 대 이을 아들부터 살려야 한다고 피란 보내는 것도 깜빡 잊었던 셋째 아들은 좀 제멋대로 살아도 되지 않겠느냐 하는 어깃장도 한몫 거들었다.

그렇게 삼준과 친구들은 학도병이 되었다. 이마에 '이 한 몸 조국에'라고 적힌 흰 띠를 두르고, 군복이랄 것도 없이 어깨에 붉은 띠를 둘러 병사임을 표시를 한 채, 소년들은 그 난리 통에 어디서 구해 왔는지 모를 태극기에 남북통일, 화랑정신, 목숨을 걸고 조국을 지키자는 말들을 한마디씩 적었다. 그렇게 그들은 학생이 아닌 군인이 되었다.

*

"그래서 그때 입대하신 소감은 어떠셨어요?"

진숙은 질문하다 말고 웃었다. 삼준 역시 쓴웃음을 지

으며 고개를 저었다.

"속았지."

"속으셨다고요?"

"일단 입대를 하고 나니 우리는 나라를 지키러 그곳에 간 게 아니더구나. 우리는 허수아비들이었어. 그저 훈련받은 군인들이 올 때까지 시간을 벌어주는 허수아비."

"무기 같은 건 부족하지 않으셨나요?"

"일본 놈들이 쓰던 구식 총이 있었지. 총 쏘는 법만 겨우 배운 뒤 그날 밤부터 보초를 섰어. 나눠 준 총이 변변치 않아 몇 발 쏘지도 않았는데 총이 폭발해서 얼굴이며 손이 엉망이 되는 놈들도 있었어. 그런데도 집으로 돌려보내기는커녕 치료도 제대로 받지 못해서 운 없는 놈들은 늦더위에 몸이 곪고 피가 다 썩어 죽고 말았지."

삼준은 그때 일을 생각하면 가슴이 답답한지 한숨을 크게 쉬었다.

"모든 게 부족했어, 그해 여름에는. 소금 묻힌 주먹밥조차 부족해 늘 배를 곯아야 했지. 약도 변변히 없어서 별별 병에 다 걸렸어. 내 친구 한 놈은 이질로 죽었지. 인민군과 싸우다가 전사를 한 것도 아니고."

삼준은 눈을 감았다. 처음으로 인민군에게 총을 쏘았을

때 생각이 났다. 부상을 입고 산속에 숨어든 도병 분대의 절반을 쏘아 죽였다. 삼준을 포함해서 살아남은 절반이 겨우 정신을 차리고 인민군에게 총을 쏘았다. 군복은 물론 그 안의 살덩이까지 너덜너덜해지도록 총을 쏘다가 정신이 나가버려 아군에게 총을 겨누고 마는 놈까지 있었다.

도망치고 싶었다. 하지만 거긴 전쟁터였다. 도망치면 인민군이 아니라 국군 손에 죽는다. 그것도 탈영병이라는 불명예를 뒤집어쓰고서. 도망친다 한들 갈 곳도 없었다. 국군은 더 이상 후퇴할 곳이 없었다. 부산까지 빼앗기면 끝장인 처지였다. 그야말로 배수진을 치고 죽기 살기로 싸우는 수밖에 없었다. 부산, 마산, 대구, 경주, 칠곡, 그리고 낙동강 방어선에서 하루에 셀 수도 없이 많은 이들이 죽어 나갔다.

"그때 미8군 사령관이었던 워커 장군이 유엔군이 10월 지나서 총반격할 거라고 말했었지."

"10월이요? 인천상륙작전은 9월이었을 텐데요."

"워커 장군의 그 말을 믿고, 북한군은 유엔군이 반격하기 전에 전쟁을 끝낼 기세로 낙동강 방어선을 향해 죽을힘을 다해 내려왔어. 수도권에 있던 전투병력까지 전부 낙동강으로 보내고…… 그야말로 보급선만 남겨둔 거지. 나중에 알고 보니 상륙작전을 성공시키기 위해 지어낸 말이었지만, 그 과정에서 사람이 얼마나 많이 죽었는지……."

그 무렵 삼준이 속해 있던 학도병 분대는 경주 인근의 중대에 배속되어 인민군과 치열한 전투를 벌이고 있었다. 찢긴 시체 위에 또다시 시체가 쌓이고, 산 사람은 그 시체 사이에 몸을 숨기며 총탄을 갈겼다. 화약 맛과 피 맛이 도는 듯한 주먹밥을 베어 물다가 어디선가 날아온 유탄에 머리가 터져 죽은 놈도 있었다. 사람이 사람의 얼굴을 벗고 한여름 개들처럼 비참하게 죽어 나가는 이 지옥에서, 선택할 수 있는 것은 단 두 가지뿐이었다. 적을 죽이거나 적에게 죽임을 당하거나.

자원입대하자고 누가 그랬더라. 처음 그 말을 한 친구의 멱살을 잡아 흔들며 애먼 원망이라도 하고 싶었지만, 전쟁놀이라도 하는 듯 상기된 표정으로 학도병에 자원하자던 친구는 이미 이 세상 사람이 아니었다. 그해 가을이 오기 전, 훈련도 변변히 받지 못한 어린 학도병들은 숱하게 죽었다. 삼준의 친구들은 그때 전부 전사했다.

인민군이 있으면 쏘아 죽이고 전우가 죽으면 땅에 묻었다. 사람을 묻었으니 표시라도 해두어야 한다, 유품이라도 가족들에게 보내야 한다, 그런 생각조차 없었다. 네 것 내

것이 따로 없기도 했지만, 혹시라도 쓸 만한 게 있으면 필요한 사람끼리 나눠 가지기에도 바빴다. 입고 쓸 것이 턱없이 부족해서 인민군 시체의 신발이라도 벗겨 신어야 했으니까. 다행히 부산항으로 전쟁물자가 들어오면서 식량이나 무기 같은 것이 전보다 좀 나아지기는 했다. 전쟁이 계속되고 이 오합지졸의 무리들도 어느 정도 교전에 익숙해지자, 군인들은 부족한 수류탄이며 식량 따위를 알아서 조달하게 되었다. 숨어 있는 인민군을 찾아내 전부 죽이고 전리품을 챙기는 방식이었다. 그렇게 거둬들인 전리품 중에서 국군의 지급품을 발견할 때에는 인민군들은 전부 도둑놈의 새끼들이라고 과하게 낄낄거렸다.

"어느새 우리는 그저 이 모든 일에 덤덤해졌어."

"전쟁에 말이죠."

"아니, 전쟁을 빙자하여 도덕이 무너지는 세상에 말이야. 사람을 죽이지 마라, 남의 것을 빼앗지 마라, 그런 건 인간의 기본 도덕이지 않아. 그런 게 없어지는 거야, 전쟁이라는 건."

삼준은 한숨을 쉬었다.

"아니, 전쟁 중이니까 적은 적이지. 근데 적이라고 해도 기본적으로 저놈도 똑같은 사람이다, 이런 생각은 할 수 있을 텐데……. 당시에 우리 부대에 류 중사라는 사람이 있었어."

"류 중사요?"

"우리 학도병들이 들어오면 군기를 잡고 훈련을 시키는 사람이지. 성품이 잔인해서 걸핏하면 그 어린 학생들을 때리고 군화로 짓밟고, 총살해버리겠다고 협박하곤 했어. 우린 인민군 손에 죽지 않으면 류 중사 손에 죽고 말 거라고들 수군거렸지. 아까 덤덤해졌다고 했지만 그건 덤덤해진 게 아니야. 미쳐 있었다고 해야 옳을까……."

싸우다 지고, 전우들이 죽어 나가고, 남쪽으로 계속 퇴각하면서 이 전쟁에서 모두 다 죽겠구나 생각만 드는 날들이었다. 신은 없다. 섭리도 없다. 그런 게 있다면 우리를 이렇게까지 망가지게 내버려 둘 리 없다. 조상의 가호라는 게 있다면 우리가 지금 이 지경이 되었을 리 없다. 신도, 조상도 없고, 악마가 있다 한들 인간이 당해낼 리 없다. 어차피 우린 다 죽을 것이고 세상도 모조리 망해버릴 거다. 그러니 죽어라. 다 죽여버리자. 그 여름과 가을에, 열다섯 살의 삼준은 반쯤 정신이 나간 채 인민군 비슷한 허깨비만 보아도 방아쇠를 당기고 있었다. 제정신으로는 도저히 그 수라장에서 버틸 수가 없었다.

"그래, 그 무렵이었어…… 내가 신(神)을 만났던 것은."

*

그해 9월, 더글러스 맥아더 총사령관의 주도로 유엔군은 인천상륙작전을 성공시켰다. 제임스 도일 해군사령관의 지휘하에 261척에 달하는 대선단이 인천에 도착하고 서울로 진격했다.

그 직전까지 인민군들은 육로로 군수물자를 실어나르고 있었다. 낙동강 방어선에서 수많은 인민군이 전사했지만 충분한 보급 때문에 그들의 기세는 등등했다. 그런데 유엔군이 서울을 탈환하면서 전세는 역전된다. 보급로를 차단당한 인민군은 총퇴각 명령이 떨어지자마자 북쪽으로 이동하기 시작했다. 퇴로를 잃은 자들은 산에 숨어들었다.

하지만 전쟁이 끝날 기미는 보이지 않았다. 삼팔선 근처까지 밀고 온 중공군의 공세가 이어졌다. 몇 번째인지도 모를 소대장이 교전 중에 또 전사한 뒤, 삼준의 중대는 소백산 근처의 단양군으로 이동하라는 명령을 받았다.

내가 만난 신의 모습은

사방이 산으로 둘러싸인 곳이었다. 그렇지 않아도 해가 짧아지는 시기에, 다른 데보다 일찍 밤이 찾아드는. 이곳에서 각 소대는 저마다 한 마을씩 맡아 주둔했다. 삼준의 소대는 장터와도 꽤 멀리 떨어진, 아주 외진 곳에 있는 동네에 자리를 잡았다. 마을 사람들은 이곳의 좁은 분지에서 농사를 짓고, 몇몇은 산을 돌아다니며 약초꾼 노릇을 한다고 했다.

그리고 그곳에는 먼저 도착해 막사를 짓던 이들이 있었다. 새로 부임한 어린 소대장과 그를 따라온 병사 두어 명이었다.

"신을 만나셨다더니 그 소대장 말씀이신가요? 막 눈 감고도 적을 쓰러뜨리는 불사신 같은 사람이었나요? 신이라 불리는 사나이, 뭐 그런 별명이었다거나?"

"무슨 실없는 소리를. 소대장은 원래 학교 선생을 하려던 사람이었어."

"아. 그럼 학교 선생님이 장교로 온 건가요?"

"음, 선생은 아니고. 광주사범학교 졸업반이었는데 전쟁 터지고 부산육군종합학교에 자원해 들어간 사람이지. 나중에 알았지만 그때 우리 국군에는 장교가 없어도 너무 없었어. 갓 독립한 나라라서 원래도 많지 않았는데, 전쟁이 나고 한 달 만에 소위나 중위들이 절반 이상씩 죽어 나갔으니 말이야."

진숙은 삼준의 말을 녹음하는 한편, 귀를 기울이며 키보드를 두드렸다.

"좋은 사람이었어. 그때 나는 그 소대에서 유일한 학도병 출신이었거든. 제일 어린 병사였단 소리지. 소대장이 내 나이를 물어보고는 열다섯이라는 말에 자기가 생각해도 어처구니가 없었나 봐. 어떻게 이런 어린애까지 여기 와 있는 거냐고 하늘을 보고 한탄을 하더니, 주머니를 탈탈 털어 사탕을 두 알을 꺼내주더군."

"사탕이요?"

"그래. 미군 레이션 박스에 들어 있는……. 지금도 그때 먹은 것보다 달았던 사탕은 없는 것 같아. 하지만 그 사람 마음이 고맙지 않아? 말이 좋아 학도병이지 그때 나는 군인도 학생도 아닌 어설픈 얼치기였고, 언제 죽어도 이상하지 않을 그런 덤 같은 거였어. 그런데 물어보고 걱정하고 해주는 게, 그게 지금 생각하면 참 고맙지."

"좋은 어른이었네요."

"나보다야 어른이라고 해도 그때 그이도 스물두셋밖에

안 되었지. 사범학교를 다니다 말고 왔으니까. 우리 큰 형님 보다도 어린 나이였어. 하지만 그 사람은 우리 소대에서 겉 돌았어. 겉돌 수밖에 없었어. 자네도 이해가 갈 거야. 군대 에서는 소대장, 중대장이 회사에서 계장이나 과장 같은 거 거든. 저기서 뭘 하나 싶은데 없으면 일이 안 돌아가는 그 런 존재 말이야."

"그렇지요."

"그러니 인민군도 졸병보다는 소대장이나 중대장을 먼 저 쓰러뜨려야 한다는 걸 알았겠지. 소대장들이 하도 죽어 나가니 먹을 든 청년을 데려다가 채워 전쟁 시키려고 부산 무슨 여고에 임시로 육군종합학교를 만들었다지. 전쟁 난 그해 9월부터 후보생을 받아서 한 달 남짓 만에 장교들을 뽑아내기 시작했는데, 한 달 배워 나온 소위가 바로 전쟁터 로 나가는 거야. 소위 목숨, 하루살이 목숨보다도 못하다고 다들 그랬지."

"그래도 의기가 대단하네요. 그렇게 나가면 죽을 줄 알 고 갔을 텐데."

"그래. 하지만 종합학교를 나왔다고 해도 벌써 전쟁터 에서 몇 달을 구른 사람에 비하면 모든 게 어설펐어. 공부 만 하던 학바리니 일하는 요령도 부족하고. 힘 좀 쓴다, 주먹 좀 쓴다 하는 사람들에겐 명령이 제대로 통하지도 않았지. 좋은 사람이었고 뭐든지 열심히 했지만 잘되진 않았어. 내 어린 마음에도 소대장과 잘 지내는 게 알려지면 류 중사에게 밉보이겠구나 하는 생각이 들어서 일부러 소대장을 피해 다닐 만큼."

"류 중사요?"

예전 같으면 이런 이야기를 해도 좋을지, 이런 말이 집 밖에 나면 가족 누군가가 해를 입는 것은 아닌지 고민했을 것이다. 고르고 골라서 우리 국군은 용감하게 싸웠고 나라를 지켰노라, 그런 이야기만 하였을 테다. 하지만 지금은, 입바른 소리에 끌려가는 그런 세상이 아니었다. 설령 지금 하는 말이 밖에 나가면 곤란한 이야기라고 해도, 그의 며느리는 영민한 사람이었다. 필요한 이야기는 알아서 새겨듣고 곤란한 말은 알아서 걸러낼 것이다.

"우리 소대의 진짜 권력자는 류 중사였어. 익숙해질 만하면 죽어버리는 소대장들이 아니라, 누가 가서 일부러 죽여도 죽지 않을 것 같은 류 중사가 우리 소대의 진짜 오야 노릇을 다했지."

*

그래도 이번 소대장은 이전의 소대장들처럼 오자마자 바로 죽거나 하진 않았다. 교전 자체가 줄어들었기 때문이었다. 다행이었다. 사람이 죽는 것에 점점 무감해지고 있었지만, 그래도 좋은 사람이 죽는다면 조금은 슬플 것 같았으니까.

소대에 주어진 임무는 인민군 소탕이었다. 낮에는 산에 혹시라도 인민군들의 은신처가 없는지, 잔당들이 숨어서 돌아다니지는 않는지 수색하고, 밤에는 인민군들이 마을로 내려와 식량을 약탈하지 못하도록 잠복근무를 섰다.

하지만 그게 전부는 아니었다. 마을에 빨갱이 부역자가 있는지 찾아내는 것도 군인들의 일이었다. 류 중사가 제일 좋아하는 일이 바로 이것이었다. 보도연맹에 가입한 자들을 색출하는 것.

보련, 즉 보도연맹은 엄밀히 말하면 공산주의 단체가 아니었다. 공산주의 사상에서 전향한 사람들, 북한을 반대하고 대한민국에 충성하겠다는 사람들을 가입시킨 단체였다. 처음 이 단체가 만들어질 때는 실적을 올리기 위해 불특정 다수에게 비료나 식량 같은 것을 나누어 주며 가입을 독려했다. 그러다 보니 사상 같은 것은 전혀 모르는 이들도 비료 한 포대를 받고 가입하기도 했다.

그런데 전쟁이 터지자 상황이 바뀌었다. 나라에서 보련은 본디 빨갱이들이었으니 인민군이 오면 동조할 게 뻔하다며, 보도연맹 가입자에 대한 '처리' 명령이 내려온 것이다. 순박해 보이는 사람들이지만 보련에 가입한 이상 모두 빨갱이라고, 국군의 뒤통수를 치고 인민군에 부역하고도 남을 놈들이라고 여겼다. 위에서 온 명령이니 따라야 한다고 생각했지만 그런 일을 좋아서 하는 사람은 없었다. 류 중사만 빼고.

류 중사는 사람 죽일 기회를 결코 마다하지 않았다. 사람들이 살려달라고 무릎 꿇고 이마를 땅에 조아리며 제 발밑에서 애걸복걸할 때마다, 싱글벙글 웃기까지 하는 것이 어쩌면 그 상황을 즐기고 있는 듯했다.

"이게 말이나 됩니까? 저 열 살도 안 된 어린아이가 무슨 빨갱이는 빨갱이!"

비료를 받으러 온 제 부모를 따라서 한 포대 더 들고 간 어린아이까지 총살대에 묶여 있던 날, 소대장은 허겁지겁 달려와 류 중사를 막아섰다. 명단에 이름이 있다고 해도 일고여덟 살밖에 안 된 아이가 공산주의자일 리 없었다. 하지만 류 중사는 소대장 보란 듯이 눈앞에서 어린아이를 쏴 죽이고 이를 드러내며 웃었다.

"여기 명단에 있는데 뭐 어쩌라는 거요? 군인이 위에서 시키면 눈 딱 감고 하는 거지."

"중사는 생각이라는 게 없습니까! 상식적으로 생각을 해봐요!"

"상식? 상식 좋아하네. 원래대로라면 빨갱이 편드는 건 빨갱이라고, 모조리 모가지를 따버려도 시원치 않은 건데. 소대장님이 아직 어려서 뭘 모르겠거니 하고 봐주는 줄이나 아쇼."

류 중사는 대검을 던졌다 받았다 하며 불손하게 말했다. 그리고 돌아서서 빈정거렸다.

"쏘가리 새끼가 겁만 많아 가지고. 확 대가리를 날려버릴까 보다."

소대원들이 어깨를 움츠리자 그는 껄껄 웃으며 크게 소리쳤다.

"이런 전쟁터에서 대가리에 바람구멍이 난들 인민군이 쐈다면 그만이지!"

소대장이 들어도 상관없다는 듯한 말투였다. 아니, 들으라고 그렇게 말한 거겠지. 그런 사람이었다. 사람 백정,

사람 백정 같은 놈. 그래도 소대원들은 거역할 수 없었다. 마음은 착해도 이 전쟁터에서 제 목숨도 제대로 건사 못할 것 같은 소대장보다는, 류 중사를 따라야 그나마 살아서 돌아갈 수 있을 것 같았다. 아니, 따르지 않으면 인민군이 아니라 정말로 류 중사 손에 죽을 것 같았다.

어느 날엔가는 류 중사가 제대로 걷지도 못하는 사내 하나를 끌고 나왔다. 경성에서 공부하다가 일본 놈들 징용에 끌려가서 다리를 못 쓰게 되었다는 이였다.

"이 시골에서 서울까지 공부하러 갔다면 틀림없이 머리 좋은 놈이고, 머리 좋고 먹물 든 놈이 일본 놈들에게 고초를 당했다면 그건 필시 빨갱이라는 거지."

류 중사는 그 집 할매가 장에 간 사이, 멱살을 잡아끌어다 바닥에 내동댕이를 치고 총을 쏴 갈겼다. 안경이 박살나고 바닥에 피가 튀었다. 시체를 끌어다 마을 한가운데에 팽개쳐 놓은 뒤 류 중사는 소대원들을 이끌고 돌아왔다.

그리고 그날 저녁, 할매가 소대 막사 앞에 나타났다.

"내 자식 살려내라!"

할매는 보초를 서고 있던 삼준의 멱살을 잡아 흔들며 소리쳤다. 사람 뱃속에서부터 온 기운을 다 끌어내 외치는, 창자가 끊어지는 듯한 비명이었다.

"내 자식 살려내라, 이 사람 백정 놈들아…… 인민군은 와서 곡식만 털어갔지 죄 없는 사람까지 끌어내 죽이진 않았는데…… 왜놈들 등쌀에 다리 병신이 다 된 내 아들, 집 밖에 나돌아다니지도 못하는 그 불쌍한 놈이 무슨 죄를 지었다는 말이냐. 이 비적 떼만도 못한 놈들아, 내 아들이 무슨 빨갱이 짓을 했다고 죽여, 죽이기는!"

그때였다. 류 중사가 나오더니 할매의 목을 잡아 바닥에 팽개쳤다. 그리고 바로 보초를 서던 삼준의 오금을 걸어차고 앞으로 고꾸라진 그의 등짝을 군홧발로 콱 밟았다.

"보초도 못 서는 멍청한 새끼. 웬 빨갱이 할망구가 얼씬거리게 두고 있어. 여기가 어딘 줄 알고."

그는 삼준을 두어 번 더 걷어차다가 할매가 악에 받쳐 덤벼들자 바로 대검을 휘둘렀다. 할매는 흐느낌 같기도, 비명 같기도 한 소리와 함께 고꾸라졌다. 숨을 헐떡이는 할매의 작은 몸을, 류 중사는 발로 꾹꾹 밟으며 중얼거렸다.

"곡식을 털어가긴 뭘 털어가. 내준 거지. 인민군에게 곡식을 내줬으면 빨갱이 맞지?"

그날부터 삼준은 며칠을 죽을 만큼 앓았다. 다행히 누군가 배급받은 옥수숫가루로 죽을 끓여다 준 덕분에 숨을 부지하고 있었다.

정신이 아득한 가운데 소대장의 목소리가 들렸다. 뭔가 부서지는 소리도 났다. 정말로 류 중사가 소대장을 죽여 버리려고 한 것을, 몇몇이 매달려서 겨우 말렸다고 했다. 류 중사는 실전 경험도 거의 없는 약골 소대장이 자신에게 이래라저래라 선생같이 구는 것이, 그리고 졸병들이 자신을 말린 것이 분해 이것저것 걷어차다가 씩씩거리며 마을로 향했다. 그가 마을에서 술을 빼앗아 먹었는지, 남의 닭을 잡아먹었는지, 그도 아니면 사람을 잡았는지는 알 수 없었다.

"까불면 전부 죽을 줄 알아."

다음 날, 해가 중천에 뜰 무렵에야 돌아온 류 중사는 소대원들에게 협박하듯 을러댔고, 병사들은 모두 고개를 푹숙인 채 아무 일도 없었던 것처럼 굴었다. 몇몇은 류 중사 몰래 낡은 멍석으로 할매의 시신을 말아 마을로 옮겨 놓았다. 삼준은 그 모든 일을 송장처럼 누워 듣기만 했다.

그렇게 사흘째 되던 밤, 삼준은 선잠을 자다가 다른 사람들이 두런두런 이야기하는 것을 들었다. 주로 류 중사에 관한 이야기였다. 누군가가 말했다. 류 중사는 원래 왜정 때 일본 놈 앞잡이를 하던 밀정 출신이라고. 이름도 야나기 아무개라고 하면서, 아주 일본 놈이 다 된 것 같이 살았다고.

"그때는 조금만 제 마음에 안 들어도 불령선인이네 고

발하고, 멀쩡한 장정들이 징용 피해서 숨어 있는 거 죄다 팔아먹던 놈이 이제는 아무나 빨갱이입네 하질 않나."

"쉿, 그런 말 말어. 증거가 있는 것도 아니고……."

이야기에 귀를 기울인 채 삼준은 모포를 뒤집어쓰고 꿈쩍도 하지 않았다. 학도병으로 자원입대하여 인민군 손에 친구들이 죽어 나가는 꼴을 보았지만, 그들이 보기에 삼준은 여전히 새파란 어린애였다. 그런 일을 논의할 상대는 고사하고 끼어들 만한 주제도 되지 못했다. 그런 일은 그저 모르는 게 약이었고, 잠결에 들은 적도 없다는 듯이 구는 게 상책이었다.

겨울이 다가오고 있었다.

*

소백산맥 여기저기에 인민군이 숨어 있는 것만은 분명했지만, 소대는 별 전공을 올리지 못하고 있었다. 산세는 험하고 비탈은 가파른 데다 결정적으로 마을 인심을 다 잃어놓았으니까.

"중사가 명령을 따른 것은 사실이다."

삼준이 어느 날 소대장에게 물었다. 빨갱이를 죽여야

하는 것은 맞지만, 그 할머니한테 정말 죄가 있었던 것이냐고. 소대장은 한숨을 쉬며 대답했다.

"전쟁이 발발하고 얼마 지나지 않아 대통령 특명으로 내려온 이야기다. 남로당 계열과 보도연맹 관계자들을 처형하고 명령에 불복하는 부대원은 총살해도 된다고."

소대장은 괴로운 표정을 지었다.

"원래는 이곳 사람들을 보호하고, 드문드문 나타나는 인민군에 대한 첩보를 입수해서 산에 숨어 있는 인민군들을 토벌해야 하는 것인데…… 류 중사처럼 다짜고짜 죽이고 빼앗고 막무가내로 구는데 마을 사람들이 제대로 협력을 할지…….”

날은 점점 추워지는 데다 산기슭마다 구석구석 국군이 자리를 잡고 있으니, 식량이 모자라서라도 슬금슬금 움직이는 놈들이 있어야 했다. 도망칠 길을 찾아 내려오든, 식량을 구하러 오든. 하지만 마을 사람들은 다들 모른다며 고개를 저을 뿐이었다. 류 중사는 이런 상황이 무척이나 마음에 들지 않은 듯했다.

"싹 밀어버립시다.”

그러던 어느 날, 류 중사가 소대원은 물론 소대장까지 불러놓고 기세 좋게 소리쳤다.

"여기만 해도 어차피 빨갱이 부역자 여럿 나온 마을 아니오. 몽땅 빨갱이와 한통속이라고 해도 이상할 게 없지. 그러지 않고서야 어떻게 이렇게까지 잠잠할 수 있어? 이 난리통에."

"증거 없이 민간인을 다 죽이겠단 말입니까?"

"산에 드나드는 심마니들이 있다고 했으니 그 심마니들이 연락책이나 뭐 그런 것인 모양이지."

류 중사는 팔짱을 끼고 웃었다.

"세상 물정에 어두운 척하지 맙시다. 죽은 놈은 말을 못 하는 거요. 언제까지 궁둥이 무겁게 여기 주저앉아 있을 거요? 심마니 놈들은 산에 숨은 인민군과 내통하는 쥐새끼들이오. 여기 마을 사람들은 거기 동조하는 놈들이고. 보도연맹에 빌붙은 빨갱이들이 한둘이 아니었는데 나머지라고 말짱하겠소? 다 죽이고 귀며 코며 잘라서 전과 보고나 올리면 그만이지."

그 말에 소대장이 자리에서 벌떡 일어났다. 그는 류 중사를 향해 주먹을 휘둘렀지만, 류 중사는 가볍게 몸을 피하더니 그대로 소대장의 팔목을 꺾어버렸다. 팔에서 우드득 하는 소리가 남과 동시에 소대장이 비명을 질렀다. 팔이 부러진 모양이었다. 류 중사는 그대로 소대장의 군복 소매를 툭툭 털며 고개를 숙이고 그를 들여다보았다.

"원래였으면 인민군 놈들과 싸우는 중에 알아서 죽었을 약골 새끼가."

"이, 이놈……"

"이놈 저놈 하지 마쇼. 책상물림 노릇 하며 쏘가리 계급장 하나 얻어 달더니 윗사람 노릇까지 하고 싶은 모양이지. 대가리에 피도 안 마른 새끼가."

류 중사는 소대장의 이마를 손가락으로 팅기며 웃었다.

"칵 죽여버릴라. 뭐, 그래도 상관은 상관이니까. 영광스럽게 전사한 걸로 해드릴게."

그때였다. 밖에서 인기척이 났다. 류 중사는 문을 열어젖혔다. 앞마당에 웬 초라한 할머니 한 분이 바구니에 떡 같은 것을 해 담아 들고 있었다.

"거, 뭐요."

"아이고, 대장님. 이거 떡인데 좀 드셔보시우."

넉살 좋은 웃음을 지으며 다가온 할매가 류 중사에게 떡을 권했다. 류 중사는 미심쩍은 얼굴로 할매를 쳐다보았다. 그가 생각하기에도 그동안 마을에 부린 패악이면 떡에 독을 넣어서 가져와도 이상하지 않겠다 싶었는지, 그는 머뭇거리다가 턱짓으로 삼준을 가리켰다.

"너, 가서 먼저 먹어봐라."

"섭섭하게. 고생하는 국방군 배곯을까 해 온 떡인데 설마 쥐약이라도 탔을까 봐 그러시우?"

할매가 삼준의 손에 떡을 쥐어주었다. 전쟁 중이라 늘 굶주렸기 때문이었을까. 삼준은 살면서 그렇게 맛있는 떡은 처음 먹어보는 것 같았다.

삼준이 떡을 먹고도 멀쩡하자 그제야 다들 한 개씩, 혹은 두서너 개씩 집어 들었다. 그런데도 류 중사는 의심을 거두지 않고 할매를 노려보기만 했다.

다들 걱정이 되었다. 류 중사가 또 무슨 핑계를 갖다 대서 할매를 죽여버리려는 건 아닐까 하고. 오늘 처음 보는 할매였다. 무슨 꿍꿍이로 왔는지도 알 수 없었다. 하지만 말랑말랑한 떡을 한 입씩 먹고 나자 어쩐지 다들 고향에 계신 어머니, 할머니 생각이 났다. 류 중사가 할매를 계속 노려보자 병사들은 류 중사의 앞을 가로막으며 비굴하게 웃었다.

"드셔보십쇼, 따끈따끈한 게 아주 맛납니다."

그제야 류 중사는 떡을 하나 집어 먹었다. 누군가가 남은 떡 하나를 소대장에게 건넸다. 할매는 류 중사와 소대장이 먹는 것을 보고서야 쪼글쪼글 주름진 얼굴 가득 미소를 지었다.

"다들 출출할 것 같아 좀 마련해온 것인데, 이렇게 맛나게 드셔주시니 다행이우."

"거, 뭐. 뭘 부탁하려고 온 거요."

류 중사가 거드름을 피우며 말했다. 하지만 할매는 개의치 않는 듯했다.

"실은 나는 저 위 암자 공양간에서 일한다우."

"공양간?"

"공양주 보살님이시군요. 나무아미타불."

소대장이 중얼거렸다. 류 중사는 마음에 안 드는지 입을 씰룩거리며 물었다.

"공양주?"

"그래요. 내가 젊어서 이 마을로 시집을 왔다가 그만 서방이 일찍 세상 뜨는 바람에. 옛부터 산 너머 절에서 공양주로 지내다가, 마침 모시던 노스님께서 이쪽 암자로 오시면서 암자 공양을 도맡고 있었지 뭐요."

"그런데 보살님께서 무슨 일이십니까."

"공양주라고 산에서만 지내는 건 아니라우. 평소에는 노스님을 모시고 있다가, 노스님께서 본절에 가 계시는 동안에는 이리 마을에 내려와서 지내니까. 왜, 겨울에 동안거 기간에 말이우. 스님은 스님대로, 나는 나대로 따뜻한 데 내려와 지내기로 하였다우. 겨울에는 암자도 많이 춥고 땔나무 마련하기도 쉽지 않으니까."

보살 할매는 인상을 쓰고 있는 류 중사는 안중에도 없는 듯이 하고 싶은 이야기를 쉴 새 없이 이어갔다.

"여름에 큰 난리가 났다더니 인민군들이 전쟁이라고 밀고 내려왔다는 이야기는 들었수다. 그런데 올 추석 무렵부터 슬금슬금 인민군들이 산에 들더니, 이곳저곳에 숨어 지내지 않겠수? 그렇지 않아도 국방군이 와서는 마을에서 인민군을 숨겨주는 게 아니냐고 묻는다고 들었는데……."

"인민군이 어디 있는지 아십니까."

소대장이 물었다. 할매가 고개를 끄덕였다.

"알지. 이 마을 사람들은 인민군에게 식량 같은 건 일체 주지 않더이다. 그랬으면 그 애들이 지금 그렇게 나무껍질이나 벗겨 먹으며 지낼 리 없지."

"그렇습니까……."

"하지만 그냥 올라가면 큰일 날 거라우. 숫자가 꽤 되는 것 같더라니까. 여기 모인 국방군 수만큼은 될 거요."

"중대본부에 연락해야겠군."

"개소리하지 마쇼! 소대원 숫자만큼 되면 한 놈이 하나씩 모가지를 따버리면 그만이지."

류 중사는 뜻대로 되지 않는 게 화가 나는지 누군가의 철모를 걷어차며 투덜거렸다. 그러자 할매가 손짓을 하며 말했다.

"내게 좋은 꾀가 있는데 들어보시겠수?"

"예, 부탁드립니다."

"이런 할망구 말을 들어서 뭘 어쩌겠다는 거요!"

"다들 할머니 말씀에 집중해라. 이 산에 대해서는 우리보다 보살님이 잘 알고 계시니까."

소대장이 류 중사의 말을 끊었다. 류 중사의 이가 빠드득 갈렸다. 병사들은 어깨를 움츠렸지만, 소대장은 다친 팔을 다른 손으로 감싼 채 할매를 바라보았다. 할매는 그제야 소대장의 팔이 부어오르는 것을 보고는 얼른 다가와 소매를 걷었다.

"아니, 이렇게 팔을 다쳐놓고 전쟁은 무슨 전쟁. 이리 손 좀 줘보시우."

할매는 허리춤에서 무슨 고약 같은 것을 꺼내더니 소대장의 부어오르는 손목 위로 처덕처덕 발랐다.

"날이 추워지고 산에 먹을 게 없어지면 산짐승들도 모습을 숨기는 법이라우. 죽은 게 아니지, 어딘가에 굴을 파고 몸을 숨기며 겨울을 나는 거요. 사람도 마찬가지요. 먹을

게 없고 날이 추워지면 한데 모여 조금이라도 따뜻하게 지내려고 하고, 또 먹을 것을 아끼기 위해 가급적 돌아다니지 않는 법이라우. 내 가만 보니 인민군들이 낮에 잠깐은 돌아다니다가 초저녁부터 여기저기에 웅크려 있더이다. 그 애들이 안 자고 깨어 있거들랑 덜자구야, 덜자구야 하고 소리를 치고, 잠을 자거들랑 다자구야, 하고 소리를 지르면 여기 국방군분들이 알아듣지 않겠수?"

"그건 다자구 할머니 이야기가 아닙니까. 그…… 옛날에 어디서 도적 떼를 잡으려는 관군을 도와주셨다는."

"그렇지. 젊은 대장님이 잘 아시는구먼. 때맞춰서 조용히 올라가면 사람이 상하지 않고도 그 애들을 데려올 수 있겠구려."

할매는 보따리 구석에서 무슨 너덜너덜한 천 같은 것을 꺼내 길게 북 찢었다.

"오늘은 이만 무거운 거 들지 말고 일찍 주무시우. 내가 내일 낮에 산에 올라가서 인민군들이 어쩌는지 보고 신호를 해줄 테니."

할매는 소대장의 팔에 찢은 천 조각을 둘둘 감았다. 그리고 반쯤 빈 떡 함지를 이고 막사를 나섰다. 류 중사는 할매의 뒤통수에 대고 욕설을 내뱉었다. 소대장은 다친 팔로

상자를 짚고 일어나며 말했다.

"내일, 할머니 말씀에 따라 작전을 수행한다. 초병 제외하고는 모두 일찍 잠자리에 들도록."

"지금 노망든 할망구 말을 믿겠다는 거요? 인민군 놈들 보고 애들 어쩌고 하는 본새가 보나 마나 인민군과 한통속 같은데?"

"지금 인민군이 산에 숨어 있다는 첩보를 받았는데 그걸 무시하겠다는 겁니까?"

소대장이 묻자 류 중사는 제 혀를 질경질경 씹으며 있는 대로 낯을 찌푸렸다.

"마음대로 하쇼, 예."

"……."

"혹시라도 함정에 빠진 거면 내 손에 죽을 줄 알고."

"할머니 말씀이 제대로 된 첩보인 것으로 밝혀지면 류 중사는 상관에 대한 예의부터 배우도록 합시다. 자, 가서 모두 취침하도록."

*

다음 날 아침, 할매는 소대 막사 앞을 다시 찾아왔다.

내가 만난 신의 모습은

어제의 떡 함지를 머리에 인 채였다. 함지에는 큼직한 잎으로 싼 주먹밥이 한 사람 당 두 개씩 돌아가게 들어 있었다.

"마을에 가봤는데 친척들이 죄다 겁에 질려 있지 않겠수. 국방군이 죄 없는 닭실 할매에 그 아들내미까지 해치고 갔다고. 다른 사람은 몰라도, 닭실 할매는 워낙 의심이 많아서 보도연맹에서 주는 쌀도 마다하고 받질 않았다는데."

소대원들은 모두 고개를 숙인 채 입을 다물었다. 류 중사만이 듣기 싫다는 듯 건들거렸다.

"사람이 백 번을 잘해도 한 번을 잘못하면 그렇게 안 좋은 말을 듣는 법이라우. 여기 마을 사람들은 정말 그런 거 모르는 순박한 치들인데."

"아, 하기 싫으면 그냥 가쇼. 다 늙은 할망구가 무슨 말이 그렇게 많아."

"아이고, 공을 세울 생각에 그저 마음 급한 줄은 알겠지만 바쁠수록 돌아가라는 말도 있지 않수. 다 됐고 하나만 약속해주시게나."

"어떤 약속이 필요하십니까."

"인민군이 전부 자고 있으면 내가 신호를 할 거요. 이 길로 올라가서 인민군 아이들도 배가 고플 테니 떡이라도 하나씩 먹이고, 그 애들이 폭 잠이 들면 다자구야, 할 테니 올라오시구려. 대신 마을 사람들을 해치지 않겠다고 약속하시우."

"알겠습니다."

"거기 젊은 대장님 말고 이쪽 양반도."

"……."

"약속하십시오, 류 중사."

"하, 거 참."

류 중사는 웅얼거리며 고개를 끄덕이는 시늉을 했다. 할매는 걱정스레 류 중사를 바라보다가 떡 함지를 머리에 이었다.

삼준은 뭔가 이상하다고 생각했다. 어제 소대장의 팔이 분명 부러졌던 것 같은데, 오늘은 부은 흔적도 없이 말끔했다. 게다가 아까 주먹밥을 꺼내고 난 함지가 텅 비었던 것을 보았는데, 할매의 떡 함지에서 어젯밤 먹은 것 같은 따끈따끈한 백설기 냄새가 풍겼다. 할매가 확인하듯이 한 번 더 말했다.

"약속을 어기면 안 돼우. 응?"

그날 낮이 지나 해가 떨어지도록 신호는 오지 않았다.

"어떻게 된 거야."

"그 할매, 인민군한테 붙잡힌 거 아니야?"

소대원들이 수군거리는 와중에 보초를 서던 병사가 헐레벌떡 뛰어 들어왔다.

"저, 저기! 저기 좀 보십쇼!"

모두가 밖으로 나왔다. 소대 막사 앞에 낯익은 물건들이 쌓여 있었다. 때가 묻고 낡았어도 국방색과는 확연히 구분되는, 황토색에 가까운 밝은 녹색 군복과 네모나게 각이 진 군모, 모신나강 소총 몇 자루가 쌓여 있었다.

"어떻게 된 거야. 인민군이 여기까지 내려온 건가?"

"빨갱이 놈들이 도망간 거야?"

그때였다. 류 중사가 드럼통을 걷어차며 소리쳤다.

"이 멍청한 새끼들아, 당장 무장해! 가서 마을을 아주 박살 내버려야겠다!"

"류 중사!"

"씨팔! 어디서 큰소리야, 쏘가리 새끼가!"

류 중사는 소대장을 향해 주먹을 휘둘렀다. 소대장은 명치를 얻어맞고 비틀거렸다.

"노망난 할망구 믿지 말라고 했지? 멍청하게 할망구 말이나 믿더니. 내가 뭐랬어. 속은 거면 내 손에 뒈질 줄 알라고 했어, 안 했어!"

류 중사는 기관단총을 집어 들더니 하늘을 향해 몇 번이나 쏘아댔다. 당장이라도 마을로 달려가 사람들을 전부 쏴 죽일 기세였다. 류 중사가 앞장을 서고, 소대장은 그의 손에 멱살이 잡힌 채 끌려갔다. 병사들은 쩔쩔매며 그 뒤를 따랐다. 갑자기 총성이 들리고 군인들이 나타나자 마을 사람들은 어쩔 줄 몰라 했다.

"시펄, 이 빨갱이 새끼들이."

류 중사는 마침 농기구를 들고 돌아오던 젊은 남자 하나를 붙잡더니, 대뜸 대검으로 팔뚝을 푹 찌르며 물었다.

"으악!"

"오늘 우리 소대 앞에 인민군복이 쌓여 있던데. 자, 말해. 여기 누가 인민군 끄나풀인지."

"그, 그런 거 없…… 아악!"

"한 번 물어볼 때마다 한 군데씩 찌를 거다."

청년의 팔에서 피가 줄줄 흘렀다. 청년은 팔을 감싸며 바닥을 뒹굴었다. 그 피가 흙바닥에 뚝뚝 떨어진 순간, 초저녁 어스름 속에서 할머니의 목소리가 울려 퍼졌다.

"다자구야, 다자구야."

"이, 이 할망구가……."

류 중사는 눈을 희번덕거렸다.

"이, 이 마을부터 전부 불 싸질러버려. 이런 촌구석에 있는 마을 따위, 누가 알지도 못하거니와 누가 뭐라고 하면 다 인민군 때문인 거야. 인민군이 주는 쌀을 받아 처먹고 빨갱이가 되었는데. 그 새끼들이 이놈들을 다 죽인 거나 다름없지…… 아니, 그런데 저 할망구는 진짜 인민군이랑 한 패거리였던 거지? 이……!"

"정신 차려, 류 중사!"

소대장이 소리쳤다. 류 중사는 소대장의 얼굴을 향해 주먹을 휘둘렀다. 소대장은 겨우 옆으로 피하더니 있는 힘을 다해 류 중사에게 덤벼들었다. 류 중사는 바닥으로 한 번 넘어져 뒹굴었다. 입에서 피가 섞인 침을 내뱉고 소대장을 밀쳐냈다.

"저 빨갱이, 저 빨갱이 할망구를 잡아 죽여야 해…… 할망구를 죽이고…… 인민군 말장난에 놀아난 쏘가리 새끼, 너도 내 손으로 죽여버릴 줄 알아."

류 중사는 소대장에게 악담을 퍼붓고는 기관단총을 집어 들고 산을 향해 성큼성큼 달려갔다.

그날 밤, 하늘이 무너지는 듯한 소리가 났다.

"그래서요?"

"다음 날 아침에 우리 소대원들과 마을 사람들이 산에
올라갔지. 소대장은 밤새 마을 사람들에게 사죄했어. 마을
사람들도 몇 번이나 소대장이 류 중사를 말리려 했던 것을
보았으니까, 일단은 같이 공양주 할머니를 찾으러 갔지. 분
명 이 마을 사람이라고 했는데 마을에는 그런 할머니를 아
는 사람도 없거니와 뒷산에는 암자도 없었다더군."

"귀신에 홀린 이야기 같네요."

삼준은 귀신이라는 말에 슬며시 미소를 지었다.

"귀신이 아니라 신이었던 게지."

"신이라고요?"

"동이 트고 산에 올라가 보니 류 중사는 산꼭대기 근
처에서 죽어 있었어. 바위가 무너져서 깔린 것 같았는데 참
이상한 일이었어. 그 근처엔 바위가 무너질 만한 곳이 없었
거든."

"꼭 천벌을 받은 것 같은데요."

"죽기 전에 무엇을 보았는지 류 중사는 새파랗게 질린
얼굴을 하고 있었어. 아니, 어쩌면 이미 피를 보았던 그 순

간부터 홀려 있던 걸지도 모르지. 할매가 약속은 꼭 지켜야 한다고 하셨으니 말이야."

"그럼 그 할머니가 누구셨는지는 결국 알 수 없었던 건가요?"

"류 중사가 죽은 곳은 죽령 꼭대기에서 서른 걸음쯤 떨어진 곳이었어. 그 바로 위에 죽령산신을 모시는 작은 신당이 있었지. 암자가 아니라."

진숙은 키보드를 두드리다 말고 삼준의 얼굴을 빤히 바라보았다.

"죽령의 산신이라면…… 보통 다자구 할머니라는 여산신을 모실 텐데요."

"그래, 다자구 할머니야. 우리에게 떡을 해다 주시고, 마을 사람들을 죽이지 말라고 당부하신 분이 다자구 할머니였던 거야."

삼준은 한숨을 쉬다가 차를 한 모금 마셨다. 이야기가 길어져 차는 이미 다 식어 있었다.

"류 중사의 시신을 수습해서 돌아오던 길이었어. 우리 소대와 마을 사람들이 내려오는데, 어디 동굴에서 앳되어 보이는 박박머리들이 고개를 비죽 내밀고 있었지. 내 또래의 인민군들이었어."

"아……."

"아직 애들이나 다름없는 그 인민군들은 계속 굶주리고 있었는데 어제 웬 할머니가 와서 살길을 알려줄 테니 군복과 무기를 전부 내놓으라고, 그리고 하루만 더 여기 숨어 있으라고 하셨다더구나. 우리 소대장은 두말 않고 그 애들을 거두어서 산을 내려왔어."

"그러니까 아버님 말씀은, 죽령의 산신령이 마을 사람들과 그 어린 인민군들을 살리려고 하셨다는 말씀인가요?"

"그런 셈이지."

삼준은 고개를 끄덕였다. 진숙은 어디까지 이 이야기를 기록해야 할지 모르겠다는 듯 그를 쳐다보다가, 고개를 숙이고 키보드를 두드렸다. 구술사로써 있는 그대로 기록될 수는 없다고 하더라도, 이 이야기는 다른 형태로라도 기록되어야 할 것 같았다. 그런 진숙의 생각을 아는지 모르는지 삼준은 그 뒤의 이야기를 무심하게 이어갔다.

"그다음 해 봄에 이승만 대통령이 담화를 발표했어. 피난을 떠났던 국민들도 생업을 되찾았으니, 학도의용군은 학교로 돌아가 다시 공부를 하라고 말이야. 나는 그렇게 겨우 집으로 돌아갈 수 있었어."

"그래도 다행이었네요."

진숙이 고개를 끄덕였다. 그러다 걱정스러운 듯 물었다.

"그 소대장이라는 분은 어떻게 되셨나요? 그렇게 성품이 선한 분이면 전쟁을 견뎌내기 쉽지 않았을 것 같은데."

"음, 나도 그래서 걱정을 많이 했어. 전쟁이 끝나고 광주사범학교 쪽으로 수소문을 해서 소대장을 찾아보았지. 살아 계시더구만. 어떻게 연락이 닿아 다시 만나다가 소대장의 막내 여동생한테 장가를 들었어. 그게 세상 떠난 자네 시모라네. 우리 우진이 할머니 말이야. 지금 우진이가 군복 입은 사진을 보니, 그때 우리 소대장 생각이 많이 나는구먼. 많이 닮았어……."

삼준의 목소리가 흐려졌다. 어느덧 잔은 텅 비어 있었다. 진숙이 파일을 저장하고 자리에서 일어나 다시 뜨거운 물을 끓였다.

물이 끓어오르는 그 짧은 시간 동안, 삼준은 의자에 앉은 채 잠이 들어 있었다. 그 모습이 당장이라도 부서져 사라질 것처럼 흐릿해 보여 진숙은 눈을 깜빡였다. 삼준은 마치 이날까지 마음속에 품고 있던 비밀을 다 풀어놓고 빈껍데기가 된 것처럼 보였다. 이제는 아무도 믿지 않을 그 신의 비밀을 누군가에게 들려주기 위해 지금까지 살아온 것처럼.

"……쉬세요, 아버님."

진숙이 속삭였다. 삼준은 으음, 하고 몸을 뒤척이다가 흐려진 눈으로 고개를 들었다. 그는 비틀거리며 방으로 돌아가 자리에 누웠다. 진숙은 그 모습을 가만히 바라보다가 조심스럽게 방문을 닫았다.

창백한

눈송이들

반짝반짝하게 윤이 나도록 닦은 새 군화로 바닥을 딛자, 좁은 복도에 군홧발 소리가 둔탁하고 묵직하게 울려 퍼졌다. 그 소리에 유진은 자기도 모르게 어깨를 움츠렸다. 잔뜩 긴장했기 때문일까. 침을 삼키려 했지만 입이 바싹 말라 있었다.

　유진은 고개를 살짝 든 뒤 눈만 굴려 주위를 살폈다. 건물은 새로 지은 듯 깨끗해 보였지만, 복도는 조도가 낮아 어둑어둑했다. 건물 입구 쪽 스위치 옆에 '절전'이라고 붙어 있던 것이 생각났다. 전기를 절약한다며 조명을 반만 켜 놓은 것 같았다. 모든 것이 반듯반듯하게 각이 잡힌, 기묘하고 서늘한 이 복도는 얼마 전 졸업한 모교의 복도를 떠올리게 했다.

　그때 앞장서 걷던 원사가 퉁명스럽게 중얼거렸다.

"계집애란 말이지, 흥."

그 말에 유진은 지은 죄도 없이 고개를 숙였다. 복도에는 저 늙수그레한 원사와 자신뿐이었다. 그는 유진이 어지간히 마음에 안 드는 듯 큰 소리로 말했다.

"군대가 어떤 곳인 줄 알고. 겁도 없이."

대체 왜 그러는 걸까. 뭐가 못마땅한 건지 알 수 없었다. 유진은 사관학교를 졸업한 장교도 아니었다. 이제 막 항공과학고를 졸업하고 기술부사관으로 온 스무 살 난 하사일뿐이다. 어딜 봐도 다른 사람을 불쾌하게 만들 만한 부분은 없다고 생각했는데. 오늘 아침 부대 앞에서 이 원사라는 분과 마주친 게 잘못인 걸까. 유진은 앞장서 걸어가는 원사의 머리카락이 듬성듬성한 뒤통수를 쳐다보며 생각했다.

작년 가을, 졸업한 선배들이 학교에 놀러 와서 해준 이야기가 있었다. 일단 임관하고 부대에 발령을 받으면 사회인이자 군인이다. 시간 날짜 정확히 엄수해서 행정반에 들어가 보고하고, 시키는 대로 인사 잘하고, 관사에 짐 넣고 군 생활 시작하면 100점 만점에 85점은 되는 거다.

혹시 더 일찍 도착했어야 하는 걸까. 아니, 그것도 아니다. 일진이 나빠서 우연히 마주친 거라면 모를까, 초소 입구 앞에 딱 버티고 서서 기다리다가 유진을 보자마자 손가락을 까딱까딱, 마치 강아지 부르듯 하더니 행정반까지 데려다주겠다고 따라오라는 원사를 무슨 수로 피해 갈 수 있단 말인가. 그래놓고는 가는 내내 나는 네가 마음에 안 든다, 당장 집에나 가버리라는 분위기를 온몸으로 뿜어내더니, 행정동 건물에 들어서자 대놓고 싫은 티를 내고 있었다.

유진은 앞서 걸어가는 원사의 나이를 가늠해 보았다. 잘은 모르겠지만 몇 년 전 마지막으로 보았던 아버지의 나이가 딱 그 정도일 것 같았다. 중년 남자들은 대체 왜 그럴까. 그들은 자기보다 어린 사람, 특히 젊은 여자에게 이유도 없이 화를 내면서 자신에게는 남에게 못되게 굴어도 되는 권리가 처음부터 주어진 것처럼 굴곤 했다. 그렇게 뻔뻔해지려면 사람이 어디서부터 잘못되어야 하는 걸까.

유진은 표정이 구겨지려는 것을 애써 참으며 생각했다. 그래, 내 잘못이지. 내가 만만하니까 저러는 거겠지. 짜증이 났지만 여기는 군대다. 지난 3년 동안 학교에서, 군대가 어떤 곳인지에 관해 귀에 못이 박이게 듣고 또 배워왔다. 알고서 온 거다. 알고서도 여기밖에는 없다고 생각했으니까.

"……열심히 하겠습니다."

유진은 뻔한 말이라도 꺼내서 비위를 맞추는 시늉을 내보려 했다. 그러자 원사가 걸음을 멈추고 못 들을 소리라도 들은 듯한 표정으로 물었다.

"지금 뭐라고 했냐?"

"제가 여자라서 마음에 안 드실 수도 있다고 생각합니다. 하지만 학교에서 열심히 공부했고, 앞으로 더 열심히 하겠습니다."

"……."

"아, 실망시켜드리지 않겠습니다."

"지랄하고 자빠졌네."

원사는 고개를 돌렸다. 더 들어볼 것도 없다는 듯한 냉랭한 태도였다. 유진은 어깨를 움츠리며 고개를 틀었다. 그때, 복도와 연결된 계단 위쪽에 누군가 서 있는 것이 보였다. 똑같은 근무복을 입고 있었지만 어깨 위로 찰랑거리며 흔들리는 단발머리가 자신과 같은 여군인 것 같았다. 유진은 조금 반가운 마음에 얼른 고개를 들었다. 하지만 계단 위쪽을 다시 바라보았을 때, 그곳에는 아무것도 없었다.

*

업무 자체는 쉽지 않았지만 아주 낯선 것은 아니었다. 고등학교에서 3년 내내 배운 지식들은 쓸모가 있었다. 게다가 여기는 기술 부서였다. 항공 분야의 전문기술력을 갖춘 기술부사관이라는 자부심도 있었다. 단 하나 문제라면 바로 이곳의 '반장'이었다. 유진을 대놓고 못마땅해하던 원사가 반장이라는 것을 알고, 유진은 이해와 체념을 동시에 했다. 우연히 만난 것도, 이유 없이 화를 낸 것도 아니었다. 자기가 데리고 일해야 하는 부서 사람이니까 나와봤다가, 영 마음에 안 들었던 거겠지.

"됐어, 반장님 신경 쓰지 말고. 까탈 부리시는 거 하나하나 신경 쓰다가는 아무것도 못 한다니까."

"어떻게 신경을 안 써요."

"야, 국방부 시계는 돌아가는 거고, 버티고 버티다 때 되면 중사 달고 상사 달고 원사 되는 거야. 언제까지 반장님이 우리 위에 있겠냐? 퇴직을 해도 우리보다 한참은 먼저 할 텐데."

선임인 박 중사는 시원시원한 성격으로 유진을 꽤 마음에 들어 하는 것 같았다. 그는 설명을 잘해주고 친절한 데다, 공군항공과학고등학교의 4년 선배이기도 했다.

"반장님이 기술도 좋고 뭐 좋은데, 그…… 끗발이 좀 안 좋아. 원래는 한 곳에 쭉 붙박이로 계실 만도 한데 재작년에 이쪽으로 오셨어. 이런저런 사고가 좀 있었거든?"

"사고요?"

"어. 그래서 성질만 점점 고약해진다니까. 너한테도 봐, 첫날부터 면박이나 주고."

박 중사는 반장의 흉을 한참 보다가 의자에 등을 푹 기대며 히죽히죽 웃었다.

"이런 이야기는 그만하고, 학교 이야기 좀 해봐라. 헤비메탈 동아리는 여전해?"

유진은 지난가을 축제에도 헤비메탈 동아리가 무대에 올랐고, 특히 베이스 주자가 학교 체육복을 북 찢으며 연주를 하다가 나중에 크게 혼났다는 이야기를 전했다. 박 중사는 푸흐흐, 하고 소리 내어 웃다가 자기가 학교 다닐 때 그 헤비메탈 동아리가 어땠는지에 대한 무용담을 늘어놓았다. 유진은 박 중사가 말하는 친한 동아리 후배들이, 자신이 1학년일 때 3학년이던 선배들이라는 것을 알고 깜짝 놀랐다.

"뭘 그렇게 놀라. 당연한 걸 갖고."

박 중사는 낄낄 웃으며 유진의 어깨를 툭 쳤다.

"학교에서야 4년 차이가 까마득하지, 사회 나오면 다 친구 먹는 나이야. 안 그래?"

그랬다. 사회에 나와서 학교 선배를 만나는 건 학교 안에서 선배를 대할 때와는 또 다른 느낌이었다. 이곳이 군대고, 모든 사람들이 계급과 기수로 촘촘히 줄 세워지는 세계라고 해도. 처음 부임할 때는 잔뜩 긴장했지만, 유진은 박 중사를 만나서 다행이라고 생각했다.

"근데, 4년 차이면 궁합도 안 본다는 말 알지?"

하지만 가끔 유진은 박 중사에게 그러지 말라고 말하고 싶을 때가 있었다.

"유진이 너, 궁합이 뭔 줄은 아냐? 응?"

"아, 저…… 결혼하기 전에 보는 사주 같은 거…… 아닙니까?"

"사주만이겠어? 배도 맞춰보고 그러는 거지."

박 중사는 아주 평범한 이야기를 하다가 때때로 불쾌한 소리를 아무렇지도 않게 꺼낼 때가 있었다. 시커멓고 찐득찐득한 것이 발밑으로 스멀스멀 기어오다가, 그대로 발목을 휘감아 올라오는 듯한 느낌이 드는 기분 나쁜 이야기를. 그럴 때마다 유진은 애써 생각했다. 박 중사는 친절한 사람이라고. 학교 선배고 일을 잘 가르쳐주는 사수이고, 무엇보다도 자신에게 잘해주는 박 중사가 나쁜 뜻으로 그런 말을 하는 건 아닐 거라고.

아니, 정말로 그렇게 생각할 만큼 멍청한 건 아니다.

유진은 한숨을 쉬었다. 그러다가 얼른 하품하는 척 기

지개를 켰다. 박 중사는 군기가 빠졌다고 농담을 하며 유진의 어깨를 툭툭 쳤다. 미친 새끼, 계단에서 콱 자빠져버려라. 속으로 생각하다가 유진은 문득 박 중사에게 물어보려던 게 떠올랐다.

"아, 저…… 그럼 행정동에 계신 여자분도 우리 학교 출신인가요?"

"응?"

"행정동에요. 행정동 가면 보이는 분인데 누구신질 몰라서요."

"행정동에 여군? 통제실장?"

"아뇨, 통제실장님 말고요. 통제실장님은 커트 머리하셨잖아요."

"그럼 누구? 군무원이나 식당 아줌마 잘못 본 거 아니야?"

"근무복 입은 분인데 이렇게 단발머리고요. 여기 계신 여군 분들 다 저처럼 짧은 커트거나 아니면 망에 넣은 머리하시잖아요. 근데 혼자 단발이셨어요."

유진은 자신이 보았던 것을 이야기했다. 몇 번이나 그 사람을 행정동에서 마주쳤지만, 그때마다 제대로 보려고 하면 바로 코너를 돌아가 얼굴을 못 봤다는 말은 하지 않았다. 하지만 그 이야기를 듣던 박 중사는 갑자기 거칠게 책상을 밀치며 자리에서 일어났다. 그는 잔뜩 굳은 얼굴로 유진을 내려다보다가 한참 만에 목이 쉰 듯한 거친 소리를 내며 물었다.

"무슨 개소리야."

"예?"

"씨발, 무슨 개소리냐고!"

유진은 등에서 식은땀이 났다. 늘 싱글벙글 웃으며 농담을 해대는 박 중사가 정색을 하는 것도, 눈앞에서 남자가 갑자기 윽박을 지르는 것도, 어느 쪽이라도 유진에게는 숨이 막힐 듯한 일이었다. 하지만 머릿속에서는 뭔가 이상하다는 생각이 들었다. 행정동이 아니면 다른 부서 사람이겠지. 이게 그렇게까지 화를 낼 일인가?

"죄송해요. 다른 부서 분인가 봐요."

"너, 그 얘기 다른 데서도 지껄이고 다녔어?"

"예?"

"다른 데서도 헛소리 씨불이고 다녔느냐고, 씨발년이."

유진은 아니라고 말하려 했다. 하지만 박 중사는 유진이 뭔가를 대답하기도 전에 책상 파티션을 확 걷어차고 사무실을 나섰다. 파티션 선반에 올라가 있던, 누가 키웠는지 모를 작은 선인장 화분이 바닥으로 굴러떨어져 박살이 났다.

*

    그날 이후 박 중사는 유진을 슬슬 피해 다녔다. 차라리
파티션을 걷어차고 욕을 퍼붓던 쪽이 나았다. 박 중사는 유
진을, 몇 달이 지나도록 마치 그 자리에 없는 사람처럼 취
급했다. 박 중사와 형 동생하고 지내는 신 중사는 낄낄 웃
으며 유진에게 다가와 말했다.

    "어쩌냐, 너 아주 군 생활 꼬였다. 니가 뭘 잘못했는지
는 알고?"

    "아무리 생각해도 잘 모르겠습니다."

    "그래, 계속 잘 생각해봐. 근데 너 여자잖아. 진짜 간단
한 방법이 있을 수도?"

    "잘 모르겠습니다?"

    "그걸 모르면 계속 꼬이지."

    "……."

    "오늘 중사들 회식 있는데 와서 술이라도 한잔하든가.
어때? 사복도 좀 하늘하늘하게 입고 말이야."

    "아직 마셔본 적 없습니다."

"어허, 군인이 술을 못 마시면 쓰나."

"저 아직 만 스무 살 안 지나서 정말 술 못 마십니다."

"무슨 소리야. 그렇게 치면 대학 신입생들 하나도 술 못 먹게. 열아홉 지나면 마셔도 돼. 맞네, 여기. '청소년보호법은 만 19세 미만자. 단, 19세가 되는 해의 1월 1일을 맞이한 자를 제외.' 군인은 법을 따라야지. 안 그래?"

신 중사는 무슨 수를 써서라도 유진에게 술을 먹이고 싶은지, 굳이 법까지 찾아서 유진의 코앞에 내밀었다. 그러면서도 뭐가 또 즐거운지 싱글벙글했다.

"근데 너 아직 스무 살 안 됐냐?"

"학교 졸업하고 바로 와서 만으로 열아홉입니다."

"히야, 그렇지. 너 얼마 전까지 고딩이었지. 산삼보다 낫다는 고딩!"

"거, 시끄럽게 헛소리하지 마라."

반장의 목소리였다. 별일이었다. 자신을 싫어하는 줄 알았는데 신 중사가 지저분한 말로 껄떡거리는 걸 막아주다니.

하지만 반장은 반장이었다. 별명이 말년 원사인 그는 신 중사의 헛소리가 자신의 휴식을 방해한 것이 마냥 불쾌하다는 표정을 짓더니, 다시 의자에 푹 기대어 앉으며 중얼거렸다.

"적당히 해라, 귀신 보는 여자는 재수 없다."

유진은 기가 막혀 입을 딱 벌렸다. 그러면 그렇지. 그가 자신을 편들어줄 리 없었다. 편을 들어줄 생각이었으면 박 중사가 어깨를 툭툭 치고 욕을 하며 괴롭힐 때 뭐라도 제지를 가했을 것이었다.

귀신 보는 여자는 재수가 없다니. 첨단 기술로 조국의 영공을 수호한다는 기술 부서의 무려 '반장'이 '귀신'과 '재수'가 들어간 소리를. 아마도 그가 걱정하는 건 유진이 아니라, 귀신 보는 여자에게 집적거리다가 해코지를 당할지도 모르는 금쪽같은 신 중사와 박 중사일 터였다. 그런 줄도 모르고 신 중사는 배은망덕하게 투덜거리더니 유진을 향해 히죽히죽 웃으며 말했다.

"오빠가 다 너 걱정해서 하는 말이야. 말뜻을 정 모르겠으면 퇴근 후에 한번 찾아오고. 수고."

신 중사는 건들거리며 유진의 뺨을 톡 건드리고 지나갔다. 신 중사의 손은 땀에 젖어 축축했다. 불결하고 끈적한 것이 닿은 듯한 불쾌감에 유진은 신 중사의 손이 닿은 뺨을 손등으로 벅벅 닦다가, 아예 물티슈를 꺼내서 한 번 더 문질렀다.

이른 봄에 도착한 이곳도 이제 늦여름이었다. 세 계절이 지나는 동안, 유진의 하루하루는 매일이 지옥이었다. 유진은 문득 생각했다. 앞으로 9년 하고도 6개월 반. 그러다가 반년 전까지만 해도 정식으로 임관할 날만을 오매불망 기다렸던 자신을 떠올리며 눈을 질끈 감았다.

*

민간 출신과 달리 항공과학고 출신들은 입대하자마자 학교 다닌 기간의 절반, 즉 1년 반에 해당하는 호봉을 받는다. 큰 문제를 안 일으키면 대체로 3년이 되는 해에 중사로 진급할 수 있다. 진급을 하고 다른 부대로 옮기게 되면 좀 달라질까. 규모가 큰 비행단에는 여군들도 꽤 많다고는 들었다. 하지만 다른 데로 가거나 그다음의 일을 생각하는 것도 진급을 무사히 마친 이후의 일이다. 기수 열외 된 병사처럼 따돌림당하며 도움받을 데도 없이 상황을 헤쳐나갈 생각을 하니 눈앞이 막막했다.

여기서 겪는 일들을 솔직하게 털어놓을 가족이라도 있었으면 조금 나았을까. 유진은 한숨을 쉬었다. 피붙이라고 해봤자 유진에게 남아 있는 것은 저 끔찍한 아버지뿐이었다. 그런 것을 가족이라고 부를 수 있는지는 모르겠다. 애초에 아버지가 그런 사람이 아니었다면, 아니, 좋은 아버지가 되는 일은 바라지도 않으니 차라리 일찌감치 죽어 없어졌다면, 지금 유진의 선택은 많이 달라졌을 것이다.

유진이 공군 부사관이 되기로 마음먹은 것은 중학교 2학년 때였다. 하지만 국가와 민족을 위해 봉사하겠다거나 조국의 영공을 수호하겠다는 원대한 꿈 때문은 아니었다. 물론 조종사가 되고 싶어서 지망한 것도 아니다. 사병 중에는 공군으로 입대하면 전투기에 탈 수 있는 줄 알고 왔다가 복무기간 내내 활주로 청소만 하고 제대하는 친구들도 있다지만, 유진은 처음부터 그런 거창한 기대는 싹 내려놓은 채 오직 현실만 보고 왔다. 유진에게 현실이란 자신을 때리고, 욕을 하고, 자기 기분 나쁘면 학교에도 못 가게 하려 들고, 술에 취하면 딸의 몸을 더듬거리는 아버지에게서 도망치는 것이었다.

아버지에게 단 한 푼도 손을 벌리지 않고 살아갈 수 있어야 했다. 그러면서도 아버지가 자신을 끌고 가지 못할, 아버지보다 더 강하고 단단한 울타리가 필요했다. 입학하자마자 부사관 후보생이 될 수 있고 학비와 식비, 기숙사비는 물론 월급까지 나오는 항공과학고는 그러므로 유진에게 유일한 희망과도 같았다. 죽을 만큼 공부했고 합격을 했다. 어디 가서도 잘 살아남고 싶어서 학교에 다니는 동안 공부는 물론 자격증도 가능한 한 많이 땄다. 수석은 못했지만 노력한 덕분에 졸업할 때는 교육사령관상을 받을 수 있었다.

그리고 이제는 어엿한 부사관이 되어 부대 관사에 작지만 자기만의 방을 갖고 살게 되었다. 한때는 이 순간만 오면 모든 문제가 해결될 거라고, 그야말로 미래의 일만 생각할 수 있을 거라고 기대했는데.

"미치겠네."

유진은 지난가을 수능을 치뤘을 자신의 중학교 동창들을 떠올렸다. 유진이 부사관교육대대에서 빡세게 구르는 동안 그들은 아르바이트도 하고 면허도 따며 고등학교 3년 내내 놀지 못한 한을 풀어냈을 것이다. 그리고 지금은 드라마 속의 대학생들처럼 캠퍼스를 거닐고 있겠지. 어쩌면 유진도 그럴 수 있었다. 낭만은 둘째치고서라도 대학생은 될 수 있었을 것이다. 항공과학고에 갈 수 있던 것도, 모든 여건이 녹록치 않은 와중에 공부만은 잘했기 때문이었으니까.

물론 가지 못한 길을 후회할 생각은 없었다. 군대는 유진이 스스로 선택한 미래였고, 아버지에게서 벗어나면서도 혼자 힘으로 살아남기 위한 방법이었다. 하지만 겨우 제 손으로 붙잡은 유일한 울타리 안에서 벌어지는 일들은, 어떻게 해야 하는 걸까.

도망칠 수는 없었다. 항공과학고 졸업생의 의무복무는 10년이었다. 아직 9년 반이 넘게 남아 있다는 뜻이다. 설령 의무복무가 없다고 하더라도, 군대의 울타리를 벗어나는 즉시 아버지가 찾아올지 모른다는 두려움에 떨어야 할 것이다. 아무리 힘들고 괴로워도, 죽든 살든 유진에게는 이 울타리밖에 없었다.

하지만 대체, 이유는 알아야 무엇이라도 할 게 아닌가.

수빈 야, 서유진. 너 무슨 일이야.
수빈 뭔지 모르지만 사고 쳤다는 것 같던데.

그때, 항공과학고 여자 동기들이 모인 채팅방에 알림이 뜨기 시작했다. 유진은 핸드폰을 집어 이마에 대며 한숨을 쉬었다.

학교 다닐 때 몇 안 되는 여자 동기였던 우리들은 아침부터 저녁까지 똘똘 뭉쳐 다니곤 했다. 남자 동기들이나 남자 선배들이 여자의 적은 여자라면서 괜히 친구들을 이간

질하려 했지만, 그 친구들과의 시간이 유진에게 얼마나 큰 구원이었는지 그들은 상상도 못할 것이다.

요즘도 그랬다. 부대에 영 정을 못 붙이고 지내던 유진은, 휴식시간이면 채팅방에서 친구들을 불렀다. 돌아가며 상관 욕을 하거나, 자기 부대 짬밥이 얼마나 맛없는지, 부대가 얼마나 외진 곳에 있는지 떠들어대는 친구들을 보며 때때로 유진은 그들이 보고 싶어 흐느껴 울었다. 수빈이도 민지도 서연이도 모두 보고 싶었다. 학교로 돌아가고 싶었다. 하지만 한편으로는 걱정이 되기도 했다. 친구들도 새 부대, 새로운 환경에 적응하고 있을 텐데 공연히 자기가 자꾸 불러들이는 것이 귀찮지 않을까, 방해가 되지 않을까.

민지 여기서도 나한테 물어보더라. 너 학교 다닐 때 또라이였냐고.

친구들이 걱정하는 걸 보니 역시 달갑지 않은 소문은 빠르게 퍼지는 모양이다. 여기 사람들은 다들 공군본부 커뮤니티 게시판에 접속하는 데다, 박 중사도 항공과학고 출신이라 전국에 동기들이 있을 테니 자신에 대한 좋지 않은 소문을 퍼뜨리는 건 일도 아니겠지.

서연 야, 말을 그렇게 하면 어떡해…….

민지 당연 아니라고 그랬지. 내 동기 서유진은 차석으로 입학해서 3년 동안 자격증을 일곱 개나 땄고 졸업할 때는 교육사령관상 받은 엘리트라고 분명히 말했다고.

서연 난 우리 선임이 그런 말을 하길래 놀랐을 뿐이야.

서연 올해 부사관으로 나온 사람 중에 서유진보다 잘할 사람이 없댔다고.

유진은 가슴이 덜컥 내려앉는 것 같았다. 친구들은 그 이야기를 어떻게 생각할까. 학교에서도 알고 있을까. 다들 손재주 좋고 공부 열심히 한다고 말하는 서유진이, 사실은 거짓말쟁이에 재수 없는 애였다고 생각하는 것은 아닐까. 조롱하는 것은 아닐까. 누구 말대로 기수 열외라도 시키려 드는 것은 아닐까. 하지만 친구들은 달랐다. 그 애들은 정말로 걱정이 되어서, 유진이 괜찮은가 싶어서 메시지를 보내온 거였다. 아마도 직접 물어보기 전에 자기들끼리 한참 이야기하고 고민도 했을 테지. 혼자 낯선 곳에 떨어져서 하루하루 버텨내는 것만도 쉽지 않다는 것을, 그 애들은 알고 있을 테니까.

수빈 말해 봐, 서유진. 무슨 일이야.

수빈이 자리를 깔아주듯이 말했다. 하지만 유진은 머뭇거렸다. 어디서부터 이야기를 해야 할까. 자신이 본 것은 무엇이었을까. 여기 사람들은 유진이 귀신을 봤다고 수군거리는데, 무슨 귀신인지 물어보아도 아무도 대답해주지 않았다. 그저 쉬쉬하며 유진이 마치 전염병 환자라도 되는 것처럼 피할 뿐이었다. 친구들에게 설명하려 해도 모든 것이 혼란스러웠다. 그 단발머리 여군에 관한 이야기를 했다가, 친구들도 자신을 미친 사람 취급할까 봐 걱정이 되었다.

유진 좋아, 말할게.

하지만 누군가에게는 터놓아야 했다. 누군가에게는 이일에 대한 설명을 들어야 했다. 그러지 않으면 가슴이 답답해서 가만히 있다가도 숨이 콱 막혀 죽어버릴 것만 같았다.

유진 여기 오던 날 행정동에서 단발머리 여자를 봤어.

군복을 입고, 머리카락은 날렵하게 자르고, 경쾌한 느낌으로 계단을 올라가던 사람. 유진은 그 사람과 몇 번이나 마주쳤다. 매번 제대로 돌아보거나 뒤따라가면 이상하게도 어느새 보이지 않게 되었고, 하복을 입을 때가 되었는데도 늘 동복을 입고 있었지만, 돌이켜 생각해 보면 기묘할 정도로 이상하다고 여기지는 못했다. 오히려 그 사람을 자기도 모르게 동경했던 것 같기도 했다. 얼굴 한번 제대로 보지는 못했지만, 그 당당한 걸음걸이나 반듯한 뒷모습을 보면 자신과는 다르게 자신감이 넘치는 사람, 멋진 언니나 선배라는 느낌이 들곤 했다. 누구인지도 모르는 사람을 동경하다니 그것도 참 이상한 일이라서 피식 웃음이 났던 적도 있었는데.

그런 사람은 이곳 어디에도 없었다. 그 사실을 알 리 없는 유진은 그저 그가 누구인지 물어본 것뿐인데, 군 생활이 아주 엉망이 되어버렸다. 가만히 있는데 욕을 먹고, 귀신 보는 여자는 재수가 없다는 소리를 들었다. 막상 꺼내놓고 보니 하나도 말이 되지 않는 이야기였고, 처음부터 끝까지 억울한 일이었다.

유진 솔직히 공군이 다른 데 보다는 낫다고 그래도 여기도 군대라서 여자 찾아보기 힘들지. 일하다가 화장실 한번 가려고 해도 행정동 건물까지 뛰어야 하고. 군무원 분들이나 식당 조리사님까지 다 해도 여자가 10퍼센트도 안 되잖아. 어디를 둘러봐도 시커먼 남자들투성이인데, 내 또래의 여자라면 사람이든 귀신이든 반가울 수도 있지! 그래, 뭐. 여긴 군부대니까. 군부대도 학교만큼 귀신 많이 나오는 데니까. 까짓거 귀신이면 어때. 근데 내가 알고 싶은 건, 대체 왜 나한테 그러느냐 이거야. 군대에서 귀신 나온다는 소리 처음 들어?

민지 그러게, 진짜 이상하네. 남군들이란 어디서 처녀 귀신이 나왔다고 하면 예쁘냐고부터 물어보는 족속들인 줄 알았는데.

서연 농담이 나오냐.

마음은 여전히 아프고 괴로웠다. 하지만 친구들에게 이야기하고 나니 명치 끝에 답답하게 뭉쳐 있던 것이 조금은 풀리는 듯했다. 그때였다.

수빈 나 그거 뭔지 알아.

화면에 물음표가 달린 이모티콘들이 주르륵 떠올랐다. 귀여운 캐릭터들이 머리에 물음표를 띄우며 흔들거리는 이모티콘 파도가 지나간 뒤, 수빈은 자기가 알고 있는 것을 침착하게 털어놓기 시작했다.

수빈 너희들은 어디까지 들었는지 모르겠지만 우리 선임은 나한테 대놓고 물어봤거든. 친구 중에 귀신 보는 애가 있냐고.

유진 귀신을 보긴 누가 본다고 그래. 항과고 열두 가지 전설 중에 단 한 가지도 못 보고 졸업했는데.

수빈 그래, 그래.

수빈의 선임은 수빈의 표현을 빌리자면 변태였다. 그는 군 생활 동안 모아놓은, 보안이나 비밀은 아니지만 별 쓸모

없는, 자신과 함께 근무한 사람들의 사생활 관련 자료를 테라 단위 하드디스크로 몇 개씩 갖고 있는 인간이었다. 예전에는 그런 것을 적극적으로 수집하기 위해 공군본부 커뮤니티와 별개로 부대 전용 커뮤니티 게시판을 만들었다는 이야기를 무용담처럼 늘어놓는 것이, 여기가 군대니 망정이지 군문 밖으로 나가면 변태 스토커로 일주일 만에 경찰에 체포되어도 이상하지 않을 것 같은 인간이었다.

수빈 솔직히 말해서 인간쓰레기 같아. 걔한테 업무를 배우라는데, 쟤한테서 뭐라도 배우다간 나도 쓰레기 되는 거 아닌가 싶다고.

서연 개인 시스템 구축하고 커뮤니티 만들 정도면…… 기술적으로는 배울 게 있을 것 같은데.

수빈 그러면 뭘 해. 이런저런 사건 사고 제일 먼저 알아보고 그 사람 사진 찾아서 저장해두는 인간인데.

서연 아, 미친. 그럼 누가 자살하고 죽고 그러는 것도?

수빈 성추행도.

서연 미친 새끼가.

민지 근데 걘 아주 본격적이라서 그렇지. 사실 여기도 인사시스템에서 여군들 사진 찾은 다음 예쁘네, 어떻네, 얼평 하는 인간들 되게 많아.

서연 그러게. 자기들 얼굴이나 어떻게 좀 해보라 그래.

유진 그래서. 그 인간쓰레기가 뭐라고 했는데.

수빈은 대답 대신 채팅방에 사진 두 장을 올려놓았다. 한 장은 태극기를 배경으로 정면을 바라보고 있는, 긴 머리를 뒤로 틀어 올려 망에 넣은 단정한 머리의 여군 소위 증명사진이었다. 그리고 다른 한 장은 근무복을 입은 단발머리 여성을 멀리서 찍은 사진이었다. 사진의 배경은 바로 이부대의 행정동 건물 앞이었다.

유진 이게 뭐야?

수빈 그 사이코가 네가 정말 귀신을 봤는지 궁금해했어. 네가 본 게 이 사람인 것 같아?

사진 속의 여성은 작았지만 유진은 알아볼 수 있었다. 이 사람이다. 행정동 복도에서 몇 번이나 보았던 바로 그 사람.

유진 맞아.

수빈은 한참을 아무 말도 하지 않았다. 핸드폰을 쥐고 있는 유진의 손바닥에 땀이 배어 나왔다.

수빈 그 소위님 2년 전에 자살했대.

수빈 겨울에, 2월인가.

수빈 너희 부대 당직실에서.

"정말 할 일도 없는 놈들이지. 21세기 군부대에 귀신은 무슨."

운영통제실장 백지현 대위는 피곤한 얼굴을 하고 짜증스럽게 중얼거렸다. 항공과학고를 졸업하고 바로 이곳으로 온, 이제 스무 살 난 기술직 하사가 오자마자 소위 '관심부사관'이 되었다는 이야기를 여러 번 들었다. 입이 가볍기로는 성층권까지 날아오를 것 같은 병장들이 심심하면 떠들어대는 통에 모를 수가 없었다.

"앉아."

"감사합니다."

"커피 마시지?"

"아, 제가 타겠습니다."

"됐어, 우리 사무실은 커피는 셀프야. 너는 손님이니 특별히 타주는 거고."

"아…….""

"아주 좋아. 평등해. 실장으로 여자가 오니까 바로 셀프가 되더군."

유진은 뭐라고 대답해야 좋을지 몰라 우물거리다가 발

밑만 내려다보았다. 백 실장은 큼직한 종이컵에 커피믹스를 두 개씩 뜯어 넣고는, 하나는 뜨거운 물을 가득 붓고, 다른 하나는 조금만 부어 휘휘 저었다.

"저, 죄송합니다. 바쁘실 텐데……."

"됐어."

백 실장은 뜨거운 커피를 유진에게 건네고, 자기 몫으로는 종이컵에 얼음을 가득 집어넣었다. 그리고 따라오라는 듯 앞장서 걷기 시작했다.

"그나저나 괜찮겠어? 거기 반장님이 싫어하실 텐데."

"저희 부서에는 여군이 없으니까요. 여군에게만 해당되는 일 때문에 행정동에 갔나 하시겠죠."

유진은 대답하다가 고개를 저었다.

"아니, 신경 안 쓰실 거예요."

"신경을 왜 안 써. 자기 부서 사람인데."

"반장님은 저를 싫어하세요."

"그래?"

"예."

백 실장은 길게 묻지 않았다. 대신 그는 적당히 인적이 드물고 적당히 깨끗한 벤치를 찾아 자리를 잡고 앉았다. 유진은 백 실장이 앉기를 기다렸다가 그 옆에 앉았다.

"이야기는 대충 들었다. 내가 들은 대로라면 너는 귀신을 보고 네 선임은 어물전 망신 혼자 다 시키는 꼴뚜기 같은 친구라서, 귀신 이야기에 겁을 먹고 너를 피해 다닌다지, 맞나?"

"아닌 부분도 있고요."

"해병대 놈들은 맨날 본인들 보고 귀신 잡는 해병이라고 하던데, 공군은 귀신을 못 잡는 모양이지."

"그건⋯⋯."

"농담이야."

"예⋯⋯."

어디서부터 어디까지가 농담인 걸까. 유진은 백 실장을 대하는 게 마냥 까다롭게 느껴졌다. 하지만 여기가 아니면, 이런 걸 물어볼 사람도 없었다.

수빈은 자기가 선임에게 들은 것을 전부 말해주었다. 그리고 유진은 수빈이 말해준 단서를 토대로, 어떤 일이 일어났는지 알아봐야 한다고 생각했다. 군 생활을 계속하려면 자신이 이런 대접을 받는 이유를 알아야 했다.

아니, 사실은 그 이유라는 것도 어느 정도 짐작이 가기 시작했다.

"제가 귀신을 본다는 건 사실이 아닌 것 같아요. 하지만 제가 누군가를 봤는데, 사람들은 그분을 2년 전에 돌아가신 분이라고 생각하는 것 같고요."

"흠."

"박 중사님이 제게 화를 내시는 것도, 저에 대해 좋지 않은 소문들이 자꾸 나는 것도 바로 그런 이유고요."

백 실장은 별다른 말없이 커피를 마시며 유진의 이야기에 귀를 기울였다. 유진은 자신이 보았던 단발머리 여군에 대해 말하다가 어깨를 움츠렸다.

저기, 행정동 앞에 그 여군이 서 있었다.

"재작년에 돌아가신 분이라는 건 어떻게 알았지? 누가 말해줬나?"

유진은 잠시 우물거렸다. 다른 부대에 가 있는 동기들이 말해줬다고 솔직하게 대답했다가 친구들에게 불이익이라도 가면 어떡하나 하는 생각이 앞섰다.

"우리 부대 사람은 아닙니다."

"그러니까 이 혓바닥 가벼운 놈들이 남의 부대까지 우리가 귀신 무서워한다고 소문을 냈다?"

"……."

"알 만하군, 알 만해."

"정말 돌아가신 분이 맞나요?"

"대충 설명만 들어보면 죽은 김 소위처럼 보이긴 해. 나는 귀신은 믿지 않지만."

"그분은 저…… 왜 돌아가신 거예요?"

"……."

"괴롭힘이나, 성추행…… 그런 건가요?"

"어."

"실장님도 알고 계셨어요?"

유진은 그 말이 백 실장을 비난하는 것처럼 들릴 수도 있겠다 싶어 얼른 고개를 숙였다. 백 실장은 웃었다. 웃고 있었지만 손에 들린 큼직한 종이컵에, 손가락이 닿은 자리가 움푹 눌려 있었다.

"위국헌신 군인본분(爲國獻身 軍人本分)이라는 말이 있어. 군인이라면 마땅히 나라를 위해 몸과 마음을 다해 헌신하라는 이야기지. 그런데 말이야. 나는 가끔 그런 생각을 한다. 나는 나라를 위해 헌신하는데 과연 나라는 나를, 그리고 여군을 군인으로서 존중해주고 있나. 아니, 인간으로서 존중해주기는 하나, 하는."

"……."

"이 안에도 물론 괴롭힘이며 성추행이며 일어나. 아주 많이 일어나지. 여긴 조직사회고, 아주 폐쇄적인 사회고, 그

와중에 여자들 숫자는 한 줌도 안 되잖아. 그런 걸 보고한다고 제대로 처리될 거라고 믿는 사람은 없어. 보고하는 사람은 정말 죽을 만큼 용기를 낸 거야. 더는 이런 모욕을 겪고 싶지 않고, 또 다른 사람이 그런 피해를 입게 놔두고 싶지 않아서."

"예."

"그런데 말이야. 그런 일을 신고하고 보고하고 그러면 군대라는 조직은 피해자를 정말 죽을 만큼 괴롭히고 못살게 굴어. 잔뜩 못살게 군 뒤에 회유를 해. 저 사람이 우리 군에 얼마나 중요한 사람이냐, '이런 일'로 군복을 벗기에는 너무 아까운 사람이다, 저 사람도 진급해야 하지 않느냐면서. 웃기는 이야기지. 그럼 피해자는. 피해자는 중요한 사람도, 아까운 사람도 아니니까 참으라는 소리나 다름없는데."

백 실장은 들고 있던 종이컵을 확 구겼다.

"우리 아버지는 군인이었어. 우리 외삼촌도 군인이지. 그래서 나도 커서 군인이 되어야 한다고 어릴 때부터 생각했었어. 그런데 내가 공군사관학교에 가겠다니까 두 사람이 나를 아주 뜯어말리더라. 나는 처음에는 어린 마음에 두 분은 부사관인데 내가 부사관이 아닌 장교가 되겠다고 하니 마음에 안 드는 건가 생각했어. 그게 아니라는 건, 사관학교에 입교하고 얼마 지나지 않아 알았지. 서 하사는?"

"저는······."

"말하기 힘들면 안 해도 돼."

"저는 집안 사정이 좀 안 좋아서 고등학교도 갈 수 있고 졸업해도 평생직장이 보장된다고 생각하니까, 여기 말고는 안 되겠다 싶었어요."

"힘들겠네."

집안 사정이 안 좋아서 힘들겠다는 말이 아니었다. 여기 말고는 갈 곳이 없어서, 도망칠 곳이 없어서 힘들겠다는 이야기였다. 유진은 가만히 고개를 끄덕였다.

"티 내지 마라. 여기밖에 없다는 거."

"예."

"나는 어떤 고난이 있어도 군에 말뚝을 박겠다, 내게는 여기밖에 없다. 그렇게 절박한 애들은 결국 여기를 떠나지 못하고 죽어서 나가더라. 그러지 마. 그럴 것 없어. 졸업하고 딱 10년 동안, 정말 많은 사람이 살아서 도망치고, 그리고 몇몇은 그렇게 죽어서 나갔어. 그럴 때마다 생각하지. 위국헌신, 위국헌신. 그런데 우리에게 그렇게 위국헌신할 나라가 있기는 한가?"

유진은 고개를 들었다. 지금도 행정동 앞쪽에서는 단발

머리에 동복 근무복을 입은 죽은 소위가 나무 그늘 아래를 서성이고 있었다.

"저는 지금도 그 소위님이 보여요. 단발머리 여자분이 돌아가신 소위님이 맞다면요."

"얼빠진 소리. 귀신 같은 건 없어."

백 실장은 자리에서 일어나며 중얼거렸다. 유진도 얼른 뒤따라 일어났다. 백 실장은 유진의 손에 들린 빈 종이컵을 빼앗아 들며 냉담하게 말했다.

"귀신이 있었으면 그런 짓을 한 놈들은 벌써 다 나가 뒈졌겠지."

*

"빵빵하다, 빵빵해. 저기 한번 폭 파묻혀보면 좋겠네."

등 뒤에서 들으라는 듯한 목소리가 들려왔다. 가을이 되어 은행잎이 노랗게 물들었다. 차를 타고 지나오기에 아름다운 풍경이었지만, 은행 열매가 사방에 냄새를 풍기는 바람에 병사들은 수시로 열매들을 쓸어내야 했다. 그리고 말년 병장들은 빗자루를 든 채 건들거리며 음담패설을 지껄이고 있었다.

"쏘가리들이 그렇게 못살게 군다며. 눈 딱 감고 한번 주면 조용해질 텐데 말이야."

"근데 서유진 있잖아, 저만하면 밖에 나가서도 상급이지 않냐? 고등학교 졸업하고 바로 온 거랬지? 나보다 어린데 제대하고서 사귀자고 해볼까. 여기서 고생하니까 살살 꼬시면 넘어올 것도 같은데."

유진은 일부러 걸음을 재촉하지도 않고, 어떤 새끼들인지 알려고 하지 않으려 애쓰며 아무렇지 않게 걷기 위해 혼신의 힘을 다했다. 하지만 저렇게 대놓고 자신을 눈요깃감 취급하는 놈들 앞을, 아무 소리도 못 들은 듯 태연히 지나가는 것은 쉽지 않은 일이었다.

얼마 전에는 커뮤니티 게시판에 한 일병이 여군 하사와 섹스하는 내용의 웹툰이 올라왔다가 삭제되기도 했다. 휴가 중에 불법으로 다운로드 해서 가지고 들어온 모양이었다. 하지만 그것도 군대 안, 그리고 공식적인 국방망 인트라넷이니까 삭제라도 되지, 군대 밖이나 병사들의 비공식적 커뮤니티에서는 제복 입은 여자들을 군인이나 경찰이 아니라 코스프레 취급하는 글이 넘치도록 존재했다. 남성 군인이나 남성 경찰이 저지른 범죄는 개인의 일탈이었고, 여성 군인이나 여성 경찰이 저지른 실수는 여군과 여경 전체의 잘못인 것처럼 몰아가고 비웃었다. 군필자들이 모여 있는 남초 사이트 게시판에서는 여군 하사들을 두고 형광등도 못 갈고 징징거리는 무능한 사람 취급을 하거나, 자신들의 성적 망상의 대상으로 삼기 일쑤였다. 엄연히 존재하는 그런 일들을, 사람을 사람 취급하지 않고, 군인을 군인 취급하지 않는 그런 폭력들을 눈 감고 귀 막고 없는 일 취급한 채 앞으로도 계속 지나쳐갈 수 있을까.

그때 반장의 호통이 들려왔다.

"이 새끼들이 말년에 영창 가고 싶나."

유진은 깜짝 놀라 뒤를 돌아보았다. 반장이 조금 전까지 자신을 두고 제멋대로 떠들던 병장들을 꾸짖고 있었다. 그렇지만 딱히 고맙다는 생각은 들지 않았다. 반장은 그저 병이 부사관에게 기어오르는 꼴이 보기 싫은 것뿐일 테니까. 그리고 아니나 다를까 반장은 꼭 쓸데없는 한마디를 끼워넣었다.

"자고로 귀신 보는 여자는 재수가 없는 법이야."

그럼 그렇지. 어디 나를 걱정해서 나선 것이겠어. 유진은 쓴웃음을 지었다. 그리고 반장을 향해 경례했다. 반장은 병장들의 등짝을 손바닥으로 한 대씩 후려치고는 씩씩거리며 유진을 향해 걸어왔다.

"너는 대체 뭘 하고 다녀서 병들에게까지 얕보이고 그러냐?"

그러게나 말입니다. 누구 때문이겠어요. 쟤들이 말하는 쏘가리 일동들이 뭐가 그리 켕기는지 제가 돌아가신 소위님을 본 것 같다고 하니 슬슬 피하고 욕하고 못살게 구니까 그러는 거겠죠. 제가 본 게 귀신이라면 귀신을 보는 제 눈깔이 잘못된 거겠죠. 그런 말들을 뱃속으로 꾹꾹 욱여넣으며 유진은 짧게 대답했다.

"죄송합니다."

"너, 운영통제실장이 불렀다면서."

반장은 몇 걸음 걷다가 이야기가 들릴 만한 거리 안에 사람이 있는지 휘 둘러보더니 물었다. 유진은 잔뜩 긴장했다. 인적이 드물긴 했지만 실외에서 이야기를 나누었으니 누군가 자신과 백 실장이 함께 있는 것을 보았을 수도 있었다. 이 부대 사람들은 대부분 자신을 못마땅하게 생각하니 그 이야기가 반장의 귀에 들어가는 것은 그야말로 시간문제였다.

혼이 날까. 우리 부서에서 일어난 일을 쪼르르 달려가 냉큼 일러바쳤다고 배신자 소리라도 들을까. 완전 군장으로 뺑뺑이를 돌라고 하는 걸까. 그런 생각을 하다가 문득 깨달았다. 반장은 통제실장을 만나러 갔느냐고 묻지 않았다. 통제실장이 불렀느냐고 물었다.

"아, 그건……."

"무슨 이야기하던?"

"그게……."

"너보고 뭐 성폭력이라도 당했느냐, 그렇게 묻던?"

"아, 저 그런 사실 없습니다."

반장은 눈살을 찌푸리며 유진을 바라보았다. 어차피 뭐라고 말한들 믿을 것 같지도 않았다. 사무실에서 박 중사나 신 중사가 자신에게 화를 내고, 욕을 하고, 성적인 농담들을 주고받으며 어깨나 가슴을 툭툭 쳐도 신경도 안 쓰던 사람이었다. 자기가 보는 앞에서 강간을 당해도 눈 하나 깜짝할 인간이 아니었다. 아니, 그쯤 되면 준위 진급에 문제가 생기니까 그런 일이 생겨도 내 탓을 할 테지. 유진은 새삼 자신이 반장을 얼마나 싫어하고 원망하는지 깨달으며 대답했다.

"들어온 지 반년쯤 되었는데 적응 잘하고 있느냐고 하셨습니다."

"그래서."

"적응 잘한다고 말씀드렸습니다."

반장이 자신을 노려보았다. 하지만 유진은 그 시선을

묵묵히 받고 있었다. 어차피 너희에게 나는 투명인간이다. 투명인간은 저런 눈빛도 그냥 싹 투과시켜버릴 수 있어. 때리는 것도, 칼로 찌르는 것도 아니다. 그저 겁주려고 무서운 표정을 지으면 알아서 기죽을 줄 아는 것뿐이지. 그게 다 뭐라고.

"문제가 있으면 통제실장에게라도 말을 하고."

"잘 못 들었습니다?"

"부대에서 자살하지 말라고."

"알겠습니다. 반장님 진급에 방해되지 않게 잘하겠습니다."

"누가 내 진급 때문에 그렇다고 했나?"

"반장님 저 싫어하시잖습니까."

마음에 맺혔던 것을 말해버리자 꽉 틀어 막힌 댐이 무너져내리듯 시원해졌다. 에라, 모르겠다. 배를 째라지. 아무리 반장이라도 날 여기서 죽이기야 하겠나. 이 조직 사람들에게 중요한 것은 무슨 일이 벌어지든 그저 조용히 무마하는 것뿐이다. 이번 한 번만 조용히 넘어가면 여기 사람들 모두 괜찮은데, 누구는 곧 승진이고 누구는 어쩌면 사단장도 하고 남을 인재인데, 여기서 주저앉게 둘 수는 없는데, 아무리 억울한 일이 있어도 혼자 좀 참으면 되는 건데. 공연히 유난을 떤다고 생각한다. 그렇게 억울하다고 말하거나 억울함을 이기지 못하고 죽은 사람을 되려 이 조직, 이 군대를 약하게 하는 존재인 것처럼 몰아세우면서.

"솔직히 이제 와서 통제실장님께라도 말하라고 하시는 것도 저를 걱정해서 하신 말씀은 아니잖습니까. 혹시 제가 잘못되거나 해도 반장님은 죽지 말라고 했다, 상담받으라고 했다, 그렇게 말씀하시려는 거 아닙니까."

"얼씨구."

반장은 혀를 찼다.

"귀신이 보인다더니 이젠 아주 방언이 터지는구만. 더 해봐라, 어디 더 해봐."

"어차피 여기서는 죽어봤자 은폐하기에 바쁠 것 같은데 말입니다. 저는 죽어도 여기서는 안 죽습니다. 한강 다리같이 아주 사람들 잘 보이는 데 가서 죽을 겁니다. 그리고……"

말을 이으려는데 눈물이 주르륵 흘렀다. 군대에서 눈물이나 뚝뚝 떨어뜨리다니, 정말 최악이었다. 하지만 사실은 죽고 싶지 않았다. 애초에 살려고 집을 나왔고, 살기 위해 군인이 되었다. 유진은 여기서 살아남고 싶었다. 남에게 휘둘리거나 무너지지 않은 채로. 깨지고 망가지고 괴로워하더라도, 버텨서 더 앞으로 가고 싶었다. 반장은 그런 유진이 울음을 삼키며 손등으로 눈물을 슥슥 닦아내는 것을 그저 바라보다가 퉁명스럽게 말했다.

"말은 잘하네. 학교 다닐 때 성적도 좋았다며?"

"그렇습니다."

"자격증도 여러 개에 군인 따위 안 해도 밖에 나가서 뭐든 할 수 있을 텐데. 난 대체 왜 너 같은 멀쩡한 계집애들이 군인을 하겠다고 기어들어 오는지 이해가 가질 않아."

"……."

"귀신을 보고 다닌다니 이야기도 들었겠지. 여기서 죽은 소위 말이야. 공군사관학교까지 졸업했는데 성폭력인지 뭔지를 당했다더군. 그래서 죽었어. 죽었는데 얘가 유서에 써놓은 놈들은 지금 다 잘 살아 있어."

지금 저 영감탱이가 무슨 소리를 하려는 거야. 유진은 자기도 모르게 고개를 들었다. 사람이 죽으면서 자기 목숨을 걸고 유서에 가해자들을 적어놓아도 처벌 같은 것은 없다고, 그냥 죽은 사람만 불쌍하다고 말하는 거야? 사관학교 씩이나 나온 엘리트가 죽어도 그 짝이 나니까 고등학교만 겨우 나온 나는 그리고 내 친구들은 그냥 입을 다물고 참으라는 거야?

"그중에는 하극상이라 할 만한 일도 있었다."

"하극상이요?"

"아까 병장 놈들이 너한테 헛소리하는 건 들었겠지? 내가 그놈들 혼낸 건 그때 유서에 이름 적힌 놈들이 꽤 여럿이었는데, 그중에는 전역 얼마 안 남은 병장 놈도 있었거든. 그런데 걔도 별일 없었어. 술 마시고 힘으로 장교를 어찌한 게 사실로 드러났는데도 별일 없었다."

"어째서입니까."

"앞날 창창한 대학생이 병역의 의무를 다하기 위해 군에 들어왔다가 전역을 앞두고 일탈 행위를 했지만, 그 앞날을 생각해서 선처했다더군."

"……."

"야, 죽으면 다 소용없다. 그 병장 놈이 그렇게 대단한 집안 자식도 아니야. 그런데도 공군사관학교를 나온 장교의 죽음보다도, 살아 있는 놈의 앞날이 더 중요한 거야."

"살아 있어서가 아니라 남자라서 중요한 거였겠죠."

유진은 무심결에 반박했다. 반장에게 말대꾸했다는 사실에 잠시 당황했지만, 틀린 말은 아니라고도 생각했다. 공군사관학교도, 유진이 졸업한 항공과학고도 모두 국민의 세금으로 우수한 장교와 부사관을 길러 내는 곳이라고 배웠다. 그래서 학비를 내지 않고 학교에 다닐 수 있는 대신 의무복무가 있는 거라고. 그렇게 세금을 들여 길러 낸 엘리트 여성 장교가 가해자들을 고발하며 생목숨을 끊어내도, 하극상을 저지른 남자애의 앞날이 더 중요하다는 거니까. 남성 장교가 병장에게 추행을 당했으면, 죽을 필요도 없이 그놈의 앞날을 막아버릴 수도 있었을 거다. 병장도 감히, 술김에라도 그런 짓은 못 저질렀을 테고.

"그 소위는 아직도 장례를 못 치뤘어."

반장은 그 말을 하고 유진을 물끄러미 바라보았다. 유진은 무슨 말인지 이해가 가지 않았다. 2년 전에 죽은 사람인데 아직도 장례를 못 치르다니?

"지금도 병원 영안실에 있지. 2년 반 동안 거기 있었으니 영안실 비용도 어마어마한데 그런데도 그 부모는 그걸 다 감당하더라도 기다리겠다는 거야."

기다리다니 대체 무엇을? 가해자들의 처벌을? 그건 다 끝난 일이 아니었나? 가해자 중 일반 병조차도 선처받은 마당에 대체 무엇을?

"순직 처리를."

유진은 입을 달싹거리다가 아랫입술을 꼭 깨물었다. 입 안쪽에서 피 맛이 배어 나왔다. 가슴 한복판에 얼음덩어리를 쑤셔 넣은 것처럼 마음이 싸늘하게 식어갔다. 죽어봤자 소용없다. 하다못해 딸의 죽음을 애통해하며 순직을 인정받기 위해 나라와 싸우고 있는 부모도 없는 너 따위는, 정말로 여기서 어떻게 죽어도 아무도 알아주지 않을 거다. 그러니까 괜한 분란 일으키지 말고 죽지 말아라. 유진의 귀에는 그 말들이, 그런 협박처럼 들렸다.

*

"아이고, 하늘에서 쓰레기가 쏟아져 내리는구나."

신 중사가 바지 뒷주머니에 손을 찔러 넣은 채 껄렁거리는 말투로 중얼거렸다. 유진은 자리에서 일어나 창가로 다가갔다. 흐린 하늘 아래 눈이 흩날리고 있었다.

날이 쌀쌀해질 무렵이 되어서야 같은 부서 사람들은 조금씩 유진을 받아들였다. 물론 이들이 친하게 지내는 무리에 유진을 끼워주거나, 막내라고 살뜰히 챙겨주는 것은 아니었다. 유진은 여전히 혼자였다. 혼자 다니고 웬만하면 혼자 점심을 먹었다. 일은 열심히 했지만 부서에서 대단히 환대받는 존재는 될 수 없었다.

하지만 공군은 기계는 많고 사람은 적은 곳이었다. 많

은 부분이 기계화되어 있다고는 해도 그만큼 기술부서는 늘 바쁘고 일손이 부족했다. 그리고 유진은 들어온 지 1년이 되지 않았는데도 한 사람 몫을 얼추 해내고 있었다. 계절마다 돌아가는 연례행사들을 전부 겪어보고 1년을 채우고 나면 어디 가도 빠지지 않게 일할 터였다. 겨울이 되고 장비들이 얼어붙거나 이런저런 문제를 일으키면서 부서는 더욱 바빠졌고, 사람들은 유진에 대해 '까짓거 귀신 좀 볼 수도 있지' 하고 적당히 넘어갔다.

"눈 치워야죠? 넉가래 꺼내 올까요."

"됐어. 이 정도면 연병장이나 활주로에 있는 건 송풍으로 날리면 되고, 구석구석은 병장들이 애들 데리고 치울 거야. 넌 커피나 좀 타라. 으, 춥다."

신 중사는 짐짓 과장되게 추운 척하며 책상 앞에 앉았다. 여기도 여자가 반장이 되면 커피는 셀프일까. 유진은 사관학교를 졸업한 대위이고, 대대장과 관련된 업무를 도맡은 운영통제실장인데도 무력하게 쓴웃음을 짓던 백 실장을 떠올렸다.

신 중사는 TV를 틀었다. 뉴스에서는 날씨 이야기며 신종 호흡기 감염병에 관한 이야기, 정치가들 이야기가 나오고 있었다. 그리고 그 뉴스와 뉴스 사이에 아주 짧게, 낯익은 풍경이 비쳤다.

[3년 전, 부대 내에서 스스로 목숨을 끊은 김 소위. 군인사법이 개정되면서 자살이라고 해도 직무 관련성을 인정받으면 순직으로 처리될 수 있습니다. 김 소위의 순직에 대해 법원에서는……]

"어, 저긴……."

"아직도 순직 처리한다고 그러나 보네."

신 중사가 어깨를 으쓱이며 고개를 돌렸다.

"쟤가 걔야. 네가 본다는 그 귀신."

"왜 쓸데없는 소리는 또 하고 지랄이냐?"

구석에서 졸고 있던 박 중사가 신 중사를 향해 짜증을 내며 밖으로 나갔다. 그는 밖으로 나가다가, 애먼 문짝을 부서뜨릴 기세로 걷어차기까지 했다.

"박 중사님은 왜 그러시는 건데요."

"그때 조사받는다고 여러 번 불려 다녔거든. 지금 생각해도 아주 지긋지긋하다더라."

"……."

"아, 왜. 왜 또 그렇게 못된 표정을 짓고 그래. 네가 자꾸 그러니까 박 중사가 너만 보면 화내고 보는 거잖아."

"누가 돌아가신 상황에서 여러 번 불려 다니셨다니, 무슨 일이 있으셨나 해서요."

"말 안 하고 화내봤자 이렇게 오해만 사지. 실은 저 여자가 성폭행 때문이라고 유서를 쓰고 죽긴 했어. 그런데 그거 아냐. 다 큰 어른들끼리 서로 합의해서 같이 잘 수도 있는 거지. 같이 좋아 놓고서는 유서에 이름을 써 놓고 죽었어, 그게 평범한 사람이 할 짓이냐?"

그때 책상을 걷어차는 소리가 났다. 유진과 신 중사는 동시에 반장을 돌아보았다. 반장은 책상을 손으로 짚고 일어나더니 손가락으로 두 사람과 문을 번갈아 가리켰다.

"시끄러우니 둘 다 나가서 눈이나 치워."

"아니, 제가 눈 치울 군번은 아니잖습니까."

"강원도에서는 눈 많이 오면 사단장도 넉가래를 들고 나오는데, 어디서 빠져서는 군번 타령이야. 당장 안 뛰어나가?"

유진은 밖으로 나갔다. 유진이 넉가래를 끌고 오는 동안 신 중사는 병장들과 농담 따먹기를 하다가 사라졌다. 유진은 한숨을 쉬며 눈을 밀었다.

김 소위는 자살하면서 가해자들의 명단을 남겼다. 그 중에는 박 중사도 있었고, 반장이 말한 말년 병장도 있었을 거다. 하지만 그들은 살았고, 아무렇지 않게 지내고 있다.

조사 몇 번 받으러 다닌 것을 평생의 트라우마로 여기듯 자신이 피해자인 양 굴기도 하고, 성추행한 사실이 밝혀졌어도 앞날이 창창해서 용서받기도 했다. 어떤 사람은 그 명단에 오르지 않았지만, 신 중사처럼 피해자도 좋아서 한 일이라는 식으로 말하기도 했을 것이다. 한둘이 아니겠지. 죽은 사람의 사진을 굳이 저장했다가 보여준 수빈이네 선임처럼. 누군가가 성범죄의 피해자가 되었을 때 그 사람의 얼굴을 찾아보고 조롱하는 사람이 어디 한둘이었을까.

항공과학고의 동기들 중 유진의 처지는 그나마 양반이었다. 민지는 한 달에도 몇 번씩 회식 술자리에 끌려다녔다. 민지네 반장은 아직 할 일이 있다, 당직이 있어서 회식에 갈 수 없다는 민지를 억지로 끌고 가 지휘관들의 테이블에 앉혔다. 가서 술도 따르고 말 상대도 해드리라는 거였다. 점잖고 위엄 있어 보이던 지휘관들은, 술이 들어가면 부하와 술집 여자를 구분하지 못한 채 추태를 부리는 개새끼가 되었다. 어려서 좋다고 낄낄대고, 2차로 노래방에 가면 블루스를 추자며 덤벼들어 끌어안고 비비적거렸다. 한번은 지휘관이 무슨 기분 좋은 일이라도 있었는지, 잔뜩 술에 취해서는 민지의 가슴에 오만 원짜리 지폐를 구겨 넣으려 들기도 했다. 그 상황을 다 보아놓고도 민지네 반장은, 앞으로 한두 달 정도는 회식에 가지 않아도 좋다며 민지를 달랬다고 한다. 물론 위로를 하려는 게 아니었다. 위로를 할 인간이었으면 애초에 자기 딸보다도 어린, 이제 겨우 스무 살인 민지를 그런 데 억지로 끌고 다니지도 않았을 테지. 그는 민지에게 그건 그저 술자리에서 흔히 벌어지는 실수일 뿐이라며, 신고해봐야 좋을 거 하나도 없으니 그냥 입을 다물라고 했단다. 회식 자리라도 지휘관들이 하신 말씀은 극비 사항이니, 밖에 나가서 떠들면 큰 문제가 생길 거라고. 각서 같은 것도 쓰고 그 밑에 도장도 찍게 했다.

수빈이네 부대에도 사고가 있었다. 죽은 김 소위의 사진을 갖고 있었던, 수빈이가 변태 스토커 같다고 욕하던 선임이 부대 밖에서 불법촬영 현행범으로 적발된 것이다. 체포된 선임의 핸드폰에서는 민간인들뿐 아니라, 같은 부대 여군들을 불법촬영한 사진도 쏟아져 나왔다고 했다. 수빈이는 전화로 그 이야기를 전하며 엉엉 울었다. 찍기만 한 게 아니라 인터넷에 올리고도 남을 인간인데, 피해자들은 그 인간에게 어떤 사진이 얼마나 찍혔는지도 알 수가 없다고. 군 생활하는 내내 그런 것들을 찍어 모았다면 그 양도 어마어마했을 것이다. 그나마 부대 밖에서 경찰에게 잡혔으니 망정이지, 부대 내에서 적발되었으면 유야무야 다 덮였을 거라고 했다.

결국은 집구석이나 군대나, 그 잡놈이 그 잡놈이었다. 문득 유진은 어렸을 때 읽었던 전래동화들을 생각했다. 계모의 모함을 받거나, 겁탈을 당하고 자살한 여자들, 억울하게 살해당한 여자들은 죽어 귀신이 되어 사또 앞에 나타났고 사또는 그 여자들을 죽게 만든 진짜 범인들을 찾아 억울함을 풀어주곤 했다. 현실은 조선 시대 이야기만도 못했다. 사람이 괴로워하다 마침내 죽음으로 가해자들을 고발해도 군대는, 법관들은, 나라는, 그저 죽은 사람만 불쌍하지, 산 사람은 살아야지 하고 흐지부지 넘어가기 바빴다. 그렇게 원통하고 원통해서 유진의 앞에 돌아가신 분이 자꾸만 나타나도록.

유진은 넉가래의 손잡이를 쥔 채 눈을 깜빡였다.

아직 눈을 덜 치운 연병장 구석에서 김 소위는 이 추운 날씨에도 동복 근무복만 입은 채로 눈을 밟고 있었다.

무척 들뜨고 설렌 듯한 그 모습이, 실재하지 않는다는 것을 알면서도 가슴 아팠다. 가까이 다가가면 디딘 자리마다 발자국이 보일 것 같았다.

해가 바뀌었다. 먼저 달력이 바뀌더니 하루아침에 설이 다가왔다. 연말연시나 설이라도 어디 멀리 갈 만한 상황은 아니어서 유진은 관사에서 조용히 새해를 맞았다. 사실 유진은 새해보다는 대보름이 더 기대되었다.

어릴 적 서울에서 살 때는 달이 그렇게 커다란 줄 몰랐다. 대보름이 왜 대보름이라고 불리는지 유진은 군복을 입고 나서야, 정확히는 항공과학고에 들어간 다음에야 알게 되었다. 그리고 이번은 정식으로 군인이 되고 맞는 첫 번째 대보름이었다. 달이 유난히 홀리도록 아름다워서, 유진은 잠을 청하다가 이불을 박차고 일어났다. 유리창 너머로 스며드는 것만 바라보기에는 아까운 달빛이었다.

패딩을 걸치고 밖에 나갔을 때는 새벽 두 시였다. 달구경을 하자고 생각한 것은 유진 혼자만이 아니었다. 백 실장도 밖으로 나와 있었다.

"뭐야, 안 잤어?"

백 실장은 싸늘한 벤치에 앉아 이 겨울에도 얼음을 잔뜩 채운 커피를 홀짝이고 있었다. 그는 손에 든 텀블러와 유진의 얼굴을 번갈아 바라보며 곤란한 표정을 지었다.

"이거 날씨가 이래서 한 모금 마시라고 할 수도 없고."

"괜찮습니다. 감사합니다."

"편하게 해."

"감사합니다."

어렵긴 해도 백 실장이 가까이 있다는 것에 유진은 조금 안심이 되었다. 혼자 사는 여자에게 완벽하게 안전한 곳이란 없다. 군대 관사도 마찬가지다. 어떤 부사관이 여군 숙소에 침입하다가 현행범으로 체포되었다는 이야기도 있었다. 여군들이 사용하는 탈의실에 불법촬영 카메라가 설치된 것이 적발되었다는 이야기도 뉴스에서 들었다. 유진이 그런 걱정을 한다고 하면 박 중사나 신 중사는 그것도 얼굴 봐가며 당하는 일이라고 비웃기나 하겠지만, 처음 여기 왔을 때 그들이 던지던 불쾌한 농담들을 생각하면 솔직히 그 사람들이 자신에게 무슨 짓을 하더라도 이상하지 않을 것 같았다.

그런 생각들이 피곤했다. 한순간도 방심할 수 없다는 것이.

"안 주무셨어요?"

"잠이 안 와서."

"달빛이 너무 환해서요?"

"3년 전에 내가 여기 발령받고 얼마 지나지 않아서 김 소위가 죽었어."

백 실장이 쓸쓸하게 중얼거렸다.

"발견되고 나서 내가 바로 달려왔었지. 가서 시신도, 유서도 수습하고."

"아……."

"같은 여군이니까. 또 우리 화장실에 붙여놓은 스티커 봤겠지만, 내가 군내 성범죄 상담 담당이니까. 상담하고 보고한다고 해서 우리 조직이 피해자를 딱히 보호해주는 건 아니었지만. 그래도 필요하다면 어떤 식으로든 도울 방법을 찾아보고 싶었는데."

"하지만……."

유진은 그건 실장님 잘못이 아니라고 말하려 했다. 하지만 백 실장은 고개를 저었다.

"김 소위가 죽은 건 막지 못했어도, 그래도 유가족들을 도우려고 애를 썼다고는 생각해. 하지만 아직 순직조차 온전히 인정받질 못했지. 아무리 상담하고 신고를 해도 조직에서 오히려 피해자의 입을 막으려 드는 게 반 이상이야. 그런 일이 계속될수록 나 자신이 얼마나 무력한가 생각하게 돼."

"실장님."

"내일이 딱 3년째 되는 날이야. 날짜를 잊어버리지도 않았지."

"실장님은…… 살아서 여길 떠나시려는 거죠."

유진은 문득 깨달았다. 백 실장은 아마도 그때 이미 군대를 그만두겠다고 마음먹었을 것이다. 김 소위의 죽음 때문에 절망한 그를 지금까지 군대에 남게 한 것은, 죽은 김 소위가 순직이라도 받을 수 있도록 도와야 한다는 생각 때문이었을 거다. 하지만 벌써 3년이 지났다. 죄를 지은 남자를 감싸던 이들은 죽은 자에게 그 작은 명예를 안겨주는 것도, 유가족에게 죄송하다는 말도 하지 않고 있었다.

유진은 자신이 백 실장이라면 군대를 떠날 거라고 생각했다. 하지만 백 실장은 대답하지 않았다. 그저 커피에 가득 채워 넣은 얼음을 한 알 한 알, 오도독오도독 씹으며 달을 바라볼 뿐이었다.

덜덜 떨면서도 얼음을 다 비우고, 바닥에 남은 커피를 털어 마신 다음에야 백 실장은 벤치에서 일어났다. 그리고 텀블러 뚜껑을 대충 덮으며 말했다.

"차라리 내가 옛날이야기에 나오는 선비나 사또, 뭐 그런 사람이었으면 좋았을 텐데."

"실장님."

"나는 아무것도 아니어서 죽은 사람이 마지막으로 남긴 것조차도 들어줄 수가 없었어. 이렇게 계속 뭔가 해본다고 했는데도."

그렇지 않아요. 유진은 백 실장의 옷소매를 붙잡았다. 좌절하고 절망했다고 자살 같은 것을 할 사람 같진 않았지만, 그래도 지금 이 말을 하지 않으면 후회할 것 같았다. 유진은 필사적으로 그를 가로막으며 말했다.

"실장님께서 그때 티 내지 말라고 하셔서…… 제가 지금 그래도 어떻게든 군 생활을…… 감사합니다."

어수선하게 정리 안 된 말이 쏟아졌다. 백 실장은 이게 무슨 일인가 하는 표정으로 유진을 들여다보다 실없이 웃었다.

"걱정 마. 안 죽어."

"아, 그게."

"가서 자라. 애들은 자야지."

"……애 아닌데요."

"스무 살이면 아직 애야. 들어가서 자. 얼른."

다음 날은 하루종일 바빴다. 정비해야 할 것들이 쏟아져 들어와서 유진은 화장실 다녀올 틈도 없이 일해야 했다. 전날 달구경을 하느라 제대로 못 잔 것이 후회되었다.

하지만 역시 나가길 잘했다. 하루 지나 생각하니 민망해서 얼굴에 열이 홧홧하게 오르긴 하지만, 그래도 백 실장에게 그 말을 하길 잘했다. 유진은 일하다 말고 몇 번이나 메신저를 들여다보았다. 백 실장이 출근하여 자리에 잘 계시는지 자꾸 마음이 쓰였다.

그건 백 실장님 잘못이 아니야.

유진은 몇 번이나 생각했다. 그때 잘못을 한 사람들은 다 가만히 있는데, 억울해하지나 않으면 다행인데, 백 실장님 홀로 괴로워하는 것이 안타깝고 속상했다. 마음 같아서는 겨울이 온 이후로 냉장고에서 그냥 방치되고 있는 캔커피라도 전부 털어다 가져다드리고 싶었다. 하지만 오늘은 그럴 틈도 체력도 없었다. 게다가 밤에는 당직도 있었다. 그나마 당직 다음 날은 휴무니까, 오늘 밤까지만 어떻게 잘 버티자. 유진은 그런 마음으로 하루를 또 보냈다.

밤이 되었지만 사무실에는 아직 정비할 것들이 남아 있

었다. 반장 이하 반원들은 저녁을 먹고, 이왕 이렇게 된 거 야근이라도 만근을 찍겠다고 정비를 하다가 말다가 하며 노닥거리고 있었다.

"야, 이번 주말에 중사들 한잔하는데, 너도 갈래?"

신 중사가 말했다. 유진은 이제는 조금 여유 있는 미소를 지으며 대답했다.

"괜찮습니다."

"넌 어떻게 1년을 그렇게 뻣뻣하게 구냐. 가자면 좀 같이 가지."

"뭘 그래. 싫다는 놈을."

박 중사가 퉁명스럽게 끼어들었다.

"좀 나긋나긋한 맛이 있어야지. 저건 여군도 아니고 그 냥 아저씨야, 아저씨."

"잘 못 들었습니다?"

"됐다. 너 같은 거랑 술 마셔봤자 술만 아깝지."

두 사람은 서로 소곤거리다가 자기들끼리 또 죽이 맞아서는 음담패설을 떠들어대기 시작했다. 어제와 비슷한, 하지만 조금 이지러진 달이 하늘 높이 떠올랐다. 밤 열한 시였다.

"야근 다 채우신 것 같은데 슬슬 들어가셔야죠."

"그러게."

반장이 자리에서 일어났다. 그는 허리에 손을 짚고 슬쩍 기지개를 켜더니, 정비실 안쪽의 탈의실로 들어갔다. 유진은 다들 퇴근하고 혼자 남으면 간식이라도 먹어야겠다 싶어 책상 서랍을 살짝 열어보았다. 그때였다.

창문 너머, 활주로 밖에 사람들이 있었다.

"응?"

유진은 일어났다. 지금 이 시각에, 군부대에 사람이라니. 근무 서는 초병들은 제자리를 지키고 있을 터였다. 늦게까지 일하고 돌아가는 사람들이야 있겠지만, 저렇게 많은 숫자가 우르르 나올 리 없다. 하지만 유진의 눈에는 분명히 보였다.

"저, 저기……."

"뭐야?"

여자들이었다. 군복을 입은 여자들이 마치 활주로에서 솟아나기라도 하는 것처럼 하나씩 둘씩 고개를 들며 일어났다. 누군가는 근무복을, 누군가는 전투복을, 또 누군가는 구형 전투복을, 누군가는 스커트 정복을. 그 상태로 일어나 고개를 들었다. 쏟아지는 달빛 아래 저 하늘에 뜬 달보다도 더 희고 창백한 얼굴을.

유진은 창문을 열었다. 차가운 공기가 뺨에 확 와 닿았다. 그리고 등 뒤에서 크고 묵직한 것이 쓰러지는 둔탁한 소리가 났다.

신 중사가 갑자기 눈을 까뒤집으며 쓰러졌다.

"어, 뭐야. 무슨 일이야!"

박 중사가 소리쳤다. 그러다가 유진의 등 뒤, 창밖을 보고 하얗게 질리며 소리쳤다.

"귀, 귀신!"

박 중사는 창문을 향해 손가락질했다. 반쯤 열린 창문 바로 앞에, 단발머리를 한 젊은 군인이 서 있었다. 박 중사는 아무거나 손에 잡히는 대로 창문을 향해 집어 던지며 주저앉은 채 엉덩이로 뒷걸음질을 쳤다.

"그, 그, 창문 닫아! 창문 닫으라고!"

박 중사의 손이 구석에 놓인 접이식 의자에 닿았다. 박 중사는 그대로 의자를 들어 창문을 향해, 그 앞에 서 있는 유진을 향해 집어 던졌다. 유진은 옆으로 피했지만 의자는 창문에 날아가 부딪치며 유리창을 박살 냈다. 그리고 김 소위가 그 깨진 유리 사이로 손을 내밀었다.

"저리 가! 저리 가! 저리 가라고!"

박 중사는 마구 몸부림을 쳤다. 그러다가 정말로 뭔가

에 홀린 듯, 깨진 유리 조각을 들고 제 목을 찌르려 했다. 그 때였다.

"이 미친 새끼가."

박 중사의 커다란 몸이 옆으로 고꾸라졌다. 반장은 조금 전 박 중사의 머리를 내리친 키보드를 옆에 내려놓고, 그의 몸을 굴려 엎드리게 했다.

"청테이프 갖고 와."

유진이 얼른 청테이프를 건네자 반장은 박 중사의 손목을 묶었다. 더 이상 뭔가를 부수지도, 자해하지도 못하도록. 그때 다른 사무실에서도 비슷한 소리가 연이어 들렸다. 유진은 얼른 복도로 뛰어나갔다. 여기저기에서 장교들과 부사관들이, 때로는 기절을 하고 때로는 이마에 피가 나도록 건물 기둥에 머리를 박으며 자해를 했다. 어떤 이는 창문에서 뛰어내리려는 듯 창틀에 상반신을 낀 채 버둥거리기도 했다.

"이건…… 대체……."

밖으로 달려나갔다. 활주로 위 군복을 입은 여자들의 숫자는 점점 더, 계속해서 늘어나고 있었다. 그들은 아무 짓도 하지 않았다. 그저 그 죽음으로 활주로를 가득 메울 듯이, 한 사람 한 사람 일어나 고개를 들 뿐이었다. 죄지은 자들은 죽은 이의 눈을 바라본 것만으로도 발광해 날뛰기 시작했다. 고작 이 정도에 그럴 거면서, 죽은 자들이 눈앞에 나타난 것만으로도 두려워서 차라리 창문으로 뛰어내리려 들 거면서, 어떻게 그렇게 뻔뻔하게 굴었을까. 그런 일은 흔한 실수라고, 남자가 사내가 수컷이 술 좀 마시고 어떻게 분위기가 되다 보면 벌어질 수 있는 사고일 뿐이라고, 그렇게 이 군대가, 조직이, 사회가 자기들을 감싸줄 거라고 믿어 의심치 않았으니까. 그랬으니까 그렇게 당당하게 고개 쳐들고 잘 살아왔던 거겠지.

평소에 피해자들을 향해 낄낄거리며 농담을 하던 이들은 다들 발작을 일으키듯 쓰러졌다. 정신을 차리고 119를 부르거나, 이게 무슨 일인가 싶어 밖으로 뛰어나오는 이들은 얼마 되지 않았다. 유진이 이해할 수 없었던 것은, 반장도 그중 한 사람이었다는 거였다.

"지금 대체 무슨 일이 벌어지는 거냐, 응?"

반장은 아무것도 보이지 않는지 주위를 두리번거렸다.

"활주로에 사람이 잔뜩 나타난 것 같아요."

"사람이라니 아무도 없는데. 설마 너 또 귀신을 보는 거냐?"

"죽은 사람들요. 죽은 여군들."

그 순간 그 여군들의 무리가 갈라지더니 찰랑거리는 단발머리를 한 김 소위가 천천히 이쪽으로 다가왔다.

"그, 우리 부대에 돌아가셨다는 소위님도……."

"언제까지 이럴 셈이야!"

반장은 김 소위가 보이기라도 하는 건지 정확하게 그를 향해 몸을 돌리면서 외쳤다.

"이제 그만 좀 해라. 이제 그만 좀 해! 언제까지 이럴 거냐고! 너도 그렇고 누님도 그렇고, 사람이 한 번 죽었으면 끝난 거야. 산 사람은 살아야지! 왜 너는 귀신이 되어서 자꾸 나타나고 또 누님은…… 누님은 아직도 네 장례도 못 치르고……."

"반장님?"

차갑고 싸늘한 겨울밤이었다. 김 소위가 누워 있을 영안실 냉동고도 이렇게 차가울까. 유진은 김 소위를 향해 소리치다 마침내 주저앉아 오열하는 반장을 내려다보았다. 사람의 마음은 이 겨울 날씨보다도 더 차갑고 강퍅한 것일까. 조카가 젊은 나이에 억울한 일을 당하고 스스로 목숨을 끊었는데, 거기에 대고 그만 좀 하라고 너 하나만 참으면 되었다고 말하는 것은, 너 때문에 누님과의 인연조차 끊어졌다고 울부짖는 것은 대체 얼마나 이악한 마음일까. 그의 손등 위로, 차가운 아스팔트 바닥 위로 뚝뚝 떨어지는 눈물은 또 얼마나 차가운 것일까. 유진은 죽은 이를 바라보았다. 김 소위는 어쩔 수 없다는 듯 어깨를 으쓱해 보였다. 죽은 사람의 창백한 얼굴이 유진을 향해 웃는 듯 보였다. 이내 짙은 구름이 달을 가렸다.

달빛이 사라지자, 활주로 위의 여자들은 움직임을 멈추었다. 구름이 눈을 흩뿌리기 시작했다. 그 눈에 닿을 때마다 여자들 하나하나가 마치 눈송이처럼 녹아내렸다. 유진은 그 눈을 맞으며 울었다. 그들 한 명 한 명이 바로 자신이고 자신의 친구들 같았다. 아주 오래전부터 알던 사람들 같았다.

*

"조카가 죽고 아직 장사도 못 지냈는데 나보고 여기로 가라고 하더라."

다음 날 부대는 아수라장이 되었다. 갑자기 기절해서 실려 간 사람들은 그렇다고 쳐도 폭력을 휘두르거나 기물을 파손하고, 자해를 하거나 자살을 기도한 이들까지 덮을 수는 없었다. 깨진 유리창이 한두 개가 아니었고, 팔다리가 부러진 사람도 몇이었다. 그저 불운한 사고라고 말하기에는 너무나 큰일이었다.

몇몇은 술 때문이라고, 근무 후에 술을 마셨다가 잠깐 사무실에 나와봤는데 사고가 난 거라고 변명하기도 했다. CCTV에 찍힌 이들의 상태는 심각했다. 술을 마셨다는 핑계로 넘어갈 수 있는 일은 아니었다. 유진은 그런 것도 짜증이 났다. 여군을 추행했을 때는 술 먹고 그럴 수도 있다더니, 유리창을 박살 내고 자기들끼리 치고받은 것은 문제가 된다니. 하지만 그보다 더 감당이 안 되는 것은 반장의 이야기였다.

"누님이 얼마나 금쪽같이 귀하게 키운 딸인지 몰라. 그런 아이가 자살했으니, 그 유서에 적힌 놈들을 처벌해달라고 하루도 빼놓지 않고 여기 부대 앞에 와서 시위를 했다. 그랬더니 군은 나를 여기로 보냈지. 조카가 죽은 부대에 외숙을 보내놓고 그렇게 버틴 거야. 내가 나와서 누님을 막았더니 누님은 내게 새끼 잃은 어미 심정을 아느냐고 물었어. 내가, 그 일은 그냥 사고라고 말했더니…… 그대로 인연을 끊자며 나를 사람 취급도 하지 않더군."

유진은 지금 그런 이야기를 왜 자신한테 하는 건지 알 수 없었다. 조카가 죽은 게 원통하면, 백 실장님처럼 순직 처리라도 될 수 있게 나서서 뭐라도 할 것이지. 군인은 명령에 죽고 산다는 핑계로 자기 누님을 막아놓고는…….

"나도, 이 나도 피해자야."

안 듣느니만 못한 말이었다.

유진은 귀신을 보았다거나 그날 밤 이곳의 활주로 위에 죽은 이들이 가득했다는 말을 하지 않았다. 하지만 이곳 사람들은 이번 사고가 죽은 소위의 원한 때문이라고 수군거렸다. 공교롭게도 폭력을 행사하거나 기물을 파손한 이들이 전부, 그 소위의 유서에 적힌 이들이었기 때문이다.

유진 귀신이 어디 있다는 거야. 조선 시대도 아니고 21세기나 되어서, 그런 일을 제대로 처리하지도 못해놓고 이제 와서 귀신이라니. 뻔뻔하기도 해.

친구들과의 채팅방에 그런 이야기들을 털어놓으며 유진은 쏠쏠하게 웃었다. 아마도 이 부대에서는 당분간 이런 사고들이 덜 일어날지도 모른다. 이유야 무엇이 되었던, 유진이 본 것이 진짜이든 환상이든, 죄지은 이들은 다른 방식으로라도 벌을 받고야 말았다. 하지만 그것으로 충분한 걸까. 그럴 리 없었다.

그리고 다시 봄이 올 무렵, 백 실장은 유진을 불러 두 가지 소식을 전했다.

하나는 김 소위의 죽음에 국가가 책임을 일부 인정하고, 순직 처리를 하기로 결정했다는 소식이었다.

그리고 또 하나는 백 실장이 군을 떠나기로 결정했다는 이야기였다.

"그러면 어디로 가실 겁니까?"

"아직 확실하진 않아. 일단은 군 인권센터에서 상근직을 모집한다는데 거기 지원해볼까 생각하고 있었어."

"하지만…… 실장님 같은 분이 군에 계셔야 하는 게 아닐까요."

유진은 서운한 마음을 비쳤지만, 백 실장은 별소리를 다 들어보겠다는 듯 웃었다.

"뭘, 군에 있어야만 위국헌신할 수 있는 것도 아니고."

유진은 뭔가 더 말하려고 했지만 백 실장은 대답 대신 유진의 핸드폰을 손에서 낚아챘다. 그리고 자신의 전화번호를 찍어주었다.

"나가고 나서도 연락하자."

"예."

유진은 백 실장의 전화번호를 들여다보다 얼른 백지현이라고 그의 이름을 입력했다. 잊어버리지 않도록. 작별하며 으레 하는 빈말이 아니라 앞으로도 계속 연락하고 지낼 수 있도록.

그리고 며칠 뒤, 김 소위의 순직이 정식으로 인정되었다. 3년이 넘도록 영안실 냉동고에 누워 있던 김 소위는 마침내 입관을 하고 온전히 세상을 떠날 수 있게 되었다.

참 이상한 인연이었다. 한 번 만난 적도 없는 사람인데 이곳에 오자마자 유진은 그의 모습을 보았고, 달빛 아래 수많은 죽은 이들의 모습을 보았다. 그리고 마침내 그의 죽음이 제대로 인정받는다고 생각하니, 유진은 안심이 되면서도 조금은 눈물이 날 것 같았다.

죽은 소위는 간소한 장례식을 치렀다. 그의 몸은 관에 담긴 채, 3년 동안 머물렀던 병원을 떠나 화장장으로 향했다. 화장장으로 가던 길, 영구차는 부모님의 요청으로 그가 정식 군인으로서 처음이자 마지막으로 복무했던 부대 앞에 잠시 멈추어 섰다.

부대 연병장 앞 높은 깃대 위에 매달려 있던 태극기와 부대기가 바람도 불지 않았는데 요란하게 흔들리더니 그대로 반으로 찢어져 바닥으로 떨어졌다.

너의 손을

잡고서

교련을 담당하는 신영길 선생, 아니 '소령님'은 아침마다 검은색 선글라스를 번득이며 교문을 지키고 있었다. 아이들 사이에서는 그를 둘러싼 묘한 소문이 돌았다. 원래 교문은 학주가 담당했는데, 작년 가을에 교련이 학주와 결투를 벌여 빼앗았다는 이야기였다.

"남자 중의 남자 아니냐, 소령님."

그리고 그런 시시한 소문을 믿는 일부 남자애들은 교련을 떠받들며 영웅 취급하기까지 했다.

"남자라면 말이야, 자기가 원하는 건 싸워서 손에 넣어야지!"

"신영길 소령님, 교문을 손에 넣으십시오!"

수현은 같은 반 남자애들의 이야기를 듣다가, 문득 죄다 한심하다는 생각을 했다. 그렇게 수시로 두들겨 맞으면서 자기를 때리는 사람을 영웅처럼 떠받들 수 있다는 게 놀랍기도 했다.

영길은 재수 없는 인간이었고, 수시로 애들을 패며 공수부대 출신임을 강조하곤 했다. 하지만 아무리 폭력에 이골이 난 사람이라도 그렇지, 설마 선생이 다른 선생과 정말로 치고받고 싸웠을까. 그럴 리 없지. 여긴 사립 학교이고 사립에서는 또 그 나름의 희한한 방법이 있기 마련일 거다.

그런 이야기가 나올 때면 여자애들은 말하곤 했다.

"그냥 우리 양호한테 교련 배우면 안 되냐?"

교련의 이론은 영길이 가르치지만 실기는 남학생 따로, 여학생 따로 나누어 진행한다. 남자애들이 운동장에서 제식훈련을 하는 동안, 여자애들은 교실에서 양호 교사인 김미경 선생에게 삼각건이나 압박붕대 감는 법을 배웠다.

하지만 같은 교련 수업이라도 미경은 영길과 달랐다. 수업에 집중했고, 함부로 욕하거나 때리지도 않았다. 첫 교련 실기 수업이 끝나자마자 1학년 여자애들은 대부분 미경의 팬이 되고 말았다.

"이건 차이가 나도 너무 나잖아."

"소령이 수업 시간에 한 게 뭐가 있냐? 진도도 안 나가고. 자기 월남전 간 얘기만 하잖아."

"월남전 얘기만 하면 다행이게. 지휘봉 갖고 남의 가슴이나 쿡쿡 찌르고 말이야."

영길은 이른바 참전 용사였다. 걸핏하면 수업 시간 내내 자기가 베트남에서 사람을 얼마나 잘 죽였는지 자랑스레 떠벌리곤 했다. 람보처럼 총을 갈기면 백발백중으로 베트콩들이 죽었고, 정글도를 휘두르면 베트콩의 목이 떨어졌다면서 지휘봉을 망나니처럼 휘두르기도 했다. 아이들이 심드렁한 표정을 지으면 바로 책상 위에 무릎을 꿇리거나 더러는 때렸다. 여자애들의 경우에는 가슴을 툭툭 건드리거나 브래지어 끈을 잡아당겼다. 한번은 수업 시간에 이런 말도 했다.

"전쟁 나면 너희 같은 여고생들은 어휴, 내가 그냥 아주 확……."

한마디로 영길은 이 학교의 미친개였다. 학교마다 하나쯤은 있는 미친개. 인간말종.

"양호쌤이 교련해주면 성적 잘 나올 것 같은데, 그렇지 않아?"

"근데 양호가 교련 맡으면 소령이 교문에 이어 양호실까지 차지하겠다 들지 않을까?"

"으, 그건 안 되지."

여자애들은 다들 한숨을 폭 쉬었다.

*

간호사 출신인 이유도 있겠지만 미경은 손재주가 좋았다. 조금이라도 짬이 나면 미경은 부지런히 손을 놀려 꼬물꼬물 뭔가를 만들곤 했다. 작은 캔버스에 아크릴 물감으로 그림을 그리거나, 도톰한 지우개를 조각칼로 파서 스탬프 따위를 만드는 솜씨는 이미 학교 안에서 유명했다.

"요즘 대학 농구 연맹전 때문에 난리도 아니에요. 애들이 다들 농구 얘기만 해요."

수현이 양호실에서 빈둥거리며 수다를 떠는 사이, 미경은 사포로 전각용 돌을 문질러 매끈하게 만들고 있었다. 얼마 전 1학년들이 미술 시간에 전각을 배울 때 학교 앞 문구점에서 열 세트쯤 사 온 것이었다.

"남자애들은 다들 슬램덩크 흉내만 내요. 자기들이 강백호니 서태웅이니 하면서. 아, 참! 쌤도 이서희 아시죠? 우리 반 1등이요. 걔가 연세대 팬이에요. 자기는 서울대 갈 성적 나와도 연세대 갈 거예요."

미경은 수현이 재잘거리는 소리를 들으면서, 매끈하게

문지른 인면 위에 연필로 흐릿하게 사람 이름 같은 것을 거꾸로 새기기 시작했다.

"그거 정말 어떻게 하시는 거예요?"

"그냥 이렇게 뒤집어서 글자를 쓰고 그리고 파는 거지. 왜?"

"전 그게 안 되더라고요. 저 미술 시간에 이름 거꾸로 새겨서 C 받았어요. 그랬더니 애들이 망둑어 같다고 놀리는 거 있죠."

"망둑어 맞네."

미경은 낮게 소리 내어 웃었다.

"연습하면 돼. 겨우 한 번 해본 건데 그게 잘되나."

"그래도요. 잘하는 애들은 잘한다고요."

"양호실 왔으면 자라, 윤수현."

미경이 그렇게 이름을 부르면 수현은 어깨를 움츠리며 조용히 자는 척을 했다.

누가 봐도 수현은 꾀병을 부리는 중이었다. 하지만 미경은 쉬겠다고 오는 아이들을 굳이 혼내지 않았다. 미경은 사람은 아프면 쉬어야 하고, 아침밥은 꼭 먹어야 한다고 늘 말했다. 피곤해서 낮잠 좀 자고 싶다고 솔직하게 말하면, 한심한 녀석이라고 이마에 딱밤을 먹이면서도 침대를 내주곤 했다. 그런 모습은 선생 같지 않았지만 수현은 그런 미경이 좋았다.

"쌤, 근데 교련은 왜 배워요?"

1층 양호실 창문 밖으로 운동장이 내다보였다. 운동장에서는 영길이 남학생 두 반을 모아서 제식훈련을 하고 있었다. 수현은 창밖을 바라봤다.

"3단계 3기조 같은 건 국사나 정치경제로 배워도 되잖아요. 괜히 분량만 많고."

"이것도 많이 줄어든 거야. 옛날에는 교련복까지 따로 입었어. 너도 어릴 때 본 적 있을걸? 하얀색에 이렇게 얼룩덜룩한 검정 무늬 들어간 옷. 그런 옷 입고 남자애들은 총검술도 배우고. 아, 너 학교에 무기창고 있는 거 알아? 거기에 나무로 만든 총들이 있어. 진짜 총도 있을걸?"

"총이 학교에 있다고요?"

"응. 공이는 없지만. 옛날에는 실기로 그거 분해 조립하는 거 했거든. 여자애들은 운동장에서 들것 들고 달리거나 환자 운반하거나. 심지어는 대학에도 교련이 있었다? 남자애들은 대학 가서도 문무대니 전방입소니 해서 일주일씩 군부대에 가야 했지."

"으, 끔찍해!"

"88서울올림픽 무렵에야 없어졌어."

미경이 글자가 새겨진 전각용 돌을 만지작거렸다.

"올림픽이 좋긴 좋았네요. 저는 그…… 굴렁쇠밖에 생각이 안 나는데."

미경은 아무 말도 하지 않았다. 수현은 그 침묵이 왠지 부자연스럽게 느껴졌다.

양호실 침대의 이불에서는 소독약 냄새가 희미하게 올라왔다. 딱딱한 레자로 겉을 두른 베개에 머리를 기댄 채 뒹굴뒹굴하다가 수현은 깜박거리며 잠이 들었다. 미경의 그 침묵에 관해서는 끝끝내 묻지 못한 채였다.

*

운동장에 헌혈차 두 대가 들어왔다. 수험 공부로 누렇게 뜬 3학년들이 그 앞에 줄을 섰다.

내신이 뭔지, 봉사 점수가 뭔지……. 작년에도 헌혈한다고 피 뽑다가 기절한 학생이 여럿 있었다. 자율학습과 0교시 보충 수업을 생각하면 피를 뽑기엔 수면 시간 자체가 부족한 아이들인데……. 미경은 헌혈차에 오르며 낯을 찌푸렸다.

"선생님도 하시려고요?"

헌혈차 간호사가 물었다. 미경은 이무 대꾸 없이 무표정하게 소매를 걸었다.

미경이 처음 헌혈한 것은 고등학생 때였다. 지금도 그 날짜는 또렷이 기억한다. 고등학교 2학년 때, 5월 21일. 휴교령이 내려진 다음 날이자 부처님 오신 날이었다.

지금도 눈을 감으면 그날을 생생하게 떠올릴 수 있다. 학교 바로 옆, 광주기독병원에 들어서자마자 밀려들던 아찔한 냄새들을. 공기 중에 분무기로 뿌린 듯한 피비린내도, 병원 마당에 이리저리 누운 시신들이 뿜어내는 살이 썩어가는 냄새도.

부상자들은 피를 쏟으며 끝도 없이 실려 들어왔다. 전남대병원은 이미 사람이 복도에까지 누워 있다고 했다. 전부 계엄군에게 구타당하거나 총에 맞은 사람들이었다.

신군부 세력이 계엄령을 선포했다. 국회가 무력으로 봉쇄되고, 정치인이며 교수들, 재야인사들이 끌려갔다. 그리고 학생들이 거리로 나섰다.

"비상계엄 해제하라!"

공수부대가 밀려왔다. 그들은 광주 사람들을 불순분자

라고, 고정간첩들이라고 몰아세웠다. 청각 장애인이 폭행으로 살해당했다. 간호사가 옷이 찢긴 채 끌려갔다. 평범한 신혼부부가 길거리에서 몽둥이로 구타당했다.

"전두환은 물러가라! 비상계엄 해제하라!"

금남로에서 시위가 있었다. 어른들은 위험하니 가지 말라고 했지만, 미경도 친구들과 함께 거리로 나왔다. 전남대학교, 계림초등학교, 광주역, 광주은행 본점, 어딜 가도 사람들이 가득했다.

"김대중을 석방하라! 비상계엄 해제하라!"

사람들이 구호를 외치며 각목이며 돌멩이 같은 것을 끝없이 날랐다. 미경도 그들 속에 있었다. 친구들과 함께 벽돌이나 기왓장을 떼어내고, 광주천변에서 돌멩이들을 주워 날랐다. 아주머니들은 주먹밥을 빚었다. 교복 또는 교련복 차림의 젊은 남자들이 각목이나 돌멩이를 손에 들고 우우 소리치며 앞장섰다. 몇몇은 트럭 뒤에 타고 각목으로 차체를 탕탕 두드리며 구호를 외쳤다.

그리고 도청 앞에는 군인들이 있었다.

"전두환은 물러가라!"

"비상계엄 해제하라!"

겹겹이 줄을 지어 선 군인들이 시민들과 대치했다. 한

겹 한 겹, 마치 맨 앞줄이 무너지면 그다음이, 또 그다음이 나와서 계속 너희를 때리고 짓밟고 쓰러뜨리겠다는 듯이. 시민들은 대로로 쏟아져 나와 소리 높이 구호를 외쳤다. 문득 두려워졌다. 총을 든 군인 한 명을 붙잡으려면 도대체 시민 몇 명이 맞서 싸워야 하는 것일까. 저만큼이나 되는 군인들을 막으려면 얼마나 많은 사람이 필요할까…….

점심때가 지났다. 어린아이들과 노인들이 뻔히 보이는데도 군인들은 최루탄을 쏘아 올렸다. 독하고 매캐한 냄새에 사람들이 쿨럭거리며 코와 입을 가렸다. 어떤 남자들은 러닝셔츠를 벗어서 목에 둘둘 감고 입을 가렸다. 누가 치약을 코 밑에 바르라고 외쳤다. 어디서 났는지 옆에서 치약을 건넸다. 콩알만큼 짜서 코 밑에 바르고, 손수건으로 입을 가렸다.

군인들은 무표정했다. 아니, 처덕처덕 바른 위장 크림 때문인지 얼굴이 제대로 보이지 않았다. 오직 잘 닦인 총신만이 정오의 햇살 아래 반짝거렸다.

문득 그런 생각이 들었다. 얼굴 없는 저승사자들 같다고. 어쩌면 저 계엄군들은 정말 이곳에서 끝장을 보려는 게 아닐까.

그때 갑자기 아득할 정도의 소리가 났다.

"도망쳐요!"

그건 소설책 속에 나오는 '탕탕탕' 하는 소리와는 거리가 멀었다. 행렬의 제법 뒤쪽에 있었는데도, 바로 귀 옆에서 천둥이 치는 듯했다. 총성에 놀라 넋을 잃고 주저앉는 사람도 있었다. 몇몇은 손으로 머리를 감싸며 엉금엉금 기었다.

그건 위협이 아니었다. 정말로 사람을 겨누어 쏜 거였다. 주먹밥을 베어 물던 청년이 옆구리를 움켜쥐었다. 흰색 러닝셔츠가 시뻘건 피로 물들었다. 시위대 앞에 선 젊은 남자가 마이크를 들고 소리쳤다.

"제발 총 쏘지 말고 말로 합시…… 악!"

남자가 말을 채 끝내기도 전에 계엄군이 그를 향해 총을 쏘았다. 조금 전까지 기세 좋게 군인들에 맞서 구호를 외치던 사람들이 비명을 지르며 땅에 뒹굴었다. 문자 그대로 아비규환이었다.

미경은 혼란 속에서 친구들을 놓쳤다. 그 자리에 가만히 있을 수는 없어서 일단 도망쳤다. 그 와중에도 사람들은 혼자 도망치지 않았다. 쓰러진 사람 중에 아는 얼굴이 있으면 어떻게든 끌어내 등에 업었다. 그리고 저마다 가까운 골목길을 향해 뛰었다. 대로 쪽에서 외치는 소리가 들렸다.

"싸웁시다! 같이 나가서 싸웁시다!"

귀를 막았다. 끝도 없이 눈물이 쏟아졌다. 친구들은 어떻게 되었을까. 총에 맞지는 않았을까. 피를 흘리며 병원으로 실려 가지는 않았을까. 어쩌면, 혹시 나 혼자만 살아남은 건 아닐까. 도망치는 수많은 사람들 사이에서, 미경은 생각했다. 도망치다 신발 한 짝이 벗겨져 없어졌지만 이대로 집에 돌아갈 수는 없었다.

그래서 간 곳이 병원이었다. 학교에서 바로 지척인 광주기독병원. 누군가 다쳤다면 그쪽으로 올 테니까.

다행히 미경의 친구들은 거기에 없었다. 하지만 총을 맞고 실려 온 사람들이 가득했다. 이미 숨진 사람들의 시신 위에는 태극기가 덮였다. 달려온 유족들이 흐느끼며 애국가를 불렀다. 우리는 저들이 말하는 빨갱이가 아니라고, 폭도가 아니라고, 그렇게 항변하는 듯한. 통곡보다 지독하게 심장을 죄어드는 애국가였다.

미경은 그곳에서 처음으로 헌혈을 했다. 이미 죽은 사람들과 죽어가는 사람들이 쏟아 내는 피 냄새 한가운데에서, 산 사람의 몸에서 흐르는 뜨거운 피의 온기를 실감하면서.

평화로운 헌혈차에서 제 몸에 바늘을 꽂고 누운 채, 미경은 그날의 일들을 가만히 반추하고 있었다.

그때였다.

"아이고, 교장 선생님!"

반쯤 열린 창문 너머에서 불쾌한 목소리가 들려왔다.

"제가 말입니다. 왕년에 월남 갔다 오지 않았습니까. 월남. 아주 람보처럼 말입니다. 하하하하."

신영길 선생이었다. 매사 아이들에게 윽박지르고, 다른 선생들을 두고는 사범대나 곱게 나와 세상 물정 모르는 샌님 취급하면서 자기가 아직도 장교인 양 으스대는 또라이 새끼. 그 재수 없는 인간이 교장 앞에서, 저러다가 지문도 남지 않겠다 싶을 만큼 손바닥을 비벼대며 굽실거리고 있었다.

영길이 교장에게 아첨을 하는 이유는 뻔했다. 교련이 선택 과목이 될 거라는 말이 나왔기 때문이다. 문민정부가 들어선 뒤로 교련 과목은 점점 축소되고 있었다. 제때에 승진하지 못하고 군복을 벗은 뒤 교련 선생이 된 저 남자가 어떻게든 제 과목을 지키기 위해 교장에게 아첨하는 것도 무리는 아니었다. 이 학교 학부모들만 해도 입시와 상관없는 과목은 어떻게든 줄이든가 자습으로 대체하고, 수능에 나오는 과목을 더 공부시켜주기를 바라고 있으니까.

먹고살려고 아등바등하는 거지.

문득 학교 다닐 때 교련 시간이 생각났다. 한심하도록 촌스러운 교련복을 입고 강당에 쪼그려 앉아 삼각건 감는 법을 배웠다. 먼지가 뽀얗게 날리던 운동장에서 머리가 어질어질하도록 들것을 들고 달렸다. 그럴 때는 바로 근처의 석산고 남학생들이 총검술을 연습하는 기합 소리가 담을 넘어 들려오곤 했다.

아직 모든 것이 망가지기 전까지는.

*

"아, 그렇지. 쌤 저 동아리 선배들이 광주 사태 사진들 보여줬어요."

침대에서 빈둥거리던 수현이 불쑥 고개를 들며 말했다. 서류를 정리하던 미경은 손을 멈추고 수현을 천천히 돌아보았다.

"광주?"

"작년에 드라마로도 나왔잖아요. 〈모래시계〉에."

드라마라……. 그렇구나. 드라마에 나왔지. 불과 얼마 전까지만 해도 광주에서 벌어진 일은 다들 쉬쉬했다. 문민 정부가 들어서면서 5·18 진상 규명을 촉구하는 집회들이 열리고, 드라마가 나오고, 또 5·18 특별법이 만들어지고, 전직 대통령들이 구속되면서야 이렇게 말할 수 있게 되었다.

그렇다고는 해도 광주와 상관없이 살아온 사람들에게는 아직도 드라마 속 이야기였다. 수현은 올해 고등학교 1학년이다. 아마 1980년, 그해에 태어났겠지. 그걸 이해하면서도 미경은 조금 맥이 풀렸다.

"광주 사태가 아니야."

미경은 한숨을 쉬며 수현의 말을 바로잡았다.

"광주민중항쟁…… 5·18민주화운동이야. 사진은 어떤 걸 본 거니? 애기가 아빠 사진 안고 있는 '유명한' 거?"

"……그 무슨 체육관 같은 곳에 태극기를 덮은 관이 잔뜩 놓여 있는 사진도요."

"거기는 상무관."

미경은 건조하게 대답하고 다시 약품 장부에 한 줄 한 줄 자를 대며 내역을 확인했다. 수현이 얼른 침대에서 내려와 실내화를 신었다.

"쌤, 쌤도 광주…… 어…… 민주화운동 아시는 거예요? 우와!"

"우와는 무슨 우와야. 그 일 일어났을 때 나도 고등학생이었으니까."

"근데 그때 뉴스에는 그런 거 하나도 안 나왔다던데요?"

수현이 얼른 의자를 끌어다 앉으며 속없이 웃었다.

"제가 80년 여름에 태어났거든요. 엄마가 만삭일 때 사람들이 남쪽에서 무서운 일이 있다더라, 광주에 공비가 있다더라, 그런 이야기하시면서…….."

"공비?"

미경이 날카롭게 말했다.

"너도 그 사진 봤다면서. 상식적으로 무장 공비, 빨갱이, 빨치산, 그런 사람이 죽었는데 관에 태극기를 덮어주겠니? 그 사람들 다 그냥 평범한 사람이었어. 학교 가고 회사 가고 하는 평범한 사람. 그때 죽은 사람 중에는, 그래, 어린 애들도 있었고 임산부도 있었어. 임산부가 무슨 수로 무장 공비?"

"아, 그게…… 죄송해요…… 쌤."

수현이 어깨를 움츠렸다.

"제가 그렇다는 게 아니라 엄마가 그렇게 알고 있었대요. 뉴스에서 그렇게 말하니까."

"……모르는 건 모를 수 있어. 그런데 잘못 아는 건 안 된다는 거야."

미경이 한숨을 쉬었다. 수현이 조심스럽게 물었다.

"쌤도…… 광주 분이세요?"

미경은 대답하지 않았다. 그러다가 한참 만에야 입을 열었다.

"그런 건 묻는 게 아니야."

"왜요? 광주는 민주주의의 성지라던데요."

"돌아버리겠네."

미경은 그렇게만 말하고 입을 다물었다. 그러다가 불현듯 언성을 높였다.

"같은 반 친구가 죽고, 부모 형제 일가족 누군가가 죽기도 하고, 한 달 넘도록 학교에 못 가고, 고3인데 영창에 끌려갔다가 여름방학 다 돼서 풀려난 사람도 있어. 대학에는 학생보다 경찰 프락치가 더 많았고. 우리 동네 남자애들은 군대에 갔더니, 광주 출신은 다 폭도 놈들이라고 사람 취급도 못 받았다데. 선임에게 맞아서 죽은 애도 있어. 수현아. 1996년인 지금도 전라도 출신이면 취직할 때 원서조차 안 받아 주는 데가 아직도 많아."

수현의 얼굴이 창백해졌다. 그 창백함은 곧 부끄러운 붉은빛으로 달아올랐다.

"한쪽에서는 빨갱이 취급을 하면서 먹고살 길 다 막아 놓고, 다른 쪽에서는 그때 광주에 있었다고 민주주의의 성지라고, 이슬만 먹으면서 민주주의만 생각하고 사는 사람들처럼 착각하는데. 수현아, 나는…… 정말 둘 다 달갑지 않아. 그때 내가 아는 사람들이 왜 거리로 나간 건지 알아? 공수부대가 멀쩡한 사람들, 죄 없는 사람들을 때리고 부러뜨리고 대검으로 찔러서 나간 거야. 항의하러 나간 거라고. 광주 사람이 날 때부터 무슨 열사고 전사라서 민주주의를 위해 싸운 거 아냐. 그건, 다들 그냥……."

이렇게까지 흥분하고 화낼 일이 아니었다. 수현은 아직 학생이고, 광주에서 벌어진 사건은 이 아이가 태어나기도 전의 일이었다. 그런 수현에게 화풀이하듯 말하는 것은 정말 어른답지 못한 일이었다. 그런데도 멈춰지지 않았다.

"드라마나 보고 와서 광주는 민주주의의 성지라고 하면, 그게 뭐 그리 반가운 일이라고!"

미경은 소리쳤다. 바로 그때 쉬는 시간 종이 울렸다. 수현은 울음을 터뜨릴 것처럼 입을 비죽거리다가 서둘러 양호실을 나갔다.

이젠 안 오겠지. 미경은 수현이 황급히 나가느라 제대로 닫지 못한 양호실 문을 바라보며 생각했다. 양호실에 학생이 수시로 와서 노닥거리는 건 곤란하지만, 그래도 수현과 이야기하는 건 좋았는데. 아마도 화가 났겠지. 어린애 취급하고 철저히 무시당했다고 생각하겠지.

하지만 가끔은 참을 수 없을 때가 있었다.

열여섯 해, 수현이 태어나서 고등학생이 될 만큼의 시간 동안 미경은 늘 그런 말들을 가슴에 눌러두곤 했다. 말하면 안 돼. 밝히면 안 돼. 광주 출신이라고 하면 무슨 소리를 듣게 되는지 이미 아니까. 질리도록 잘 알고 있으니까.

여자애를 누가 서울로 보내느냐고 말리는데도 미경의 아버지는 미경을 일부러 서울로 보냈다. 서울 사는 친척 집에서 고등학교 마지막 해를 보내게 했다. 친척 아이들을 돌봐가며 수험 생활을 하고, 꽤 이름 있는 대학에 들어갔다. 교직 과목도 이수했다. 말씨를 싹 고쳤다. 사투리라고는 흔적도 남지 않을 만큼 말끔하게.

하지만 그럼에도 불구하고 큰 병원에서 오래 일할 수가 없었다. 아무리 좋은 대학을 나오고, 성적이 뛰어났어도 조금 지나면 수군거리는 이들이 생겼다. 전라도 출신은 죄다 사기꾼이라고, 광주 출신이면 빨갱이 아니냐고 면전에서 말하는 이들도 있었다. 심지어는 그런 말을 바로 코앞에서 듣는데도 얼굴색 하나 변하지 않는 것도, 사투리 흔적이 남지 않게 말씨까지 싹 고친 것도 무섭다, 지독하다고 했다.

그래서 선생이 되었다. 먹고사는 문제는 중요했으니

까. 미경이 아는 가장 똑똑하고 잘난 남자애들이 그런 험한 일을 모두 겪고도 군대에 말뚝을 박거나, 경찰이나 지방 공무원 시험을 보듯이. 병원에서 근무할 때 만난 연줄로 겨우 이 학교에 자리 잡은 것이 재작년이었다.

그냥 여기서, 있는 듯 없는 듯이 아주 조용하게 버티고 버티면 가늘고 길게 살 수 있을지도 모르는데.

수현이 어디 가서 떠들어댈까? 그럴 수도 있을 거다. 그래서 그만두라고 하면? 그러면 다른 학교를 알아보든가, 다시 병원으로 가면 그만이다. 미경은 무거운 마음으로 서랍을 열었다. 그때 그 시절 미경이 알던 사람들, 하지만 살아서 돌아오지 못한 몇몇 사람들의 이름이 전각용 돌에 묘비처럼 새겨진 채 클럽통과 풀, 가위와 함께 뒹굴고 있었다.

*

"어휴, 신촌 그쪽은 아주 전쟁터 같네."

엄마가 짜증스럽게 중얼거렸다. 텔레비전에서는 뉴스 앵커가 연세대를 점거한 한총련이 친북을 넘어 대남 공작을 수행하고 있다는 내용을 읽고 있었다.

"힘들게 대학 보내놨더니 어쩌면 저렇게들 데모만 하

고 앉았어. 옛날에는 하도 군사 정권이 문제다 뭐다 해서 문민정부 들어서면 조용해질 줄 알았더니. 아주 해줄수록 양양인가 봐. 저렇게 북한이 좋으면 북한에 가서 살지, 왜."

엄마는 식탁에 가 앉은 수현을 바라보며 맞장구를 종용했다.

"얘, 수현아. 넌 나중에 대학 가도 저런 애들이랑 어울리면 안 돼. 응?"

"난 신촌 쪽 대학에 갈 수만 있다면 아무래도 좋겠는데. 엄마 딸은 성적이 안 되거든요."

수현은 성의 없이 아침밥을 우물거리며 중얼거렸다. 앵커는 목청을 높였다.

[이들의 행각은, 북한의 남조선 혁명 전략과 완벽하게 일치하고 있어 경각심을 일깨워줍니다.]

"너 말 좀 똑바로 해라. 왜 그래? 설마 학교에서 이상한 선배들이랑 놀고 그러니?"

"아니거든?"

"아닌데 왜 그래?"

"나 밥 먹잖아."

길게 말하기 싫어 수현은 대충 먹고 일어났다.

날이 더웠다. 교복 블라우스가 살에 달라붙어 끈적거리

고 짜증이 났다. 학교로 가는 버스를 타자 마치 산 채로 찐 만두가 되는 듯한 기분이었다. 버스의 라디오에서도, 북한의 유격대가 남파되어 신촌에서 데모를 한다는 보도가 흘러 나왔다.

다른 건 몰라도 수능을 봤다면 북한 간첩은 아니겠지.

수현은 속으로 생각했다. 대학생들을 두고 북한 유격대라니. 그럼 북한에서 십 대 청소년들을 간첩으로 보내 열심히 공부시킨 뒤 수능부터 보게 했다는 건가. 그래서 걔들이 최상위권 대학에 나란히 붙을 만큼 수능을 잘 보고? 그쯤 되면 북한이 아니라 입시학원 아니야? 뉴스라고 나오는 이야기가 조금만 생각해도 말이 안 되는 것이었다. 문득 수현은 미경이 왜 화를 냈는지 이해가 갔다.

'평생을 그런 말 같지 않은 소리를 들으셨던 거야.'

수현은 그날 이후 양호실에 가지 못했다. 교련 시간에도 고개를 푹 숙이고 있었다. 잘은 모르지만 그때 자기가 한 말들이 미경의 상처를 들쑤시는 일이었다는 사실만큼은 알았다.

죄송하다고 해야 하는데…… 못 가겠어.

수현은 한숨을 쉬었다. 열이 나는 것 같다고, 어지럽다고, 적당히 꾀병을 부려서 양호실에 슬금슬금 숨어들지 못

할 이유는 없는데. 가서 뭐라고 말을 해야 할까. 몰랐어요, 죄송해요. 그렇게 말하고 넘어갈 수 있는 일일까?

버스에서 내려 교문까지 걸어가며 수현은 계속 생각했다. 그런데 교문 앞이 시끌시끌했다.

"소령이 또 깽판 치나 봐!"

아이들이 무슨 일인가 싶어 바삐 달려갔다. 수현도 얼른 뒤를 따랐다.

교문 앞에서 영길에게 붙잡힌 아이의 뒷모습이 낯익었다. 같은 반 친구인 서희였다.

"이야, 연세대 좋지. 연세대."

영길은 서희의 책가방에서 농구 잡지를 꺼내더니 북북 찢으며 킬킬 웃었다.

"이번에 주사파가 학교에 불까지 지르고 아주 지랄 옆차기를 하던데, 어? 야 그런 놈들은 전부 일렬로 세워놓고 배때기에 총알을 박아버려야지. 이렇게 물러 터져서야 이게 나라냐?"

그때였다. 출근하던 미경이 그 모습을 보고 급히 달려왔다.

"선생님, 방학 중에는 가방 검사 없잖아요."

"거, 김미경 선생은 남의 일에 끼어들지 말고."

영길은 마치 걸리적거리는 파리를 쫓아내듯 팔을 휘저어 미경을 확 밀쳤다.

"어디 여자가 낄 데 안 낄 데 모르고 끼어들어. 그리고 너희들, 전부 정신 똑바로들 차려야 해. 안 그러면 내가 가서 모가지 따버리는 수가 있어."

영길의 지휘봉이 서희의 가슴을 쿡쿡 찔렀다. 미경이 영길의 팔을 붙잡았다.

"고작 농구 잡지 때문에 아이한테 그런 말을 해요? 신 영길 선생님!"

"시국이 이럴수록 애들을 바짝 단도리를 해야지. 정신 못 차리게 내버려뒀다간 대학 가서 전부 빨갱이 새끼나 되고 그래요. 야, 빨갱이 되느니 그냥 칵 죽어버리는 게 효도하는 거다. 야, 야. 어디서 눈을 흡떠? 내가 월남에서만 날린 게 아니야. 광주에서 빨갱이도 때려잡던 사람이야. 내 손으로 대가리 박살 낸 빨갱이 새끼들이 서른 명도 넘는다, 이 더러운 빨갱이 새끼들."

그 말에 미경의 안색이 창백해졌다.

"빨갱이 새끼들이며 빨갱이들 쫓아다니며 좋다는 년들, 모조리 묶어서 다 모가지를 확⋯⋯."

영길은 낄낄거리며 서희의 블라우스 여밈 사이로 지휘

봉을 쿡 찔러 넣었다. 그와 동시에 미경이 영길의 뒤통수를
향해 들고 있던 묵직한 가방을 거칠게 휘둘렀다.

*

기억이 난다. 계엄군에게 끌려갔다가 죽은 같은 학년
아이가. 친하지는 않았다. 복도에서 몇 번 보았을 뿐이다.
그런데도 그 얼굴이 지금껏 잊히지 않는다.

미경의 집에는 조선대 다니는 하숙생들이 있었다. 미
경이 헌혈하고 나오던 기독병원 앞마당에, 그들 중 한 명이
누워 있었다. 흰 천으로 얼굴이 덮여 있었지만, 입고 있는
옷은 바로 알아볼 수 있었다. 가슴에 붙어 있던 쪽지를 집
어 들고 눈물을 흘리며 어쩔 줄 몰라 했던 기억이 난다.

옆집 살던 오빠가 실종되었다. 끝끝내 돌아오지 못했
다. 한 집 건너 한 집씩, 누구는 죽고 누구는 다치고 누구는
사라졌다. 그럼에도 사람들은 집 밖으로 나왔다. 이 죽음들
을 견딜 수 없어서 무엇이라도 해야 할 것 같았다.

헌혈을 호소하는 플래카드를 들고 다녔다. 돌아와서는
대걸레를 빨아 병원 복도라도 닦았다. 학교 강당 쪽에서는
총소리가 났다. 군대에 다녀온 이들이 그렇지 않은 이들에

게 총기 사용법을 가르쳤다. 그렇게 어떤 이들은 시민군이 되었다. 살아 있을 때는 이마에 태극기를 그린 띠를 두르고, 죽어서는 그 시신 위에 태극기가 덮이는 것을 보았다. 그리고 26일이 되었다.

[우리는 최후까지 싸울 것입니다.]

시민군 대변인은 외신과의 인터뷰에서 죽음을 각오한 결연한 표정으로 말했다. 학생들과 여자들을 집으로 돌려보낸 것이 그날 오후였다.

그날 밤, 광주 시내의 전화가 일제히 두절되었다. 칠흑같은 어둠과 묵직한 정적이 광주를 뒤덮었다.

그 정적을 깨고 애끓는 듯한 여자의 목소리가, 마지막 방송이 들려왔다.

"광주 시민 여러분, 지금 계엄군이 쳐들어오고 있습니다. 모두 도청으로 나오셔서 계엄군의 총칼에 죽어가는 학생 시민들을 살려주십시오."

"우리는 도청을 끝까지 사수할 것입니다. 시민 여러분, 우리를 잊지 말아주십시오. 우리 형제자매들을 잊지 말아주십시오."

살아남는 것이 고통이라는 것을 미경은 그때 깨달았다.

죽을 때까지 떨어져 나가지 않을 부끄러움이 흉터처럼 그 가슴에 내려앉았다.

40년 전, 그날 밤에.

"쌤."

긴 꿈을 깨우듯 수현의 목소리가 들려왔다.

미경은 고개를 들었다. 마시던 커피는 이미 식어 있었다. 잔을 옆으로 밀어 놓으며, 머리를 샛노랗게 물들인 수현은 새로 주문한 커피 두 잔을 내려놓았다.

"커피 식었어요. 오늘 추우니까 이걸로 다시 드세요."

"물 너무 많이 마시면 밖에 오래 못 있어."

투덜거리면서도 미경은 수현이 새로 가져온 커피잔을 앞으로 끌어다 놓았다. 수현이 의자를 바짝 당기며 테이블 앞에 앉았다.

"언제 온 거야?"

"조금 전에요. 쌤 표정이 멍한 게 보나 마나 커피 다 식었을 것 같더라고요."

수현은 까만 롱 패딩 차림이었다. 머리에는 작년에 유행하던, 공기 펌프가 달려서 귀를 쫑긋쫑긋 움직일 수 있는 토끼 모자를 썼다.

"너는 참 애가…… 누가 너를 마흔 넘은 중년으로 보겠니."

수현이 짐짓 상처받은 듯 어깨를 말았다가 얼른 고개를

들어 올렸다.

"아, 왜 그래요. 쌤, 제 나이가 이제 사십이라 뼛골이 시려서 패딩 좀 입겠다는데."

"패딩 말고 그 토끼 모자."

"사람이 추우면 모자도 써야죠."

"됐다. 내가 너를 어떻게 이기겠니."

서둘러 커피를 마시고 두 사람은 자리에서 일어났다.

홍대 앞쪽으로는 종종 꽤 세찬 바람이 몰아치곤 했다. 뒤로는 와우산을 끼고, 멀지 않은 곳에 한강이 지나니 어쩔 수 없을 것 같기도 했다. 수현은 패딩으로, 미경은 손난로로 추위에 맞서며 나란히 홍대 정문이 바라보이는 윗잔다리공원으로 향했다.

"요즘 학교 미투들 있잖아요. 그런 게 90년대에 있어야 했어요. 그랬으면 신영길을 아주 날려버렸을 텐데. 맨날 브라 끈 잡아당기고. 면담한다고 불러서는 슬슬 무릎 만지고. 그런 변태 새끼는 선생이라고 학교에 남는데……."

그날, 영길의 뒤통수에 풀스윙을 먹인 일로 미경은 학교를 그만두어야 했다. 여학생들은 미경의 편이었다. 그 자리에 있던 영길이 서희에게 추잡스럽게 구는 것을 미경이 막았다고 다들 말했다.

하지만 1990년대였다. 때리고 수치심을 주는 모든 일이 훈육이라는 이름으로 유야무야 넘어가던 시절이었다. '단추를 푼 것도, 손으로 만진 것도 아닌데 뭐가 문제냐.' 선생들이 공공연히 이렇게 말하고 다녔다. 오히려 일을 시끄럽게 키운다고 돌아가며 여학생들을 혼쭐내기에 바빴다.

학생주임은 김미경 선생이 전교조라서, 강성이라서 학교 안에서 폭력 사태를 일으켰다고 했다. 누군가는 김미경 선생이 전라도 출신이어서 보통내기가 아니라고도 말했다. 그리고 영길은 그 일 이후로 학교 남자애들에게 '잘난 척하더니 한 방에 패배했다'라는 소리를 듣게 된 전직 공수부대 장교께서는, 미경이 사표를 쓰고 나가자마자 의기양양해하며 말했다.

"거, 전라도 것들이 원래 아주 독종이야. 부마항쟁 때는 애새끼들 잡아서 머리카락만 살살 불로 끄슬려도 쫄았는데. 광주는 그게 안 되더라니까. 그러니 이게 말로 되나. 말안 듣는 새끼들은 몽둥이가 약이지."

다만 그날부터 영길은 여학생 교련 수업에 들어오지 못했다. 그것이 그때 거둔 유일한 작은 승리였다.

"정말 뻴으면 다 말인 줄 알았다니까요, 신영길은."

수현은 그때 이야기를 하며 혀를 찼다.

"쌤 보고 학교 그만두고 뭐 해서 먹고살겠느냐고 그랬었죠. 나가서 굶어 죽을 거라고 얼마나 악담을 하던지."

　"내 걱정 말고 지 앞가림이나 잘하지."

　미경이 학교를 그만둔 이듬해 봄, 5·18 민주묘지가 완공되었다. 처음으로 국가적인 기념행사가 열렸다. 그제야 광주민주화운동 유공자들은 예우를 받을 수 있었다. 그리고 한참 더 지난 뒤, 대통령이 마침내 이 학살과 폭력에 대해 국민을 대표하여 사과했다.

　그렇게 세상이 아주 조금씩 변해가는 것을 바라보며 미경은 부지런히 살았다. 잠시 간호사로 일하다가 다시 사립학교의 보건교사가 되었다. 부지런히 일하고 쉬는 날이면 거리로 나갔다. 1인 시위를 하고 시민 단체에서 활동했다. 누군가 손을 잡아주어야 하는 일이 생기면 그저 한 사람이라도 더 보탠다는 마음으로 찾아가 나란히 섰다.

　손을 잡았다. 할 수 있는 일을 했다. 그리고 수현을 다시 만났다. 세월호 추모 집회에서, 강남역 추모 집회에서, 홍콩 민주화 지지 집회에서, 그리고 또 다른 집회에서. 여전히 시끄럽고, 오늘은 우스꽝스러운 토끼 모자까지 쓰고 나온 수현이 문득 웃었다.

　"쌤, 오늘 보니까 지금 제가 그때의 쌤 나이인 거 있죠."

"말은 똑바로 하자. 난 그때 서른셋이었어."

"더 들었네요."

"그 말은 최소한 10년 전에 했어야지."

"와, 그때는 서른셋이면 정말 어른인 것 같았는데."

"그렇게 잘 아는 사람이 사십이 되도록 이런 걸 쓰고 다니고."

토끼 모자의 공기 밸브를 꾹 누르며, 미경은 이제 수현이 자신의 학생만은 아니라는 생각을 했다. 수현은 이제 어른이 되었고, 미경과 나란히 서 있었다.

장갑 위로 미경의 손을 잡은 수현의 손가락이 따뜻하고 단단하게 닿아왔다.

작가의 말

　　내가 태어났을 무렵 어른들은 광주에서 뭔가 무서운 일이 일어나고 있다, 북한 공작원들이 내려와 있더라는 이야기를 들었다고 한다. 국민학교 1, 2학년 때 뉴스를 틀면 늘 시위에 참가한 대학생들이 나왔다. 누군가는 그들이 잘하고 있다고 말했고, 누군가는 저 애들은 전부 빨갱이라고 말했다. 그 와중에도 전두환은 임기를 채워 물러났고, TV는 〈인간 전두환〉 같은 다큐멘터리를 방영하며 그를 칭송했다.

　　왜 아이들을 가장 사랑하던 선생님들이 몇 달씩 학교에 오지 못하고, 때로는 학교를 그만두고, 때로는 학교를 그만둔 뒤 목숨을 잃었는지를, 나는 슬퍼만 할 뿐 그 이유를 알진 못했다. 김영삼이 노태우와 손을 잡고, 3당이 합당된다는 것이 무슨 의미인지를 나는 몰랐다. 이번에 낙선하면 은퇴한다던 김대중을 두고 약속을 지키지 않는다고 조롱하던 어른들은, 김영삼에 대해서는 입을 닫았다. 어렸던 나의 수많은 무지 속에서 조금씩 흐릿하게 모순의 흔적들이 보이기 시작했다. 그렇게 어린 나는 이해할 수 없었던 수많은 뉴스와 신문기사 사이를, 보수적인 가족들과 집 밖의 세계를 오가며 조금씩 이해해갔다. 당시에는 이해할 수 없었던 세상 밖의 이야기들이 무엇을 의미했는지를.

드라마 〈모래시계〉가 방영될 때, 광주 출신의 선생님이 지나가는 말처럼 하신 것을 나는 몇 년이 더 지난 뒤에야 이해한다. 온화하셨던 제주 출신의 직장 상사께서 왜 빨갱이라는 말에는 과할 정도로 흥분했는지, 왜 그와 그의 형제들이 젊었을 때 경찰이나 직업 군인이 되려고 했었는지를, 나는 시간이 흐르면서야 어렴풋이 이해한다. 나의 먼 친척들은 전두환이 백담사에 은둔했을 때 그가 불쌍하고 안쓰럽다고 눈물을 흘렸다지만, 한편으로 전씨네 집안에는 바로 그 전두환 때문에 삼청교육대에 끌려갈 뻔했던 이들도 있었다. 역사책 속에 나오는 것 같았던 그 모든 비극이 한 다리 건너 남의 이야기가 아니라, 내가 아는 사람들, 나의 친구와 상사와 친척들의 이야기였고, 어떤 역사적 비극은 내가 태어나기 전, 혹은 나의 유년기, 그리고 지금 이 순간에도 계속되고 있음을. 그것이 바로 국가가 저지르는 폭력이었음을, 나는 그렇게 이해해갔다.

대한민국에서의 국가폭력 대부분은 역사의 격변기마다 지배 권력이 주도하듯 이루어졌다. 독재 정부는 아예 국민의 인권을 제한할 수 있는 법을 만들고, 국가기관은 민간인을 좌익, 빨갱이로 몰아세우며 핍박하고 때로는 죽였다. 민간인과 국가를 지켜야 할 경찰이나 군인, 정보기관이 사람을 죽이고도 그 피해자에게 죄를 묻고, 유가족을 억압하는 동안, 국가폭력은 폭력이나 범죄가 아닌 법률로 명문화된 제도이자 치안 유지의 방편인 양 행세했다. 그리고 극우 세력은 지금도 여전히 그 피해자와 유가족을 저열한 말로 조롱하며 모든 죄를 정당화한다. 하지만 그렇게 조롱하고, 무시하고, 없었던 일처럼 파묻으려 하고, 누군가 이 이야기를 하려 할 때마다 입을 틀어막는다고 해도, 모든 일은 사라지지 않는다. 그들은 맥베스의 한 대목처럼 "물 한 바가지만 있으면 우리가 한 짓을 씻어낼 수 있을 것"이라 생각할지 모르지만, 사람들의 입을 막을수록 진실은 몇 번이나 다시 고개를 들며 그때 그곳에서 무슨 일이 있었는지를, 세상에 알리려 할 것이다.

만화가 김진의 동명의 만화를 각색한 뮤지컬 〈바람의 나라〉가 시작될 때, 명민하던 태자가 죽은 뒤 그를 따랐다는 이유만으로 의심 많던 선왕에게 반역자로 몰리고 살해 당했던 수많은 병사와 목숨만 부지하고 도망친 병사들, 그 산 자와 죽은 자의 넋은 젊은 새 왕에게 절규하듯 묻는다.

"무슨 죄를 지었기에, 우리를 모두!"

시대가 바뀌었다고 억울하게 박해받은 사람들의 슬픔이 사라지지는 않을 것이다. 세대가 교체되고 다른 정권이 들어섰다고 해도 이전에 국가가 저지른 잘못이 사라지지도 않을 것이다. 사죄하고 반성한다고 해서 그 모든 것이 없었던 일이 되지는 않을 것이다. 다만 그 슬픔을 조금이라도 희석할 수 있도록 예를 갖추고, 두 번 다시 같은 일이 반복되지 않도록 제도를 갖추고, 국가가, 정부와 권력이 같은 잘못을 하지 않도록 사람들이 계속 바라보아야 한다. 그런 노력이 쌓인 뒤에야, 모든 고통은 참혹한 현실이 아닌 역사의 갈피 속으로 들어갈 것이다.

*

조각조각 수록했던 단편들을 모으면서도 조심스러웠다. 과연 내가 제주나 광주와 같은, 가까운 비극을 배경으로 이야기를 만들어도 되는 것일까. 현실이 배경이면 차라리 낫다. 장르소설로써 환상을 가미하면 더욱 조심스럽다. 내 소설은 세상에 나올 때까지 나와 편집자와 그의 상사가 읽어보는 것을 원칙으로 하고 있지만, 이렇게 현실의 비극을 다루는 소설은 가급적 그 지역 출신인 지인이나, 그 일에 대해 알 만한 사람들에게 먼저 읽혀보고 나서 편집자에게 보내곤 했다. 그럼에도 늘 조심스럽다. 이 책에는 제주를 배경으로 한 두 편의 호러 소설도 수록되어 있다. 제주 할 망들의 힘을 빌려서라도 복수를 계획했지만, 정말로 섬을 날려버릴 수는 없는 노릇이었다. 신의 힘을 빌려도 복수에 성공하지 못하고, 처벌도 원껏 할 수 없는 이야기들이 너무 무기력하게 받아들여지지 않을까 늘 걱정한다. 그러면서도 어떤 것들은 이야기되어야 하기에 일단 세상에 내놓기도 한다. 그러면서도 언제나 나의 부족함 때문에 죄송해한다. 가끔은 별일 없이 사는 듯 하다가도 미안합니다, 하고 말해야 할 것 같은 느낌이 드는 것이다.

그런 부끄러움에 대해 생각하고 있다.

2023년 5월

전혜진

추천의 말

나는 〈창백한 눈송이들〉의 백 실장님을 만난 적이 있다. 2020년 11월에 한국성폭력상담소가 진행한 해군 상관에 의한 성폭력 사건 유죄판결 촉구 릴레이 1인 시위에 참여했다. 나를 담당하신 분은 군인권센터 활동가님이었고, 여성이고 전직 해군이었고 대위로 전역하신 분이었다. 내가 피켓을 들고 서 있는 동안 나의 담당자님은 해군 복무하던 시절, 외국에 나가 다른 나라 해군들과 회의나 훈련에 참여했던 이야기를 조금 들려주셨다. 그 약간의 대화만으로도 나는 그분이 상당한 엘리트로서 군 생활을 하셨다는 사실을 짐작할 수 있었다. 어째서 전역하셨는지는 묻지 않았다. 활동가 월급으로는 생활이 빡빡해서 다른 아르바이트도 하고 있다고 그분은 명랑하게 말씀하셨다.

이 글을 쓰는 2023년 4월 17일에 나는 쌍용자동차 해고 노동자분들이 연 경찰의 국가손배소 취하 촉구 기자회견에 다녀왔다. 2022년 11월, 대법원은 쌍용자동차 노동자들에 대한 경찰의 기중기와 헬기 사용은 과잉진압이었고 노동자들의 저항은 정당방위였다고 판결했다. 경찰은 그럼에도 불구하고 2023년 4월 17일 현재, 자신들의 과잉진압에 소모된 비용을 피해자들에게 내놓으라는 국가손배소를 취하하지 않고 있다. 2023년 4월 16일에는 안산 화랑유원지의 세월호 9주기 기억식에 다녀왔다. 4·16가족협의회 집행위원장이신 단원고 2학년 1반 수진이 아버님은 생명안전공원 건립의 필요성에 대해 강조하며 올해는 꼭 착공되기를 바란다고 말씀하셨다. 화랑유원지 바깥에서는 '세월호 봉안당'에 반대하는 사람들이 "세월충"을 운운하며 확성기를 들고 기억식이 끝난 뒤에도 계속해서 막말을 하고 있었다.

쌍용자동차 해고노동자분들은 14년째, 세월호 유가족분들은 9년째 싸우고 계신다. 작년 10월 29일에 다시 서울 한복판에서 참사가 일어났다. 10·29 참사 유가족과 함께 촬영한 영상에서 단원고 2학년 5반 창현 어머니는 "이전 참사 유가족분들이 '우리가 열심히 싸우지 않아서'라고 미안해하셨는데, 또 참사가 나니까 그 말씀이 생각나더라. 그런데 우리는 정말 열심히 싸웠거든요"라고 하셨다. 울어버린 탓에 뒷

부분은 듣지 못했다.

국가폭력 피해 당사자분들은 생존 자체가 투쟁이다. 나는 그분들의 투쟁을 글로 옮길 자신이 없다. 전혜진 작가는 그 투쟁의 무게를 차분하고 명징하게 전달한다. 전혜진 작가는 나처럼 폭력의 거대함과 투쟁의 깊이 앞에서 지레 움츠러들거나 먼저 울어버리지 않는다. 전혜진 작가의 글은 꼿꼿하고 강하다.

기록으로 연대하는 방식에는 여러 가지가 있다. 그중에서 소설의 장점은 이야기의 결말을 현실과 다르게 상상할 수 있다는 측면일 것이다. 그러나 이야기를 주도하는 목소리는 작가 자신의 목소리가 아니라 피해 당사자분들의 목소리여야 한다. 상상된 결말 또한 작가가 원하는 방향이 아니라 반드시 당사자분들이 원하는 방향, 인간의 존엄을 향한 정의로운 방향이어야 할 것이다. 전혜진 작가는 이 점을 언제나 기억하고, 언제나 사안에 정중하게 접근한다. 그리고 피해 당사자분들께는 조심스럽고 부드럽게, 가해자들에게는 엄격하고 날카롭게 상상의 방향을 잡는다. 상상의 서사가 연대의 방식으로서 가능하다는 사실을 나는 전혜진 작가의 글을 읽을 때마다 새삼 깨닫게 된다. 분명히 말하지만 누구나 할 수 있는 방식은 아니다. 전혜진 작가이기 때문에 할 수 있는 방식이다.

이야기가 사람에게 살아갈 힘을 주기도 한다. 투쟁하시는 모든 분들이 힘을 얻으시기를 바란다. 나쁜 놈들 모두 쓰레기통으로 들어가는 꼴을 우리가 이렇게 발로 뛰고 글로 싸워서 어떻게든 쟁취해서 보여드리고야 말 테니까, 기운 내시면 좋겠다. 그리고 전혜진 작가의 글을 읽고 많은 분이 조금 더 나은 세상을 상상하고 조금 더 발맞추어 연대해주시면 좋겠다고 생각한다.

마지막으로 가해자들에게 알린다. "원고는 불타지 않는다." 이 책에 기록된 국가폭력의 역사는 대대손손 전해질 것이다. 가해자들인 너희들은 모두 죽어 썩을 것이다. 그 뒤에는 너희의 악행과 우리의 저항과 투쟁의 이야기만이 영원히 남을 것이다.

_정보라(소설가)

| 수록 작품 발표 지면 |

바늘 끝에 사람이

안나푸르나

할망의 귀환 ⋯《거대 괴수 앤솔러지》(에픽로그, 2015)

단지 ⋯《오래된 신들이 섬에 내려오시니》(들녘, 2021)

내가 만난 신의 모습은 ⋯《은하환담》(달다, 2022)

창백한 눈송이들 ⋯《귀신이 오는 밤》(구픽, 2021)

너의 손을 잡고서 ⋯《5월 18일, 잠수함 토끼 드림》(우리학교, 2020)

바늘 끝에 사람이

ⓒ 전혜진 2023

초판 1쇄 인쇄 2023년 5월 1일
초판 1쇄 발행 2023년 5월 18일

지은이 전혜진
펴낸이 이상훈
문학팀 김다인 최해경 하상민
마케팅 김한성 조재성 박신영 김효진 김애린 오민정

펴낸곳 (주)한겨레엔 www.hanibook.co.kr
등록 2006년 1월 4일 제313-2006-00003호
주소 서울시 마포구 창전로 70 (신수동) 화수목빌딩 5층
전화 02-6383-1602~3 **팩스** 02-6383-1610
대표메일 munhak@hanien.co.kr

ISBN 979-11-6040-992-5   03810